在泥土中跋涉
才知道农人的苦劳
在文字中咀嚼
方懂得爬格子人的难处

罗永春

活法不一

罗永春　著

北方文艺出版社
哈尔滨

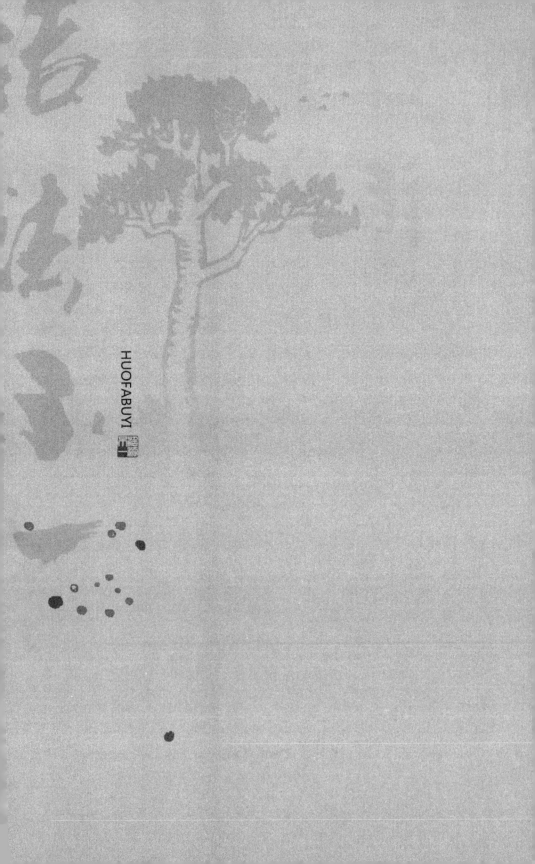

HUOFABUYI

农村题材为主，故事情节感人，结构曲折丰满，堪称乡土文学的力作。

序

罗永春深情的目光

—— 《活法不一》序

　　我认识罗永春多年了，虽然是断断续续地接触，但是，在印象中，从他的作品中，看得出他是一位热爱文学创作的业余作家，这点我尤为欣赏，在当代中国，很多文学爱好者在这条路上走得都不远，有的是青春时代对文学的爱好，有的是受周边文学爱好者的影响，其中也不乏个别的，把文学创作当作一种阶梯走仕途的人，自然这样的人在文学创作的道路上是间歇性的、短暂的、稍纵即逝的，凡此种种不说也罢。而那些能够坚持下来，把文学创作当作自己的终生追求的人，就不能不让人另眼看待，并予以深情的关注了，罗永春就是这样一位业余作家。

　　从罗永春创作的小说、散文等文学作品当中，你会发现有两个特点，一是他坚持用自己的笔，用独特的目光，用自己全部的热情，用自己的思考，用自己的审美追求，写中国农村，特别是黑龙江农村多年来所发生的巨大的变化，而中国农村也是自建国以来变化最为深刻、最为巨大的节点，就是在这个节点上，我们发现，那些曾经写农村题材作品的"资深"作家，并且赢得文坛声誉的人，已经淡出了农村创作的领域，或者仍然依靠自己对旧农村的回忆写已经逝去的农村图景。所以我们不得不承认当下农村题材的创作不再那么受人青睐与关注。那如何用一颗沉稳的心，用自己坚实的文学立场抒写当下农村的"清明上河图"呢？这就是考验一个农村题材作家是否能够成为一个中国广大农村读者所喜爱的、所尊重的作家的试金石。我认为罗永春就是一个这样的作家。当然，单是有这样的立场、追求和目的还远远不够，这就是我要讲的第二点，那就是我们的作家想写出好的农村题材作品，就必须长期地、不辞辛苦地、怀着满腔的热情和深爱与农村的父老乡亲打成一片，成为他们的朋友，成为他们的贴心人，成为无话不说的哥们，只有这样，才能够写出优秀的农村题材作品。那么，怎样衡量是一部农村题材的优秀作品，第一，必须要有扎实的文学功底。第二有较强的文字能力。第三，也是在我看来顶顶重要的，那就是一颗沉静的心。不浮躁，不赶时髦，不故作惊人之语，一切从生活中来。这样的作品才会充满着浓郁的乡村气息，才能酿成精美的精神佳肴。

如《朝阳里的暮歌》：

香草河不变的是弯弯曲曲，变的是年复一年人们口中讲述乐天和水萍的故事。在公社演戏剧的两个演员乐天和水萍相好，大家都知道。可偏偏公社书记的儿子刘卫东看上了水萍。水萍又不能被掰成两份嫁给两个男人……我们就看到了这样的特点。

如《高楼也许通向地狱》：

柳树这几天很闹心，相好小莉跟他说怀孕了，要跟丈夫离婚，非要跟柳树结婚不可。不离婚，小莉这头不答应；离婚吧，跟青豆和孩子又没法张这个嘴。

柳树思忖半个月也没找出来跟青豆离婚的理由，最让他头疼的是柳树的女儿。一看到这个小家伙活泼可爱的样子，就像拿刀子刮着柳树的心一样疼。

小城街边的树被秋霜涂染上了油彩，陪衬着晚霞分外的别致。夜晚饭口的时候，饭店门口停滞的车辆，挤胀着街道。柳树带着一家三口选个临街的房间，随后他点了几个菜。饭店里来来往往很多食客，嘈杂声吵闹声嬉笑声此起彼伏。柳树最烦青豆跟他提买楼的事，可是偏偏饭店里人们谈论的大部分话题都是楼……

从中我们不难发现农村发生的新的变化，新的焦虑，新的挑战。这样的焦虑与纠结也表现在《烈日下的脚手架》中：

盛夏烈日灼烤着建筑工地，马路上过往的车轮带起来一股股的热气，腾腾升起的白烟直呛人的嗓子。城里人在屋里喝着茶，聊着闲嗑，他们心里甜滋滋的，自打这里棚户区改造建设工程开展以来，他们通过把自家闲置的屋子腾出来，租给了在附近建筑工地进城里干活的农民工，他们家家都狠狠地赚上了一大把钱，使日子过得更加有滋有味了。

城里人住在装有空调的屋子里纳着凉，看着电视剧，他们抬头一看，就可以清晰地瞧见不远处的一百来米高的楼上，几个农民工正站在脚手架上紧张地忙碌着，他们在砌砖垒墙，那些砖块在他们手里就像耍戏法似的，不一会儿一堵墙就垒完了。

宝强房东说，这帮农民工大热的天，还在楼顶上干活，真不容易啊！他们挣得那点钱还被黑心的包工头变着法发地克扣着，到最后到他们手上就剩不下几个子！听说秋蝉念书的孩子得了肾病，花了不少钱哩，那个孩子还是重点大学的大学生哩，愁得秋蝉整天哭天抹泪的……

这是真实的农民工生存现状，我们讲作品不仅要有审美价值，还要有较高的艺术真实。

说到农村生活的喜怒哀乐，讲农村父老乡亲那淳朴仁厚之心，必须对此要有深切的体验才行，如《小儿小儿坐门墩》：

榛柴岗赌局好大啊！这里的耍钱鬼常常要在年关时一决高下，都祈求一步奔个大富大贵。李喜贵是榛柴岗一带远近闻名的耍钱鬼，更是个阵阵落不下的高手。

腊月的一天，李喜贵收拾得利利索索干干净净，他要郑重出山。在李喜贵要出门的时候，一眼看见儿子阿牛坐在门槛上。阿牛两眼澄明瓦亮闪着水样的波光，嫩嫩的小嘴唇咧出了笑意，孩子好看极了。

李喜贵喜不自禁地摸了一把阿牛的笑脸，半哼半唱道：

小儿小儿你别急

爹爹今天去赌局

赢得金钱装满袋

扔掉旧衣换新衣……

声音还在院子里回荡着，人却箭一样地消失在门外。

从这些作品当中，我发现了一个正在稳步提升自己艺术水平的罗永春，一个逐渐地被广大读者所喜欢的罗永春。我曾在以前罗永春的小说评论中写道，他一直坚持描写农村人的立场，讲述着农村乡里乡亲故事，将所有的创作元素都融合到一起，构成了一幅多彩的乡村原生态。那多姿的生活，各色的人物，上演着美与丑，情与仇，爱与恨，人情与人性，真诚与真实，本色与本真，乡土的粗犷与粗野，人性的无奈与挣扎，把一个个鲜活的农村人物形象根植于读者心中，来砥砺人们的心灵，用悲悯情怀，平民思想，怜悯之心，寻找精神坐标，来完成农村人物形象化的塑造，这是源于对文学创作的不懈追求，顶重要的是，他的农民立场。是为序。

阿成

初秋于温州

阿成：原名王阿成，山东博平人，1985年毕业于黑龙江科技职工大学中文系，曾就读黑龙江大学比较文学硕士班，历任哈尔滨文艺杂志社《小说林》总编辑、社长，编审，哈尔滨市原作协主席、市文联副主席，黑龙江省作家协会副主席，中国作协第六、七届全委会委员，哈尔滨市第四届人大代表、市政协常委。1979年开始发表作品，1990年加入中国作家协会，享受国务院优秀专家津贴。短篇小说《年关六赋》曾获1988-1989年全国优秀短篇小说奖，《赵一曼女士》获首届鲁迅文学奖，《良娼》获1991年东北三省优秀作品奖，《东北人，东北人》《小酒馆》等获黑龙江省政府精品文艺工程奖等。主要著作有：《年关六赋》《良娼》《空坟》《闲话》《胡天胡地风骚》等，长篇小说《忸怩》等。随笔集《哈尔滨人》《胡地风流》《影子呓语》与人合作创作电影《一块过年》，电视剧《快！的士》等，其作品分别被译为英、法、日、俄、德等多种文字。

目录

小儿小儿坐门墩

一

榛柴岗赌局好大啊！这里的耍钱鬼常常要在年关时一决高下，都祈求一步奔个大富大贵。李喜贵是榛柴岗一带远近闻名的耍钱鬼，更是个阵阵落不下的高手。

腊月的一天，李喜贵收拾得利利索索干干净净，他要郑重出山。在李喜贵要出门的时候，一眼看见儿子阿牛坐在门槛上。阿牛两眼澄明瓦亮闪着水样的波光，嫩嫩的小嘴唇咧出了笑意，孩子好看极了。

李喜贵喜不自禁地摸了一把阿牛的笑脸，半哼半唱道：

　　小儿小儿你别急

　　爹爹今天去赌局

　　赢得金钱装满袋

　　扔掉旧衣换新衣

　　……

声音还在院子里回荡着，人却箭一样地消失在门外。

这是一场惊心动魄的赌局，李喜贵本打算要通过这场赌局摆平所有的赌家，然后金盆洗手，去过他梦想中逍遥的日子。

在赌之前，李喜贵不近女色，就是平时让他心里乱七八糟的随时都想摸一把雪白雪白的"细粉莲"，都不在他的眼里。那天"细粉莲"真真的就在赌局上，对谁都是灿烂地笑大声地叫，也包括李喜贵。李喜贵却伏烦地对她说了一句，给我上一边去！"细粉莲"失望地在李喜贵的肩头上戏掐了一下，隔着厚厚的棉衣服李喜贵都感觉到了疼意。李喜贵心里骂了一句，眼神叫人掉魂，指甲让人掉皮，你妖怪不妖怪，在这个节骨眼上，竟给我整什么事儿。

在庄家发牌的那一刻，李喜贵抓起了四扇酱黑色的天九，煞手的骨牌让他粗糙的手指麻酥酥地不听使唤，在没看到点之前，李喜贵庄重地向手里的牌吹了一口气，他感觉到那是来自丹田的仙气，那一刻儿，李喜贵的脑子里满是成沓的钞票和光亮的女人胸脯，还有金灿灿的豪宅和堆成山的酒肉，那是享不尽的富有挥不尽的奢华，糟糠之妻只是过眼烟云，至于"细粉莲"连扔掉的臭肉都不是。在没揭牌之前，李喜贵的脑子里只瞬间闪了一次坐在门槛上小儿阿牛的憨笑，就此让他信心十足，所向披靡，没有他李喜贵办不到的事情，没有他成不了的愿望，没有他揽不到怀里的娘们，更没有他赚不到手的富贵……

啥啥，都在这四张煞手的骨牌上。

天门上的李喜贵，押的是一沓子的刹手钱，就像压上了一条汉子的命。李喜贵用手慢慢地一扇一扇地往出捻点，天哪，这是八辈子修来的旺牌，这是祖坟冒了青烟在祖宗庇护下起到的兴牌：对地头，王爷尾，这把牌绝了。也只有庄家老歪起：王爷头，皇上尾，才能超过李喜贵，世上哪有那么凑巧的事，呵呵，这把牌我李喜贵赢定了！

坐庄的老歪原本姓石，叫石洪江，因为一只眼长歪了，所以人送外号石老歪，叫常了，人们就省略了石字，直呼老歪。

这时的李喜贵，感到手里的牌似乎金星闪耀，胜券在握。当庄家老歪揭牌时，李喜贵看到老歪的眼神对他的好牌并未显示出来惊讶和感兴趣。李喜贵就察觉出来不是什么好兆头。老歪起的牌是绝命夺宝牌：王爷皇帝，这真是冤家牌啊，绝煞！李喜贵面前的一沓钱啊，霎时便化为乌有，成为老歪的囊中之物。

当"细粉莲"把红红白白热热的双唇粘贴在老歪焦黄的牙齿上时，李喜贵则一如吹大了又被放了气的猪尿脬，立时塌了下来，没有再鼓起来的由头。

赢了还想赢，输了想翻本。

没过几天，李喜贵手又痒痒起来，窜掇几个赌友去找老歪搏杀。低矮的土房像一个小人蹲在那里，薄薄的纸糊窗户，被烟熏得看不清了颜色。

　　大雪过后，窗外一片洁白。三三两两的孩子正在窗户下院子里堆着雪人，孩子们在玩耍着嬉笑着打闹着呢。

　　李喜贵起了一手好牌，不知道怎么弄的，庄家老歪手里竟然多了一扇牌，这就没办法比大小点了。可是，这把牌李喜贵非得让老歪赔通，于是两个人争吵起来。人们怎么劝也不劝住。李喜贵顺手捡起屋里垫门的砖块砸向老歪，老歪偏了一下脑袋躲了过去。纸糊的窗户怎经得起砖块的击打，砖块飞向窗外，不偏不倚正好砸到了在窗下玩耍的老歪儿子石娃。一股鲜红的血液汩汩地从小石娃的脑袋里喷涌而出。

　　打着人了！听到哭喊声，屋里争吵搏斗霎那间都停了下来，一群小孩吓得似鸟兽状呼喊着散去。第一个跑出来的就是老歪，老歪瞬间被眼前的情形惊呆了，看着鲜血直流的石娃，他什么也不顾地抱起了石娃，连方向也不辨认就往外跑。那几个牌友也急急忙忙地帮助四下里找车，准备往医院送。在一旁的李喜贵见此情形呆呆地傻了眼。村里闻讯赶来的一位老人，他把手伸到石娃的鼻下，感觉到石娃一点气儿也没有了，于是，老人转过头来对大家说，别忙乎了，这个孩子已经被阎王爷带走了。

　　石娃终究不是石头做的，当场殒命。

二

　　李喜贵因过失伤害罪，被判刑五年。后来，李喜贵转到劳改农场改造，因场部失火，李喜贵救火有功，缩减了刑期，第三个年头，他就回来了。回来后，李喜贵老婆大琴原指望他这回能够吸取教训痛改前非，期望李喜贵能够好好地跟她过日子，谁知道李喜贵没过多久，又耍起钱来。输没了钱，接着又干起了小偷小摸的勾当。大琴一气之下，喝下农药死了。

　　剩下不满五岁的阿牛和李喜贵。李喜贵把阿牛丢弃在他多劫的空屋子里，李喜贵经常跑到城里歌厅舞厅里鬼混，得了不治之症，半年以后，这个人人痛恨的赌棍李喜贵终于死掉了。

　　阿牛成了流浪儿，阿牛在村子里成了没人管没人要的野孩子。阿牛东家一顿西家一碗，饱一顿，饥一顿地熬着时日，要是困了，阿牛就找个柴草垛或木板棚子也或牛马圈里陪着牛马找个空地躺下就睡了。

　　老歪一见到无家可归的阿牛，就想起了自己的石娃，自然自语地说，报应，这真是报应，老歪愤恨不已，甚至想立马追急就想让阿牛给小石娃抵命，这样方解老歪的心头之恨。老歪终究只是想想而已，怎能对这样小的孩子动手呢，他老歪是下不得手的。

　　这些日子，老歪一见到石娃一般大小的孩子就魂不守舍，就想到了石娃，就愤恨李喜贵，也怨恨自己。老歪反省自己的过错，痛恨自己耍钱不务正业，要不是自己痴迷赌博，自己的孩子怎么能够送命呢。

　　老歪一次到城里饭馆子吃饭的时候，遇到了流浪到城里的阿牛。阿牛长得瘦瘦矮矮黑黑黄黄的，阿牛的眼神里带着可怜巴巴的样子，看到阿牛的老歪十分心酸。阿牛那种迫切想吃到食物的欲望让人揪心啊！阿牛太小，根本不记得老歪。老歪倒是对长得像麻杆一样，一阵风儿过来就能刮走的阿牛，这个仇人家的孩子，记得一清二楚，刻骨铭心。阿牛穿的衣服破破烂烂的，看上去已经有很长时间没有洗过了，脏得都看不清原来的颜色。阿牛还没有饭桌子高，可是只要他一看到哪位顾客放下筷子吃完了饭，哪怕碗里只剩下那么一点点，阿牛便会像箭一样急不可待地奋不顾身地冲了过去，端起碗来，风卷残云般地吃掉碗里所有的饭菜，有时阿牛饿得实在难以忍受了甚至还没等客人起身，就匆匆忙忙冲了上去端起剩饭碗，好像多少年没吃饭似的，狼吞虎咽地吞咽下去，阿牛吃完饭后，用小手抹抹嘴唇，然后，过去站在旁边，再等着下一位吃饭的顾客到来。

　　老歪见此情形再也控制不住自己的情感了，这孩子不也是人吗？李喜贵千错万错，孩子没有错啊！阿牛那么小，他知道什么？过去的事儿就让它一笔勾销过去算了，人得往前看，怎么也不能让这个孩子再这样地流浪下去，再遭这份罪了，老歪想到这里，对店掌柜说，给这孩子来碗红烧肉，再来两碗米饭。

　　店掌柜对阿牛说，小家伙，你今天可遇见贵人了。

　　阿牛吃完了饭。老歪对阿牛说，孩子跟我走吧，叔叔给你找个吃饭的地方。阿牛对这个似曾相识的人点了点头。老歪问阿牛，你是怎么来城里的。阿牛说，我也不知道怎么来的，我只知道，那天我看到村子里面来了一辆送货的车，很好玩，就爬上后车厢里面去玩，不知怎么的就被车子给我拉到了城里。阿牛说，谢谢叔叔，我已经好多天没有吃到过饱饭了。要是饭店里没有客人来，阿牛就帮助店主人打扫卫生，扫地洗碗倒脏水等小活，要不然饭店老板就不让阿牛在这里讨饭吃了。不管怎么说，阿牛在这里还是可以偶尔吃顿饱饭的，但不是所有的饭店都让阿牛他们这些流浪儿光顾的，大部分饭店老板嫌弃流浪儿太脏，怕影响自己生意，不让这些流浪儿进去的，那样，阿牛他们这些流浪儿就得到处流浪，就得常常挨饿，甚至会几天吃不上一顿饱饭。

李喜贵丢下阿牛的时候，他丢下的不仅仅是阿牛，而是他的血脉。老歪领回阿牛的时候，领回来的也不仅仅是阿牛，还有河流一样的泪水。

老歪明知领来的不是自己的骨肉，还是饱含着亲情地牵着阿牛的小手，一步一步地走进了自己的家门。阿牛这么小，老歪决计不让阿牛知道他自己的身世，是怕他自卑也怕他对人生失去希望。如果阿牛知道了他的亲生父亲是村里人见人恨的赌棍李喜贵，那样的话阿牛的头还能抬得起来吗？还能对生活充满信心吗？几乎村子里的所有人，甚至外屯人，凡是阿牛能够接触到的人，老歪都亲自登门并嘱咐人家，见到阿牛时千万不要提及李喜贵的身世，跟李喜贵有瓜葛的事情也千万不要跟阿牛说，就当你们帮了我老歪的忙，就像我老歪借了你们的钱一样，我领你们一辈子的情，我负你一辈子的债。

> 树儿高 叶儿摇
>
> 看着亲儿在长高
>
> 小阿牛啊 小阿牛
>
> 你是我心上的一棵苗
>
> 浇一浇水啊
>
> 让你快快来长高
>
> 晒一晒太阳啊
>
> 要让你长得壮又牢
>
> ……

三

老歪收养了阿牛。这让村子里的人们很震惊，这件事是村里的人们谁也没能料到的，竟然是对李喜贵恨之入骨的老歪，把阿牛领回了家里。村里人对老歪收留阿牛都不理解，没有人相信这事是真的，都认为老歪是持浑犯傻，因为那是仇人的孩子，没了亲子，领回野孩，这怎么可能呢？也没有人会相信老歪会真正地待阿牛好的，更不可能把阿牛当作自己亲生儿子来养的。

阿牛被老歪领进院子里的那一刻，阿牛什么也记不得了，只记得院门口那个门墩儿，阿牛挣脱了老歪的手，跑上了那个青石做的圆圆的门墩上面玩耍了起来。

以前，阿牛也来过这里玩，可怎么也没有这次感到亲切和温暖。门墩是先民留下来的，形似腰鼓，四周雕刻有十分精致的莲花图案，中间雕刻的龙凤戏珠依稀可见，边上有青莲图案陪衬，门墩可能是先民用来拴马用的，也可能是邻居唠闲嗑时的小凳，也可能是妇女做针线活时临时坐坐。过去不管是干什么用的，现在它成了阿牛的伙伴，阿牛的玩具，阿牛玩耍的地方了。

阿牛被老歪领回来不难，难的是老歪老婆，说什么也不接纳阿牛，于是，老歪变着法对老婆献殷勤。

阿牛这孩子很聪明，还会心疼人哩，是个懂事的好孩子，不会让咱们操多大的心，再者说，阿牛要没人管的话，这孩子这辈子不就废了吗？我们收养他，拉巴拉巴他，阿牛还能成人，要不这孩子去哪啊？谁能真心实意地去管他，照顾他呢？那些陈芝麻乱谷子的事就让它过去吧，人生由命，半点儿不由人啊！

老歪想尽了办法也说服不了老婆。忽然一天，老歪想起了阿牛在城里流浪的情景，于是他想到城市里一定还会有这样的孩子，不妨让老婆去城里感受一下，以此来教育教育她。于是，有一天，老歪起了个大早，编了一个因由，非得让老婆陪他到城里看病不可。老歪老婆拗不过他，只好跟他去了城里。

　　流浪儿乞讨不仅仅在饭店，更多时是在街头、集市的闹处、或者车站里，楼区的垃圾点……

　　老歪同老婆刚下汽车，在汽车站的角落里，他们就看见了三三两两流浪的孩子。看样子他们已经很长时间没有吃过饱饭了，他们把黑黑的小手伸向所有的路人，之后多是被拒绝，于是，他们眼睛里就涌现出来无限的失望，间或带着绝望，只要有人给了他们，哪怕是几毛钱，他们都会感动得不得了，他们一门地点头哈腰向人家作揖！只见一个穿着华丽衣裳的贵妇人，当流浪儿把小手伸向她的时候，她不但不给钱，还遭到了她的一顿呵斥，滚一边去，别碰脏了我的衣服！

　　这时，老歪老婆小声地对老歪说，干嘛轰他们，他们不也是人吗？干嘛对他们那样，不给钱就算了吗！于是，老歪老婆开始愤愤不平起来，这时的老歪心里暗暗高兴，偷偷地为自己计谋的成功而沾沾自喜。老歪喊过来一个流浪儿，询问一下便给点零钱。这时老歪他们才知道，这些流浪儿每天都在为填饱自己的肚皮而到处乞讨或者拾荒，他们连一个安身之处都没有，候车室的长椅便是他们的床铺，捡来的破衣裳是他们遮风挡雨避寒取暖的所有家当，更不用说像老歪的女儿那样躺在爹妈的怀里听故事撒娇了。

　　在城里的一处垃圾点，老歪和老婆见到了兄妹两个正在拾荒。那个垃圾点很大，臭气熏天，苍蝇翻飞，蛆虫乱爬，污水横流。哥哥也就六七岁的样子，拿着一把铁钩子在垃圾堆里往外钩能够到废品站卖钱的东西。刚好捡出来一个烂苹果，哥哥小心翼翼地把烂的地方用小刀挖掉，在身上擦干净递给妹妹，妹妹接过来，刚咬上一口，这时窜过来的一只野狗，猛扑上来，把妹妹吓得一蹦多老高，瞬间妹妹的衣服被扯开一条口子，鲜血顺着妹妹的衣服流了下来，哥哥奋力地用铁钩子打着野狗，在老歪两口子的帮助下，打跑了野狗，这个野狗是怀疑人同它争食，所以它才攻击人的。

　　老歪和老婆这次城里之行，流浪儿的生活在他们心里留下了抹不去的印象，甚至可以说在他们的心里来了一次地震，老歪老婆从此接受了阿牛。

　　流浪的孩子，哪有不被野狗咬的。命苦的人，遭遇就苦。

小儿小儿无家归

流浪孩子没饭吃

借一处破屋啊

不能遮风啊 不挡雨

只有一块干草地啊

在这里 在这里

哥哥和妹妹啊

在一起啊 挤一挤

数着天上星星啊

哥哥哄着妹妹呀

快快把觉睡

把觉睡

……

四

　　阿牛姓李不姓石。可是，阿牛的名字没有改变过，在李家是阿牛，在石家还是阿牛。

　　阿牛还是那个阿牛。可现在，他却是老歪的儿子。

　　阿牛来到了老歪家，真正成了家庭中的一员。老歪家里吃得本来就不够宽余，如今又添上了一张嘴，生活困难就可想而知了。

　　农民的生活是艰辛的，越是艰辛的日子，可能他们越快乐。

　　阿牛进了老歪的家里，就不再流浪了，不再东家吃一口，西家对付一下了，现在有人来管阿牛的生病穿衣洗澡等一类琐碎事了。阿牛睡觉有了稳定的地方了，那是躺在老歪家的热炕上，他身体紧贴着老歪爹的肩膀香喷喷地睡进了梦乡的。

　　老歪是阿牛的爹，榛柴岗人们深信不疑的。

　　阿牛从记事起，在他的记忆深处也只有这么一个爹。

　　老歪讲故事，阿牛听故事，这是阿牛最美最幸福的事。

　　小儿小儿似燕飞

飞到东来飞到西

捉到虫儿给爹娘啊

剩下的虫儿给自己

……

五

阿牛这几天吃不下饭，睡不好觉，让阿牛这样难受的原因是老歪爹躺在医院的监护室里，没有知觉的老歪身上插遍了导管，让阿牛的眼泪禁不住簌簌地流了下来，阿牛想起来这都是为了保护自己，爹才造成这样的。

榛柴岗山清水秀，家家都有几亩上好的田地。阿牛又有满身的力气，所以，阿牛像黄牛一样精心地同老歪爹侍弄着自家的那些田地。

阿牛看到躺在病床上的老歪爹，他的思绪像脱缰的野马奔跑起来……

一个过去可以随意将二三百斤重的石头磙子用肩膀扛起来的老歪爹，在这里竟然连举手之力都没有了。阿牛记得，每天晚上只要收工回来，老歪爹从来不像别人那样扛着锄头悠哉游哉地回家的，而是不管多么晚，老歪爹还要走上几里地的山路，到榛柴岗上捡回来一扛干枝子背回家来，那从地里移动到家里的小山验证着爹的力量，也是表达着老歪爹对家人的爱，老歪爹一心想要让全家人过上好日子，不愁吃不愁穿，正因为老歪爹的勤劳能干，老歪家就同别人家不一样，从来也没缺少过烧柴。老歪爹的手会编出来很多漂亮的箩筐，编的筐不但自己家里用，而且还送给邻居亲戚，那些人家每当接过老歪爹编的箩筐时，他们高兴得直夸爹的手艺好呢。

出事那天，阿牛和老歪爹在地里铲地，一阵雷雨过后，便是狂风大作，老歪拉着阿牛就往家里跑，突然，一颗碗口粗的树被风拦腰折断。在大树即将要砸向阿牛的那刻，老歪爹像闪电一样一个箭步冲了过去，推开了阿牛，自己却被大树一下子砸倒了。

树干下，老歪爹的脑袋上砸出了个口子，鲜血直往外流。阿牛急忙给老歪爹处理伤口后，又赶忙把老歪爹背了起来，像疯了一样往回跑。阿牛到家后，又急急忙忙用车将受伤的老歪爹送进了医院。

这风很大，大的令人害怕。阿牛没挨着砸，他毫发无损，安然无恙。

阿牛看到老歪爹头流出很多血，他很心疼，心疼老歪爹替自己挨了砸。阿牛跟屯子里的人说，多亏我爹推了我一把，要不然，挨砸的肯定是我了，每每想到这里，阿牛的心里就火烧火燎地难受。

医生冲阿牛喊道，你爹血压太低了，快去血库买血去，还愣着干什么。

阿牛问道，我能给我爹输血吗？我有的是，多少都中。

医生说，行啊，你们父子血型相配，就到血液中心化验抽血去吧。

化验单半个多钟头就出来了，阿牛拿着化验单立马就愣住了，咋啦，咋啦，我怎么和我爹的血型对不上啊？一定是医生把血样弄错了吧。

于是，阿牛对化验的医生说，我对化验结果有怀疑，可能你们把血样弄错了，接着，阿牛对医生说出来自己的疑惑。

医生也感觉到很奇怪，从化验结果来看，阿牛和他老歪爹的血型确实配不上，莫非他们不是亲生父子？医生暗暗地怀疑。

医生告诉阿牛，我们对每个采血化验的人都有着严格的操作程序，是不会弄错的，要不然再为您化验一次。

这时，阿牛妈妈弓着已经弯成虾米状的腰，她伸出来的手背让岁月打磨得青筋暴露，手指头被风湿折磨得已经弯曲得伸不直了，阿牛妈妈用这样的手拦住了急不可耐的阿牛，她满脸泪水，话已说不成了句子，孩子啊，别，别，别验了。

阿牛不肯，当着医生面说道，我一定能同我爹的血型对得上的。再让我验，别拦着，我不能等，医生又一次为阿牛抽了血。阿牛送检的血样又出来了结果，同上次结果一样，阿牛同老歪爹和妈妈的血型确实对不上，阿牛顿时懵瞪了。

> 小儿小儿爱亲人
> 不是亲人胜亲人
> 养爹胜过我那亲爹啊
> 爹呀爹呀我能为你做什么
> ……

六

阿牛这样回忆着自己的童年。

村头树上拴着的老黄牛，站立着喘着粗气，蜷缩的大黑狗趴在阿牛的脚下，一群白鹅嘎嘎地叫着争食儿，还有那满树上的麻雀叽叽喳喳，晚饭后，烟囱仍然冒着烟，那是养猪人家在煮猪食。阿牛在享受着幸福的快乐的童年时光。

老歪爹喜欢阿牛，好吃的先由着阿牛，好穿的先可着阿牛，什么好事先尽着阿牛。阿牛的身下还有个小妹花儿，花儿小什么好事理应先让着花儿，可是这个家却同别人家不一样，倒了过来，什么事情都是小的让着大的。妹妹花儿经常撅嘴儿嘟囔说，爹重男轻女，哥哥是亲生的，花儿不是亲生的。

有年夏天，阿牛看上了别人家孩子穿的回力鞋，阿牛试着穿了别人的回力鞋后，心里就放不下了。那回力鞋穿着真好，穿在脚上有弹性还耐磨，打球玩耍舒服极了，要比妈妈做的布鞋强多了。阿牛吵着闹着让爹给他买。那时，生产队里工分也值不了几个钱，一天能挣一块多钱就好不错了。虽然一双回力鞋没几块钱，可是这几块钱家里也是实实在在拿不出的。老歪爹二话没说，就答应了阿牛。从那时起，本来就在队里干活很累的老歪爹，每天晚上收工回来，一吃完晚饭，老歪爹又急着赶到附近的砖厂卖零工，给砖场出窑，出一手推车砖只能挣二分钱，老歪爹足足干了十多天，才挣够了一双鞋的钱。老歪爹同阿牛坐马车到镇里赶集时把鞋买回来的。

当时阿牛美滋滋地欣赏着穿在脚上的鞋，妹妹花儿看到后，也向爹要。老歪爹给妹妹花儿一顿臭骂，小丫头片子要什么回力鞋，惹得花儿整整哭了一晌午。阿牛见到爹什么也没给花儿买还骂了花儿心里实在过意不去，爹是不是太偏心眼了，妈妈费了很大的劲才哄好花儿，妈妈说等你长到哥哥一般大的时候，也给你买最好的衣服最漂亮的鞋。妈妈为了哄好花儿妹妹，破例给花儿煮了鸡蛋吃，这个能够代替新鞋的鸡蛋，阿牛是绝对不会去争的，甚至阿牛期盼妈妈再为花儿多煮几个鸡蛋才好呢。

阿牛还记得上学的第一天，是妈妈把自己心爱的围巾裁开了，缝成了书包。那个围巾，妹妹花儿非常喜欢，她常常趁妈妈不在家的时候，拿出来，围在自己脖子上，在院子里跑几圈显摆显摆。妈妈把围巾改成书包后，常常会听到邻居问妈妈，你那漂亮的围巾哪儿去了？怎么不围了呢。妈妈微笑着说，围坏了呗，给孩子改书包了。阿牛明明知道那是一条很新的漂漂亮亮的围巾，那可是妈妈每天都舍不得多围一会儿的围巾啊，也是花儿喜欢的围巾。妈妈把围巾改成书包，为的是颜色好看，还是为了使书包漂亮呢？还是拿不出来别的什么像样的布来缝制书包呢？还是家里实在没有钱买书包呢？反正从来不撒谎的妈妈，这次妈妈同邻居家说的话，阿牛心明镜地知道是真的撒了谎。花儿对妈妈把围巾改成哥哥的书包意见可老大了，她常挂在嘴边的一句话就是，妈妈多好的围巾啊，改成了书包，可白瞎了。

上学那天，老歪爹把阿牛送到学校。交学费时，阿牛看到爹从破破烂烂的裤腰里，在妈妈专门缝制的装钱的兜子里面往出掏钱。老歪爹把手伸进去，往外一角、二角、五角地掏，甚至有些钱很破很旧。这些钱就像秋风吹落在地上的树叶，皱皱折折干干巴巴的，看一眼就感觉到在怀里揣了很长时间。那时，虽然是几元钱的学费，可是老歪爹还要凑上好一阵子才能够凑齐整的。别人家的孩子刚上学的那两天，家长送一送，等顺过架来，就让孩子自己走了，可是阿牛的爹，每天只要他有空，阿牛就会骑在老歪爹的脖梗子去上学，这时的阿牛觉得自己不是爹的儿子，而是爹养的牛犊，是院子里的小花狗，死活分不开的，这一切让别人家的孩子很羡慕。一直到上了小学二年级，阿牛长高了，阿牛不再好意思骑在爹的肩头上走路了，才不让爹送他上学的。

阿牛想到了那年闹饥荒的时候，家家都揭不开锅，每天吃饭全是野菜汤，饭里根本看不到几粒米，菜里见不到几点油星。人人都面黄肌瘦，弱不禁风。即使这样，大人们还要到生产队里正常出工干活，家里吃几天野菜团子，就给阿牛和妹妹花儿多多少少吃点带米粒的饭。一天，阿牛同邻居家的小伙伴玩耍，那家擀了一碗面条子，那个香啊，别提让阿牛流下了多少口水，阿牛回家后，就吵着闹着向妈妈要面条吃。老歪爹跺跺脚，下着决心对妈妈说，给孩子做一碗吧。当妈妈做好了面条，端上了桌子，还没等那面条酱汁做好，阿牛和花儿就把这两碗面条扒拉到肚子里面去了，这是阿牛吃到的最好的美味大餐，虽然他和妹妹没吃过瘾，但是在那个时候他们已经相当满足了。

　　当阿牛吃完饭跑出去玩，返回来取弹弓子的时候，才发现爹和妈一口带米粒的饭都没有吃，更没有像他们那样吃那碗香喷喷的面条。爹和妈他们正在吃用黄豆壳磨碎了拌野菜蒸的干粮，那个野菜团子没法吃，苦涩难咽，人吃了大便干燥，大便非常难受常吃这种东西的人，会面黄肌瘦，全身浮肿。阿牛这时才恍然大悟，才知道爹和妈每天都不吃带米粒的饭，即使是星星点点爹和妈也没有吃到的。阿牛呆呆地望着吃饭的爹和妈，阿牛不知道爹和妈经常吃这些难以下咽的东西。因为他吃完饭，一撂饭碗，就跑出去玩了，看到这样情形的阿牛，太感到意外了，那么好吃的面条，爹和妈一口都没有动，全让给了他和妹妹，阿牛知道家里是实在太缺少粮食了，家家都如此，把那一点点米饭都让给了孩子吃，大人吃代食品。阿牛仿佛从这个时候就开始懂事了，阿牛知道老歪爹还要到队里干重活，吃不饱饭的爹，能干得动活吗？阿牛见到了不吃米饭的爹和妈，阿牛流了泪，心中感激他有这样的能够舍弃自己一切的爹和妈，从此，阿牛就更主动地找活干了，到外面大地里捋猪食菜，回家喂猪喂鸡喂鸭鹅了，阿牛是尽着全力地来帮爹和妈干着家务活的。

　　夜很深了，三毛楞星已经爬了上来，一觉醒来的阿牛，看到妈妈还在那灰暗的煤油灯下给他缝补衣裳，妈妈的鬓角已被岁月打磨得过早地染上了白霜。妈妈眼神不好使，做针线活时，妈妈的头都差不点儿挨上了煤油灯，这时的妈妈就像一座雕塑，妈妈像蛇一样弓着腰，左手掐着阿牛爬树刮坏的裤子，右手拿着针，一针一线地把所有的爱都缝补在衣服里边了。阿牛想想，自己也太能疯了，爬树摔跤抓鱼，总之，阿牛没有闲着的时候，所以，阿牛的衣服总要比别人家孩子坏得快坏得多。阿牛看到妈妈如此辛苦地补衣裳，心想今后自己玩要时可要注意了，但是，孩子就是孩子，想想过后儿就忘了。

　　阿牛的野劲要属在河塘里了，那里就是阿牛快乐的天堂。阿牛就像一条鱼儿，一个猛子扎下去能钻出十几米远，在水上漂着，能把肚脐眼和小牛牛露在水面上，阿牛的水上水下功夫，让小伙伴都很服气。天热得像个蒸笼，一到星期天，孩子们匆匆忙忙地吃口饭，阿牛就和村子里的小伙伴们来到河塘洗澡。在小河塘里，阿牛一伸手就可以抓到小鱼小虾的。河塘四周是茂密的柳条通，里面有野兔和雉鸡，夏天还可以捡到野鸭蛋，河塘里，莲藕到了夏天，就满塘地开放，香气袭人。大热的天，孩子们大半天都泡到水里嬉戏。

突然，一个孩子被激流卷了进去，他随着水流向下游漂去，阿牛见状，一个猛子扎了过去。由于阿牛着急救人，他跳进去的地方正是棱角秧子聚堆的地方，阿牛一下子被菱角秧缠住了。岸上的孩子慌了起来，他们大声地喊叫，救命啊，快救命啊！岸上的孩子们看见阿牛和落水的孩子在水里扑腾的力气越来越小，眼瞅着他们就要没命了。正当这个节骨眼上，老歪放牛路过这里，听到喊叫声，他急忙下水，把两个孩子救了上来。那时老歪爹简直就是阿牛心中的英雄，老歪爹和课文里学到的小英雄雨来一样，让阿牛钦佩不已。

阿牛初中毕业就不想读书了，回到村子里同老歪爹一起下地干活。老歪爹说，要学会一门手艺，才能够养家糊口的，于是，爹不但耐心地教了阿牛地里的农家活计，还有传授了阿牛编筐窝篓的手艺。

阿牛最爱黄昏时光，因为太阳落下山去的时候，爹就会叼着旱烟袋坐在老榆树下，阿牛就会坐在爹的身旁听故事，爹常常哼着这样的歌谣：

　　小儿小儿坐门墩
　　筑巢的燕子满天飞
　　天上下雨地上流啊
　　爹娘走不动你搀着回
　　……

七

再次化验血结果出来后，阿牛知道了自己是老歪的养子。阿牛站在病房的过道上，阿牛妈妈一个没有见过世面的农村妇女，在这个时候就更不知所措了，知道自己真正身世的阿牛，这时向妈妈走了过来。他把手轻轻地放在妈妈的手上，然后紧紧握住妈妈的手，阿牛的眼泪淌在了妈妈的衣襟上，他轻轻地对妈妈说，妈妈爹爹这些年难为你们了，感谢你们悉心地照顾了我二十多年，这养育之恩，儿子终身都难以报答，你们放心吧，我一定要把我爹抢救过来的，我还要养活你们一辈子的，妈妈，我就是您的亲儿子！阿牛说完，扑通一声双膝跪倒在妈妈面前，磕了三个长长的响头。医生护士还有周围的病人，都被阿牛这一突然的举动惊呆了，等他们了解到事情的真相，一些人感动得纷纷落下了眼泪，直拍巴掌。妈妈说，阿牛，妈的好阿牛，快起来，你爹原本想等给你娶上媳妇，再告诉你的真实身世的，谁知道你现在就知道了呢。

　　事后，阿牛从村里人们的口中，打听到了自己更详细的身世。

　　阿牛的爷爷在五十多岁的时候，阿牛的奶奶生了阿牛的父亲李喜贵。阿牛的爷爷老来得子，把阿牛的生父李喜贵视为掌上明珠，娇生惯养着。好逸恶劳的李喜贵，在村子里什么活也不愿意干，什么也不会干，这样李喜贵就养成了好吃懒做的恶习。李喜贵长到二十好几了，也没人来家里提亲，亲戚朋友托遍了也没有人肯帮这个忙，东村西村只要一提起李喜贵就没有一个不摇头的。说不上媳妇的李喜贵，来了个破罐子破摔，从东家偷到西家，从南屯要到北屯，没有钱回家就管阿牛的爷爷要，阿牛的爷爷不给钱，就用木头棍子殴打阿牛的爷爷，把阿牛的爷爷打得头破血流，阿牛的奶奶跪地磕头求饶，都换不来李喜贵的悔改，有时李喜贵急眼了，还对阿牛爷爷奶奶破口大骂。有时偷了别人家东西，人家找到阿牛的爷爷家里来，阿牛的爷爷还得给赔偿，这样一个逆子，可把阿牛的爷爷奶奶气坏了也愁坏了。幸好一家逃荒的人来到榛柴岗，带来个姑娘叫大琴，正好是出嫁的年龄。阿牛的爷爷找到生产队长，说帮李喜贵说上媳妇，或许能让他收收心，改掉身上的坏毛病。生产队长根本不信这一套，可又怕李喜贵成为村里的祸害，无奈之下撮合了这桩婚事，没指望能成。李喜贵听说阿牛的爷爷要给他娶媳妇，竟然厚着脸皮主动到大琴家介绍自己。大琴家扛不住李喜贵的软磨硬泡，大琴的父亲就把大琴嫁给了李喜贵。

　　刚结婚那阵子，李喜贵还同阿牛的爷爷下过几天地，仿佛有了浪子回头的迹象，可是农活太重太苦，没几天熬不住的李喜贵，又犯老毛病，又开始南北二屯地要起钱来，要没钱了，就东借西骗，弄得人见人恨，人见人怕。阿牛的爷爷年岁大了，撮合那么好的姑娘嫁给自己的儿子李喜贵，心里就有一种负罪的感觉，仿佛做了一件伤天害理的事似的，一股急火攻心死了。阿牛的爷爷死后，李喜贵更是没收没管了，整天无所事事，偷鸡摸狗，不干正事。怀上阿牛的大琴，整天以泪洗面，挺着个大肚子还得下到田里干活。

> 小儿小儿妈命根
>
> 爷不亲来娘要亲
>
> 你是娘的亲骨肉
>
> 你是娘的牵挂人
>
> ……

八

阿牛娘大琴喝药死后，李喜贵就遗弃了阿牛，后来，李喜贵得病死了，老歪收留了一个仇人家的孩子。阿牛弄清楚这些事情后，更加敬佩现在的老歪爹了，是老歪爹让自己得到了幸福的生活，是他们含辛茹苦地养育了自己二十多年，是他们待养子超过了自己亲生的孩子，是他们没有让自己像那些流浪儿过着朝不保夕沿街乞讨的生活。

老歪被从手术室里推出来，进了重症监护室，阿牛就天天蹲在床头守看着仪器，老歪爹的一点点变化都牵动着阿牛的神经。

当老歪第一次睁开了眼睛时，阿牛呼喊着，快来看哪，爹醒了，爹醒了！当老歪看到阿牛没有受到一点伤害时，那滴滴眼泪悄无声息地从眼角里流了出来。阿牛见此情形，双膝跪在了老歪爹的病床前，脆脆声声喊了句，我的亲爹啊！我要孝顺你一辈子！村里人到这时，人人心里才真真正正地佩服起老歪，佩服老歪领回来阿牛，把这个野孩真的当了亲儿子养啦。

老歪在医院里住了两个多月，就已经能够下地走路了，于是，老歪就吵着闹着要出院，阿牛拗不过爹，就办理了出院手续，专门雇车把老歪爹拉回了家。从那以后，阿牛再也没让爹上过地，虽然爹身体恢复得跟以前差不多了，但是阿牛就是不让爹下地干农活，说是爹也该享享清福了。夏天，爹爱看电影，阿牛就南北屯子用自行车驮着爹看电影，虽然爹能走能撂，阿牛就是不让爹走，说是怕爹犯病。妈妈想吃水果，阿牛就坐车到城里买回来水果给妈妈吃。

　　阿牛在石家长大，成了顶天立地的汉子。在榛柴岗当时还引起过人们的怀疑，可是，现在过去四十多年了，验证了老歪确确实实履行了抚养义务，把仇家的孩子培养成人，用阿牛的话说，我是老歪的亲生儿子！

　　那年冬天，八十多岁的老歪溘然长逝，村里人们看着阿牛冒着漫天大雪，扛着纸幡步行几十华里，把他爹老歪的灵柩送到殡仪馆。人们见阿牛一路上，频频回头，一看再看，老歪爹的灵柩。阿牛伴随着风雪中纷飞的纸钱，不停地吟唱着老歪爹教给他的歌谣：

　　　　小儿小儿坐门墩

　　　　筑巢的燕子满天飞

　　　　天上下雨地上流啊

　　　　爹娘走不动我搀着回

　　　　……

谁说外面有人

听说泥鳅外面有人，水莲是百般地不信。

水莲珍视她和泥鳅的婚姻，那一切可是来得不容易，难道泥鳅就不会这样想吗？女人嘛，就这样，说不信，可还是担着心哪。这事儿应该打听打听，问谁好呢？问谁都不会说真话的，只能问胖头鱼了。

水莲找到正在忙活计的胖头鱼，胖头鱼整个头部都伸进拖拉机的底下，只露出敦实的身子，微风把他的衣服轻撩了起来，像一面小旗帜呼哒呼哒地飘着。胖头鱼黑熊样的腰梁杆子，晾在明晃晃的太阳下，发出油亮的光。

胖头鱼没有起身，甚至根本没看到水莲的到来，却很响亮地说了一句，水莲啊，来啦，找我吧？

水莲笑了，你咋知道？

胖头鱼说，我心里想着呢，你来，我就知道。说话间，胖头鱼从车底下钻了出来，满脸的油污把胖头鱼涂成黑花脸的鬼样，惹得水莲笑出声来。

水莲当着胖头鱼的面，说起了正事，我想问你，我家泥鳅在外面有人了吧，是吗？

胖头鱼眼睛盯着水莲，只是笑，不出声。

水莲逼着问，到底是不是呀，你说话啊？

你听谁说的，胖头鱼反问道。

屯子里的人呗，水莲接话说。

胖头鱼说，开玩笑吧，准是大伙逗你哩。

你还是跟我说实话对劲，我不问你，还能问谁？水莲的眼睛不错神地盯着胖头鱼。

胖头鱼有些不自然，对水莲说，你别这么看着我，好吗？你这么一看，好像我外面也有了人似的。

　　水莲还是问，你说，是不是吧？

　　那你去城里的工地自个看看吧，我哪知道，胖头鱼说。

　　水莲觉得，谁能说假话，胖头鱼是不会诳她的，这件事要是在他这问不出来，就谁也不用问了。

　　香草河就在榛柴岗屯南坡下，那清清的河水里能够看到自由自在游动的小鱼小虾，它们在河里旁若无人地嬉戏，路过的人看到这样的景象，都会静静地观赏一会儿，河底的鹅卵石被河水冲刷得铮明瓦亮，河岸上碧绿绿的庄稼像一张墨绿的山水画铺陈在大地上。水莲自从嫁到李泥鳅家，唯一的爱好就是把河水当镜子照，一边看河水中那双大眼睛，那飘逸的长发，还有那凸凹美丽的身影，水莲一边独自想着心事，一边对着河水倾诉着自己的苦衷。

　　如今水莲心里很苦，苦的是泥鳅不常常回来，苦的是自己肥胖的身子，想着自己结婚后，身体特别大的变化，那苗条的身段已成过去，更苦的是想到那满脸横肉，唾沫四溅，粗粗壮壮的拧水莲耳朵的婆婆的手指。水莲就开始心惊肉跳，不知所措，这让水莲慢慢地觉得自己连河里的小鱼小虾都不如了。

　　水莲来河边洗衣服时，太阳已经快落山了。水莲洗完衣服就站在那呆呆地望着河里的水流走，她的心情也慢慢地随着流水而舒展开来，直到最后一缕晚霞快回家了，水莲才心不甘情不愿地往回走。

　　回家等待水莲的，可能还是婆婆那粗粗硬硬的拧耳朵的手指。

　　一听到踩了猫尾巴似的叫唤，准是水莲又挨婆婆打了。那声音凄凄惨惨让人不寒而栗！婆婆打水莲，不打脸，不打屁股，专揪耳朵，拧几个劲然后往上猛一提溜，打脸怕别人看到，打屁股怕干不了活，于是，婆婆就发明了揪耳朵，而水莲最怕揪耳朵。小时候，水莲和邻居家小孩藏猫猫，她跳到邻居家仓房的一口小米缸里藏了起来，被邻居家大人发现了，发现缸里的米让水莲给弄埋汰了，便气不打一处来，伸手拧住水莲的耳朵，从缸里面就把水莲提溜到地面上来了。从那以后，水莲就怕揪耳朵。水莲的这一死穴，被对水莲挥巴掌亮腿的婆婆发现了，于是，让这个泼辣恶毒的女人，自鸣得意起来，她认为这是世界上最妙的打人方法。

打水莲，为什么？婆婆说，打自家的儿媳妇，还用找理由吗？只要我不高兴，就是一个字：打！泥鳅娶了媳妇水莲就到外地打工去了。除了春节回趟家，其余时间就像他的名字一样，钻到泥里没了踪影。在家的水莲挨揍的遍数，数都数不过来了。

对于水莲，人们很难在她身上找到什么不好，或不妥的地方。水莲生性善良，寡言少语，勤劳朴实，家里家外的活计样样拿得起放得下，一天到晚不停手地干活。邻居们都砸吧着嘴说，你看人家水莲真能干！对于公公婆婆，除了内衣内裤水莲不给洗外，没有不洗的衣服。公公婆婆谁有了病，端茶倒水送到跟前，煎汤熬药，起早贪黑地伺候着。婆婆不爱动弹了，水莲还常常给婆婆洗脚。难道水莲偷了野汉子不成？水莲可不是那样的人，本本分分过日子，没啥事儿，她是大门不出，二门不迈，提起水莲，整个榛柴岗没有一个不竖大拇指的，水莲在榛柴岗那是数一数二的媳妇。

水莲挨打，怎么不跟丈夫泥鳅说呢？说也没用，这个家婆婆说了算，不说还好，一说，水莲挨打的遍数就更多了。水莲挨打时，就暗暗地埋怨起自己来，咳！都怨自己出外打工，看走了眼，一眼没看准，就跟着泥鳅嫁了过来。泥鳅打工回来，水莲多次跟泥鳅说，离开父母单过得了。泥鳅不同意说，我娶媳妇就是伺候父母的，单过算什么。其实，婆婆打水莲也是有缘由的，就是奶奶婆婆当年总打婆婆。婆婆说，打你，是我婆婆传下的规矩，婆婆得管好了自家的儿媳妇。水莲听街坊邻居说过，奶奶婆婆打婆婆，不怨奶奶婆婆，都是因为婆婆好吃懒做，蛮横无理，无事生非才打她的。当然啦，婆婆打水莲也有一个堂而皇之的理由，那就是结婚两年多了，水莲胖得像个猪似的，没给她家里添个娃。

有时水莲实在扛不住婆婆打，就跟身边的姐妹邻居说，可这种揪耳朵的打法，没有留下一点伤疤，没有证据，怎么拿婆婆是问。有的人出主意，婆婆正打水莲的时候，咱们就去现场，可是泥鳅家婆婆打自己儿媳妇，你个外人，冷不丁到了现场，说什么呢？说我给水莲当证人。得，这个方法行不通。然后，有人又出主意，让水莲生孩子。水莲不能生育，这是因为肥胖的原因。水莲说，那我就减肥吧。大家说，减肥就能怀上孩子了，婆婆为了孙儿孙女就不会打水莲了。大家都说没有比这更好的主意，于是，水莲就开始张罗减肥。

　　一挨打，水莲就偷偷地跑到香草河边抹眼泪，看着水中倒映出来的自己粗壮的腰身，水莲就唉声叹气！有人看见水莲在抹眼泪，就嬉笑着说，水莲啊！是不是想泥鳅啦？熬不住就去看看他，你俩老不在一块，闹不好他外面有人喽。

　　水莲不吭声，扭过脸去，水莲真的又担心起外面干活的泥鳅。这回不说，那回不说，时候长了，说不准真的养女人了呢？水莲决定给泥鳅打个电话，说不想，还真的有点想哩，说不信，水莲还真的有点信了，不会泥鳅外面真的有人了吧？

　　很多人家的媳妇都有手机了，水莲却没有。一年到头跟泥鳅也通不上几次话，用谁的手机都是个愁，想来想去，还是找胖头鱼。胖头鱼始终忙着活计，水莲一来，胖头鱼立马放下手中的活计。水莲说，我用你的手机，给泥鳅打个电话。胖头鱼爽快地说，用吧，用吧，用我的人都行啊！

　　本来生气的水莲，破涕为笑。

　　水莲因为不常使用手机，笨手笨脚地拨起了号码，好半天才接通。对方有人讲话了，可是对方的说话像一串菠萝豆，酸唧唧，水莲一句也听不明白。水莲问胖头鱼，你看这是咋回事呀？胖头鱼接过电话，大喊，泥鳅吧，是不是泥鳅？对方的话还是听不懂。

　　胖头鱼关掉手机，调出刚刚拨出去的号码，一看，大叫道，水莲你好笨啊！你把电话打到了广西北海，这个地方离咱们这里老远老远哩。水莲低头，我没用过手机了嘛。胖头鱼说，你说号码，我来拨。

　　水莲一字一顿地把泥鳅的电话号码告诉给胖头鱼。胖头鱼一拨，电话通了，接话的果然是泥鳅。

　　水莲带着哭腔说，泥鳅，你咋不回家呀，都多长时间啦！

　　那面的泥鳅说，我这活正忙呢，正是挣钱的好时候。

　　水莲说，可是，我咋一分钱也看不到啊？

　　钱不是都给妈汇过去了吗，泥鳅在电话里说。

　　水莲说，妈一分钱也没给过我。人们都说你外面有人了，真的假的呀？

　　一旁的胖头鱼笑出声来，水莲就势躲得远些。

那面的泥鳅说，我一直忙活计哩，有个屁人，别听他们瞎说。

那么……那么，你也有好长时间没回来过了，我都想那个了，你不想啊？

泥鳅说，我想，咋不想，挣钱要紧。

水莲说，我想花点钱去减肥，我最近又胖了不少。

泥鳅说，胖点就胖点吧，减啥肥呀，想花钱就朝妈要呗。

水莲说，咱妈那里，我咋说啊？再说，她手里的钱，一个子儿我也要不出来呀。

你要就是了，那面的泥鳅说，我这正忙活呢，不跟你说啦。

水莲把电话还给胖头鱼，胖头鱼问水莲，泥鳅说没说他外面有人啊？

泥鳅说没有，真的没有。他的活很忙哩，水莲回道。

胖头鱼乐了，要是我，也说没有。

第二天，早晨起来，水莲头没梳，脸没洗，就站到脚踏式体重秤上一遍又一遍地来称量自己的体重。做饭的婆婆，拉长着脸，指桑骂槐地说着，干吃食，不下蛋的鸡就白白养着吧。然后冲着水莲住的屋子这边喊，泥鳅媳妇，快去小园拔几棵葱来，吃完饭好下地。

水莲对婆婆的数落，倒还有几分不在意，可是每当想起自己结婚两年来还没给老李家生个一男半女，水莲心里很纠结。

听了婆婆的喊声，水莲赶紧捯饬几下头发。带着粗得像根木头似的腰身，向菜园移动。水莲看见邻居兰子大姐正在侍弄园子，就问，嫂子，我得想办法减减肥，你有啥好招吗？

那有啥好招啊，就是平时少吃饭呗，你饿上一饿，膘儿不就下来了嘛。水莲寻思，兰子大姐说的话有道理。

胖头鱼开着拖拉机路过水莲家门口。

胖头鱼姓于，长得胖头肿脸的，所以大家都喊他胖头鱼。在榛柴岗，很少有人叫他大名，大人小孩都叫他胖头鱼。胖头鱼冲水莲喊，帮个忙，车里没有水了，给我车加点水。没等水莲回话，婆婆从屋里出来，一脚门里、一脚门外地说，你用你那家巴什，自己舞乍一下，不就得了嘛。胖头鱼见水莲婆婆不怀好意，接上话头说，大婶啊，我那家巴什那点水不够用啊，还得劳驾你了，一句话就把水莲婆婆给造没电了，搭不上言的婆婆，滋溜一下回屋去了。水莲还是第一次看到婆婆被别人给造没电了。其实，胖头鱼早都看不惯水莲婆婆的行为，她长年欺负水莲。胖头鱼已经二十八九岁了，二十来岁时，因为家里穷没娶上媳妇，他又没有手艺，不像泥鳅会瓦匠活，提溜个瓦刀，城里的活儿就有的是了，胖头鱼只好在家里老老实实地种地。这几年，胖头鱼种地收入不错，粮食价格不像过去那么低了，玉米大豆水稻都涨了上来，一亩地国家还给直补七八十块钱，种一亩地能剩下几百块钱，种个百八十亩地，一年到头也剩个几万块钱。胖头鱼种地能吃辛苦，活计也好着哩，又舍得出力气，所以，胖头鱼种的地产量高，粮食品质也好，来收粮的客户都上赶着找他，价钱给得也比别人高出来许多。村里很多外出打工的人家，都主动把地包给胖头鱼种，胖头鱼家的地是一年比一年多了起来，胖头鱼估摸着再有两三年，就攒够娶媳妇的钱了。去年胖头鱼推倒老房子盖起了周周正正的五间带车库的大瓦房，据说花了十多万块呢。有了钱的胖头鱼，跟没钱的时候不一样了，那媒婆三天不来，五天早早的，甚至有的姑娘父母直接找到胖头鱼跟他说，我那姑娘长得跟花儿似的，你俩看着挺合适的。可是，左邻右舍的姑娘还没有他胖头鱼看上眼的。人家都嫌弃胖媳妇，可是胖头鱼却说，找媳妇就找水莲那样子的，白白胖胖的，眼睛瞧着就能有福，那日子过得肯定能殷实。

水莲望着胖头鱼开着喷着烟雾的拖拉机渐渐远去，那一缕缕尾气是从水莲心坎上荡过去的。水莲害怕婆婆拿她出气，饭没吃，就随公公下地干活了。

水莲想起了邻居兰子姐的话，减肥要不吃饭或少吃饭，到中午公公怎么劝水莲吃饭，水莲也不吃。水莲在一旁坐着，公公生着闷气，这个泼妇总是欺负儿媳妇。婆婆见水莲不吃饭，就气不打一处来了，婆婆说道，你要什么耍啊！这个家对你咋的了？供你吃喝，怎么还供出毛病啦。水莲急忙说，妈，你理解错了，我不吃饭什么原因都没有，就是为了减肥。

婆婆骂水莲，减，减个屁，我一看你那一堆肉就闹心。

水莲很少吃饭，即使什么也不吃，哪怕是喝凉水，她都突突地长膘啊！

现在农村生活条件好了，小伙子小姑娘哪个不穿得浪不丢的？城里时兴什么，时间不长，那股风便会很快就刮到农村来。水莲听说城里女人时兴瘦身运动，她想这大概和她的减肥差不多吧。赶上胖头鱼开车去城里，也巧，这时候水莲家里地里也没啥活。水莲就跟公公婆婆打招呼说，上城里表姐家串个门。水莲和村里的一些老少爷们一起搭胖头鱼的拖拉机去了城里。

胖头鱼养拖拉机好几年了，他开车的水平也不赖。一见水莲坐自己的车去城里，胖头鱼更欢实了。一路上胖头鱼紧着踩油门，时不时地跟水莲有一搭没一搭地聊着闲嗑。问水莲到城里买衣服啊，要是买衣服得上百货大厦，那里衣服才上档次的，那漂亮衣服老鼻子了。水莲说我去找表姐帮忙，看能不能帮我找个地方减肥。

胖头鱼说，减什么呀，看你长得多厚成，我一见你就感到满身的喜庆，一看你就像个过着敦实日子的人。胖头鱼打一下方向盘，错过对面的来车说，人啊，自自然然就好，干嘛按照别人的意愿活着呢，我看你减不减肥都无所谓，关键是要按照自己的想法活着。

水莲说，我这身膘不减去不减去怎么行啊！咋琢磨也得减掉它，人这一辈子就认命吧，怎么挣也挣不过命啊！

胖头鱼立马反对，那可不对！命运把握在自己手里，不能逆来顺受。对的可以，不对的要坚决反对，甚至反抗。你婆婆总欺负你是不对的，不对的就要敢于说，不！天下三条腿蛤蟆找不着，两条腿活人有都是，非得在他家那一棵树上吊死吗？

水莲急赤白脸地说，你快闭嘴吧，胖头鱼，别瞎说了，别让风大闪了你的舌头。

树叶不断地被风一一卷起，漫天飞舞。随着渐渐减弱下去的风，有的树叶又落回到树根底下。水莲想，泥鳅走了这么长时间了，也该回来了。

水莲特别想泥鳅能回来一趟，这么长时间了，夫妻之间总应该有那么一次了，再没有，就不是那么一回事了。

路边的杨树枝延伸出来，就变成长长的绿色臂膀，把公路遮蔽得瓦凉瓦凉的。水莲多么需要有一个坚实而有力的臂膀来支撑她一下啊！水莲想到，自己家那个黑黑的泥鳅，自打结婚后，也没在一起睡过几天觉，指望他来保护自己，恐怕这辈子都盼不上了。一遇到婆婆骂她打她，泥鳅不但不向着自己，还偏向婆婆，这两年来婆婆让自己吃尽了苦头。水莲有时也想，既然这个日子同泥鳅过不下去了，和他离婚吧。可是泥鳅是打工时自己找的，回到娘家，怎么跟娘家人交代呢，还是忍了吧。

到了城里，水莲就去找表姐。表姐是个热心肠，她立马带水莲到县医院找她的同学。表姐的医生同学看看水莲身体状况说，水莲你这个情况，服用减肥药一时半晌儿恐怕难以见效，不行我给你介绍到省城一个减肥中心吧，看看那里有什么好办法。水莲一听说上省城减肥中心，有很多肥胖人通过抽脂减肥手术效果不错，水莲想那样的减肥肯定效果要好。水莲问，那得多少钱啊？医生说，那得一两万块钱吧。泥鳅虽然不少挣钱，可是这钱到不了水莲的手里。泥鳅一回来，钱全部给了婆婆。水莲想，跟婆婆借钱这个路儿恐怕不行。于是，水莲央求医生给她开点减肥药先吃着。医生开了药，水莲又搭胖头鱼车往回返。

回到车里，胖头鱼问水莲，你怎么减肥啊？水莲说，抓点药先吃着呗，要想减肥效果好，医生说最好去省城做抽脂减肥手术。我回去跟泥鳅商量商量。胖头鱼一听说做手术，就问水莲，那得多少钱啊？水莲说，得一两万块钱哩。胖头鱼说，你家的泥鳅，我还不知道，他在全屯是出名的小抠，说句不好听的，那是屁眼子塞不进几根猪鬃的小气鬼。再者说，那个泼妇婆婆，这关儿，你也过不了。

胖头鱼边开车边说，你实在要减肥的话，信得过我，我赞助你，用钱吱声。东北人都是活雷锋，做好事不留名。水莲没有吱声，不过心里却热乎乎的——水莲自打结婚以来，还没有人这么心疼过自己呢。

水莲他们刚进村子，正赶上水莲婆婆站村口骂大街。原因是谁家的猪没有看住，把水莲家的土豆地给拱了。只见婆婆就像刚从灰坑里拽出来的一样，披散着一头乱蓬蓬的头发，瞪着滚圆的眼睛，那鼓胀得如同屁股一样的圆脸，仰得高高的，两手叉在胯部，嘴里唾沫星子四溅着，用极高的分贝，吐着不堪入耳的话。婆婆的话很难听，你们家人都瘟死了不看住猪，让它出来乱拱，不把猪拴上……满村子里，家家都关上了窗门，不愿去招惹她，大街上玩耍的小孩一个也不见了，全让家里人喊了回去，怕小孩听到了学会骂人。刚从外边回来的胖头鱼，可不惯着水莲婆婆。停下车，待进城的人都下了车，胖头鱼凑过去说，大婶，谁惹你了，看看把你气的，你要是气死了，我还得搭上点纸钱呢。再说，你骂大街硌碜不？水莲婆婆也不示弱说道，你是狗拿耗子多管闲事。胖头鱼对着水莲婆婆瞪巴着眼睛说，一个哑巴牲口没看住，上你家地里吃点破土豆子，就把你气成这样，值得吗？你都白活这么大岁数了，让大伙听听你那嗑，怎么能骂得出口，你都不如那三岁的小孩子。水莲赶忙过来，得得，胖头鱼你少说几句，就往回推婆婆。其实小鬼还怕恶人，婆婆在村里最怕的就是胖头鱼，她的毒舌偏偏压不住胖头鱼。水莲婆婆见水莲出面，有个台阶，也就顺坡下了，颠儿颠儿地回家了。

回到家的水莲，看到婆婆在屯子里面撒泼骂大街，她觉得很丢人，仿佛泥鳅在外面有了人一样，真的让她抬不起头来。到了家里的婆婆又来劲了，她把全部气都撒在了水莲身上，于是人们又听到老李家的火烧火燎猫挠似的声音。胖头鱼听到后，心里这个恨哪——都怪自己一时不冷静，和那个泼妇叫什么真？让水莲又吃苦头了。

挨打的水莲小心翼翼地干着家务活，婆婆拧够水莲耳朵，就跺着脚在那骂水莲，你要是不生娃，我明天就拧死你。水莲望着婆婆红了的眼睛，一脸的横肉，心里惊慌失措，害怕得要命，水莲的心脏似乎快要跳出胸外边了。

水莲来到香草河边，映到河里的影子，随着水莲的心事，在岸上往复地徘徊着。一声喊叫把无助的水莲拉回到现实中来。

嫂子，我看你半天了，你一个人在这干啥哩？水莲抬头一看，迎面走来的是同泥鳅一起出去干活的三毛愣。

水莲说，没啥，就是瞎走走，我们家泥鳅，你最近看到没有？

泥鳅哥可老厉害了，现在他带三四十人呢，成了小工头哩。

那他一个月能挣多少钱啊？水莲问。

三毛愣说，一个月，我看万八千块钱的不够他挣的。

水莲说，你什么时候走，替我给你哥捎个信，说我要减肥，让他给我攒两万块钱。

三毛愣满不在乎地说，我哥那钱还用攒？老板哪个月不单给他大红包，一两个红包就够你的了。

水莲说，那你告诉泥鳅吧，把钱攒够了，就抽空回来一趟，我有事跟他合计。

好了，嫂子你的信我原原本本一定捎到，管不管用那是你们俩的事啦，三毛愣大声说道。

水莲千恩万谢。

不多日，泥鳅打城里回来了。在水莲看来，回到家的泥鳅咋看咋像个客人。泥鳅的脸色不那么黑了，穿戴也像有人给收拾过，浑身上下板板正正，尤其是头发不再是凌乱蓬松的。过去泥鳅从工地回来，头发就像女人织毛衫的线团子，乱蓬蓬的。现在再看泥鳅的头发，咋看咋像城里人的样子，那头发梳得溜光锃亮，还打着发蜡哩。

水莲看泥鳅，看着看着竟有些忸怩，就像被公鸡带走的小母鸡似的，羞答答起来。水莲和泥鳅回到他们自己的屋子里撂下窗帘，大白天就干起了那事，那个过程让水莲好个受用，仿佛生来就等着这一次似的。

泥鳅随后丢给水莲一千块钱，小声说，这个钱留给你零花，中不？

水莲眼里有泪花，没有伸手去接钱，身子也一动没动，双手扳着泥鳅的肩膀说，我跟你一块去工地吧。

泥鳅忙说，那可不行。工地哪有女人呆的地方？再说你去工地，家里的地谁种啊？将来咱还得靠着土地生存不是？

水莲不做声，屋外传来婆婆的喊声，水莲哪，快出来吧，你汉子刚回来，怪累的！

上次从城里回来，胖头鱼用话刺激了水莲婆婆，使得水莲挨打，胖头鱼很过意不去。见到水莲从香草河回来，胖头鱼就主动上前赔了不是。水莲说，这跟你有什么关系？婆婆没有因由，说打我，还不是照旧地打！什么也不因为，打我都多少回了，看我这回减了肥，她还作什么妖，再作妖，我真的就不和泥鳅过了。

胖头鱼说，你说你家的泥鳅，也不拿你当回事儿，一年就春节回来一趟，跟他过有什么劲儿，还有那个世界上最刁蛮最夕毒的婆婆。

得得，你个胖头鱼住嘴，少管我们家的事，水莲说完一扭搭走了。

水莲不时地想起那个像客人似的泥鳅，一想起就给泥鳅打电话。不过这回打电话可不再用胖头鱼的手机了，而是去找公用电话，说话时尽量躲着人，泥鳅经常回答她，等有空就回去，可是水莲左等右等，就是没有泥鳅的音信，于是，水莲让三毛愣给泥鳅捎口信。

泥鳅后来回信说，你好好在家过日子吧，减什么肥呢，乱弹琴。

不减肥，不生娃，你妈真的要打死我的，水莲电话中说。

泥鳅说，水莲我忙，没有功夫跟你唠闲嗑，说完泥鳅的电话就挂了。

水莲再打电话，就剩下嘟嘟的声音了。"话吧"老板说，这男人一出去打工就变样了，连话都不容媳妇说完。老板说完，接着连叹几声气，他忙别的事去了。

水莲不知道是怎么回到村子的，更不知道自己怎么来到了香草河边。水莲蹲在那静静地看着河水里自己的影子，婆婆已经下了最后通牒，再不去减肥，不生出娃来，婆婆的手可能真的要拧断水莲的耳朵，甚至婆婆可能要打死她，水莲真怕这个歹毒的婆婆下黑手的。

往地里喷农药的胖头鱼，发现了蹲在香草河边的水莲。胖头鱼走了过来。水莲见胖头鱼走了过来，站了起来。

水莲问，你往地里喷农药啊？

我都看你老半天了，水莲，你咋了？胖头鱼说。

我减不下肥，生不了娃，婆婆不答应。

那就减肥吧，城里人都兴这个。

水莲说，泥鳅那边手里现在没有钱。

你就为这事儿啊，我不跟你说过嘛，你没钱，我借给你，这点破事看把你愁成那个熊样，胖头鱼笑嘻嘻地说。

水莲心想，目前要想减肥，也只有跟胖头鱼借钱了，年底泥鳅回来，再还给人家吧。

水莲说，好吧，那你先借给我两万块钱，等年底泥鳅回来就还你，中吧？

胖头鱼乐颠颠地说，行啊，这事还用说吗？

水莲跟胖头鱼从地里回来，到胖头鱼家去取钱。取钱的时候，水莲在胖头鱼的屋里，胖头鱼跟水莲说，就咱俩，我抱你一下吧？

水莲说，你咋那样，我不借了。

胖头鱼立马说，别介，我不是看中你了吗，要不我哪能说出这句玩笑话哩，不行就不行吧，别急眼儿，钱我是照样借给你的。

水莲借到钱，没敢回家。那一刻儿她的心里就跟让泥鳅干了一样，水莲无比高兴，胖头鱼和泥鳅在水莲这没啥两样，按理说，胖头鱼让她做啥，她是不该拒绝的，只是胖头鱼要求得没那么坚决和强烈，一旦胖头鱼坚决地要，水莲是舍得给的，她还会心甘情愿给他的。

水莲让别人给婆婆捎个信，告诉她上省城了，然后坐上通往县城的班车，找表姐陪她到省城减肥去了。

一晃三个月过去了，水莲的减肥效果特别地好，水莲的体重一下子从二百三十多斤下降到一百二十斤左右。减掉分量的水莲，连自己都觉得那么受看那么精神。省城的减肥中心是一个完全封闭的地方，签完合同，吃住活动都在院子内，不准随意外出，更不准随意向外界打电话联系了，避免在减肥中，受到不应该的干扰。

水莲照照镜子，看到自己的体型和结婚前差不多了，水莲的信心又鼓胀了起来，她又想到了香草河水里苗条的倩影。

表姐来接水莲出院，一同来的还有那个讨厌的胖头鱼。胖头鱼正好赶上到省城购买农机配件，听说水莲出院，他也乐颠颠地跟着过来了。胖头鱼这家伙一眼也不敢瞧水莲，躲出去远远的，但他还是忍不住向水莲这边张望，就像一个打算到园子里偷果子的淘小子，咋看咋不像个好样的。

看到水莲减肥这样成功，表姐非常高兴，问水莲，你花了多少钱啊？

水莲说，大概一万七八吧。表姐说，不多，减到这种程度，再多花点钱也值啊。水莲说，我出院了正好在省城，想到泥鳅那里看看，能不能凑凑钱，把借胖头鱼的钱还上。

水莲向躲在楼旮旯儿的胖头鱼喊道，喂，你过来，好好看看我，胖头鱼忸忸怩怩地走了过来，就是不敢正眼看水莲。

水莲说，你看我，我能吃了你啊？

胖头鱼假装正眼看看水莲，满不在意的样子说，还行吧，钱没白花。

水莲姐俩都乐了，胖头鱼有事先走了。水莲姐俩去找泥鳅。

水莲姐俩东打听西打听，费尽周折，终于找到了泥鳅干活的工地。水莲眼睛尖，一下子看到了同泥鳅一起出来干活的三毛愣，这时，三毛愣也看到了她们。

三毛愣悄悄摆摆手，示意她们到旁边背人的地方说话。

三毛愣说，嫂子你太漂亮了，我都认不出来了，跟我哥娶你时一样的俊俏。

水莲说，少贫嘴，泥鳅呢？

三毛愣说，我为啥让你们到这背人的地方说话呢，就是怕别人看见，泥鳅他早有相好的了。水莲惊愕，一时说不出话来。

三毛愣上气不接下气地说，泥鳅和那个女人都登记了，都他妈成合法夫妻啦，现在孩子都抱出来啦，水莲你还蒙在鼓里哩。

水莲立刻傻了眼。

三毛愣见水莲这样，赶紧收过话来。不信你到工棚子那边单独盖的小屋子里看看，就什么都明白了。嫂子，你千万可别说我说的，要不我的饭碗子就打了。

水莲被这突如其来的消息闹得不知所措。表姐毕竟是城里人，见多识广，拽着水莲来到三毛愣说的那个小屋，她们看到了，同三毛愣说的一样，泥鳅正和一个年轻女子在一起呢，是那种如影随形过日子的样子，身边还有一个小女孩，他们正在吃午饭。

水莲她们的突然到来，让泥鳅愣住了……

水莲的表姐对着年轻女人说，你是李泥鳅的媳妇吗？

那个女人说，是啊。

水莲的表姐很气愤地问，你们是啥时到一块的？

那个女人回答道，我们结婚快一年多了。

这孩子是你的吧？水莲的表姐用手指着桌前的小孩。

那个女人说，是啊。

水莲的表姐大声喊道，你知道不知道，李泥鳅在老家里还有个明媒正娶的媳妇。

年轻女人对着泥鳅大喊一声，泥鳅，你他妈滚过来，怎么你家里还有女人啊？我早都看出你不是一个什么好东西……

水莲的表姐用手一指水莲说，何水莲就是他家里的媳妇。

这时的水莲，眼泪止不住地流了下来。

李泥鳅，两年多来，我为你忍受着屯子中最歹毒婆婆的欺辱和打骂。为了你，我承担起你们李家里里外外的活计，伺候着你的父母，可是你在外面却真的有人了，你丧尽天良！

那个年轻女人也火了，李泥鳅你知道不知道你欺骗了我的感情，你毁了我的青春，你犯的是重婚罪，你个李泥鳅，说着这个女人就把手伸向了泥鳅的脸，瞬间泥鳅的脸就趟出来了几道道的血檩子。

水莲不知道自己怎样被表姐从泥鳅的小屋子里拽走的，也不知道自己今后应该怎么办？水莲只感觉到天旋地转，一下子晕了过去，当水莲醒来时，她已经躺在了社区的卫生室里。表姐把浓浓的小米粥端了过来，对水莲说，没有过不去的火焰山，没有蹚不过去的香草河，水莲你想开点。老祖宗不是有句话嘛：福在祸中隐，祸从福中生。我看这事儿也不是啥坏事，泥鳅你早都应该离开他了，是他丧良心在前，违反道德法律在先，离开对你不忠诚的泥鳅，离开那恶毒的婆婆，也是你的造化、你的幸事。水莲说，我最大的心事就是偿还借胖头鱼的两万块钱，要知道这样，我减什么肥呀，还花了这么多的钱。表姐说，事已至此，我们还是往前看吧，想办法还人家呗。咱们遇到啥事必须得往开了想，天下没有绝人之路。

表姐说，这样吧，我们邻居正好想找个人伺候瘫痪的母亲，工资不低，管吃管住一个月两千多块钱，回去我给你问问。

水莲回县城后，没有回榛柴岗，直接到了雇主家。水莲勤快厚道，干净麻利，雇主家很喜欢。一个月后，水莲给表姐送来两千块钱，让她想办法把钱捎给胖头鱼。至于水莲当前的消息，先不用跟公公婆婆说，也不用跟胖头鱼说，榛柴岗是不能回去了，但是有个信一定要告诉胖头鱼，水莲不会食言的，到年底一定要把她欠胖头鱼的那两万块钱还齐整了。

表姐按照水莲的意思，利用星期天，专程去了趟榛柴岗。得知水莲的婆婆上地抠土豆赶上下雨打雷，她在树下躲雨，让雷劈死了。泥鳅回来送葬，大家才知道城里的年轻女人把泥鳅告上了法庭，泥鳅婚也离了，还赔了人家二十多万块钱哩。

屯子里的人问泥鳅，听说你外面有人啦？

泥鳅不以为然，反问道，谁说我外面有人啦？

人们还问，那么水莲哪去了？

泥鳅说，回娘家了，过些日子，我还要去水莲家，把她接回来呢。

不长时间，水莲和泥鳅离了婚。水莲什么也没有要，只是把她在泥鳅家里穿的衣服拿走了。屯子里的人们猜想，是不是水莲在外面也有人了。凑巧的是，水莲回来的时候，正赶上胖头鱼到外地去买联合收割机。胖头鱼开着自己高高大大的联合收割机回到榛柴岗后，才知道水莲回村里跟泥鳅离婚这事。得知这个晚信的胖头鱼肠子都悔青了，他说，要知道水莲回来，晚几天去佳木斯接车该多好啊！

在胖头鱼接回来收割机的不长时间，村长来到胖头鱼家。笑着跟他说，小子，你走桃花运啦，我给你介绍个对象，是个离婚的女人，长得挺好看的，也相中你了。胖头鱼问，长得啥样？村长说，就跟离开咱村的水莲差不多，挺像样的。胖头鱼还问，以前我认识不认识？村长说，你们肯定没见过，不认识。胖头鱼说，不认识，我不看。村长疑惑，那是为啥，不会是你外面有人吧？胖头鱼气得跳了起来，谁说我外面有人啦？

村长笑了，没人就没人吧，急个啥？不看就不看，怕个啥？要不你也借给我两万块钱，村上急用。

胖头鱼立时回答说，我没钱！

村长急了，你他妈会没钱，骗谁呀？

胖头鱼说，我刚买了联合收割机，真的没钱了。

村长说，没钱你能买大机具，瞪眼说瞎话，要么你还是外面有人了？

胖头鱼又一次急眼，谁说我外面有人了？竟扯犊子！

香草河水清清澈澈，岸上的树木高高低低，树上的鸟儿叽叽喳喳。岸上来来回回走动的人影，随着水的波纹也不断地起起伏伏，上上下下，胖头鱼在河边转悠着，他期望着在这里能偶然地遇到水莲……

借几个轻松的日子

一

豆花张望着乡间大道，天下着雨，秋雨说大不大，说小不小，又湿又凉的天气，让日子显得很不轻松。连绵的雨滴，不是浇到地上，而是浸到豆花心里，那条大道朦朦胧胧地滞扭扭在雨中向前伸展着。

玉米成熟了，米粒子像玉石串子胀开层层苞叶，该开镰了。

豆花盼望丈夫赵老偏子在那条大道上出现，他说过，开镰的时候，我赵老偏子一定回来。

去年这时候，也是个有雨的日子，也像现在这样，豆花眼巴巴地望着大道，果真就望见了丈夫赵老偏子，还有两个儿子，大勇和小勇。丈夫兜里揣着一笔钱，就是这笔钱，让他们的日子轻松了许多。豆花早已不相信姐妹们的话，什么有钱没钱，平安就好。豆花觉得，如今的日子，要么有钱，要么穷愁。有钱了，就想干什么，就干什么，可以随便任性；没钱，穷愁了，你什么都没有，那你怕谁，你还怕什么呢？

赵钱串子是丈夫的本家，要不然不能去他家借款，这个村里借钱都叫抬钱。别看是抬借人家的，信不着的人家赵钱串子还不借给你呢。赵老偏子回来还账，对赵钱串子说，这回活干得不好，包工头没给开透支，先把本金结清了吧。

赵钱串子说，我都是顶年本金和利息一起结，结不利索，利息算下一年本金。土话说，这就叫驴打滚，利滚利，借钱时跟你讲好了的，只还本金，单算利息都一样。当年还不上，第二年都是本金，照样滚利。

　　就这样，赵老偏子借赵钱串子的钱，还款时就说不清还的是利息还是本金了，反正还欠赵钱串子的钱，欠多少重新写了借据，利息更不含糊，写得跟小葱拌豆腐似的一清二白，分毫不差。

　　豆花觉得日子不轻松，就是因为抬人家的钱，赵钱串子平常跟他家还是很好的，就是因为欠钱，人家登门来要，一进门，脸不是脸，鼻子不是鼻子的，说话一次比一次难听。也是因为欠人家的钱，豆花尽可量地跟人家说些好听的话，驴打滚的利，压死人哩，头三年前借的钱，到现在利息比本金都多了。抬款就跟秋雨一个样，下起来就没时晌停下来，抬人家钱还不齐整，就欠人家的账，心里就轻松不起来。

　　每年挣下的钱，都还了债主，哪怕是还不尽，还有些欠账，也能有几天轻松的日子。这不见怪，细细数来，榛柴岗没几家不抬钱的，也就是说，在榛柴岗有钱的人家不多，但有钱的人家哪怕仅仅一户，也顶得起十几户没钱的人家。豆花一时有了错觉，有钱的人家就像当官的人，这样的官，总管着你几十户穷人家的钱。

　　债，还多还少，还一点就轻松一点，赚下的钱是别人的，这话不假。豆花高兴的事，是跟丈夫和孩子们一起去割地。

　　开镰的日子，是难忘的。一望无际的田野里，长着成熟起来的玉米大豆水稻，被秋风烘烤过的庄稼，一片接一片打着滚地成熟起来。豆花和丈夫，还有大勇小勇两个孩子一起干活，一个人拿两条垄，三个人一次就能割倒六条垄，赵老偏子中间放玉米趟子，两边是孩子扶腿子。豆花自己一个人扒苞米，割倒了一片地，爷三个再回过头帮她一起扒苞米。然后，赵老偏子开着四轮车把扒出来的苞米拉回家，晚上收工回到家，豆花做饭，丈夫喂猪，孩子们经管那些小鸡小鸭。一天从早忙到黑，忙得一家人，都没有空说上几句话，豆花劳碌一天后，感觉腰酸背痛，胳膊腿累得都抬不起来，一扎到炕上，就睡着了，尽管这样忙这样累，豆花认为这才是实实在在家的感觉。可惜这样轻松的日子，只消几天工夫就过去了，二十来亩地，一家人没几天就收拾利索了。赵老偏子收拾完地，然后带着大勇和小勇两个孩子又出去打工，赚不到钱的话，日子便没个轻松。

二

　　赵老偏子和大勇小勇两个孩子再回次到家里，多半是腊月门子。活干得倒是挺好，工钱定得也不错，可是带他们出去干活的包工头在他们结工钱时老板手机关机，怎么也找不到干活的老板了，他们反来复去地打听消息，翻天摸地找他们所知道老板可能去的地方，几十个人足足折腾了半个多月，还是没见到老板。有人提醒，你们就是找到春节，也找不到老板了，老板破产跑了。实在没办法包工头只好给每个干活的人发了五百元路费，带这点钱回家，过年都不够用，根本就别提还赵钱串子的抬款了。

　　猫冬的日子里，村子里麻将局一直不断。赵老偏子整天为钱的事发愁，他就没太留意两个孩子干啥？大勇小勇没事总去麻将局看热闹，小勇没悟进去，大勇却看上瘾了，三缺一的时候，大勇就背着父母耍上钱了，这赌博，犯邪性，你别沾上它，一旦沾上，有了瘾，就不好忌了。大勇兜里没有钱，耍钱时，就跟局东抬款，赌局抬款利息更高，不是五分利，就是一毛钱利，还有更高的，甚至五毛钱利。开始大勇的手气好，几局下来赢了一千多块钱，不但及时还上抬局东家的抬款，兜里还剩下七八百元。穷孩子一旦有了钱，就大把大把地往出花，一点儿也不心疼。大勇在外面打工时，挣钱不容易，往出花钱时，他心疼，打工的工友们张罗吃点好的，大勇都会心疼钱说，吃点方便面对付一口得了。这回耍钱，钱来得容易，大勇到镇里的商店，把自己浑身上下换个遍，回到村子，大勇穿得浑身上下一片光艳。大勇继续赌博，这回不打麻将了，嫌弃来钱慢，不过瘾，大勇心一热，推上牌九了，一连气玩了四天，最终蓬头垢面地从赌局上回了家。

　　赵老偏子原本不知道大勇在外面耍钱，日子让赵钱串子的高利抬款压得紧梆梆的，夫妻俩早已愁眉不展。赵老偏子在河滩地割了些芦苇，跟豆花编炕席，出外打工没挣到钱，编几领炕席换点钱，也好对付过个年。赵老偏子和豆花忙得很少出屋，也根本没想到大勇耍钱这档子的事。前天邻居来买炕席说漏了嘴，赵老偏子才知道大勇耍钱的事。大勇回来一看，父亲眼神不对，便躲在门后，半探出身子观望父亲，大勇看到父亲过来，他赶紧贴墙根想想快走几步，想溜进里屋去睡个大觉，父亲的眼神已经红了，小勇心里很害怕，他小声地对大勇说，赶紧过去，认个错吧！

　　大勇满不在乎地对弟弟说，我把输的钱，都捞回来，还赢一百多块钱哩。大勇的话还没落地，父亲的大耳光子就扇了过去，一声脆响，大勇的脸就被父亲削肿了。接着便听到赵老偏子的一声嚎叫：你耍红眼了，是不是？说完，又是一个耳光子，小勇赶紧扯大勇的胳膊说，你还不赶紧认错儿，你咋这么拧啊！红头肿脸的大勇，见硬不下去了，低着头说，爸，我错了，我以后再也不赌了，行不？

　　豆花说，揍你活该，让你长点记性，耍钱的孩子，将来都没人给媳妇。

　　小勇拉着大勇说，赶快，给爸打两瓶酒去。

　　赵老偏子大声喊道，我不喝你用耍钱买来的马尿臊。

　　大勇小勇都知道父亲爱喝酒，时不时地抿两盅，弄着弄着就把舌头喝硬了，说起话来就含糊不清了。

　　大勇抬腿要出去买酒，被豆花一把拦住了，家里有酒喝，喝完了再买吧。

　　小勇说，得了，大勇的钱搁兜里闹腾，还是花出去了省心，他兜里有钱，说不定啥时又去赌了。

　　豆花说，让老子打个鼻青脸肿，还没记性，那还是人吗？

　　大勇哭丧着脸说，得了，我还是把钱花光了吧，今后我保证不耍还不行吗？大勇就捂着脸去了食杂店。

三

　　豆花觉得日子不轻松，是因为大勇小勇两个孩子挨着肩地长大，给他们娶媳妇，也是脚挨脚的事，可到现在家里也没咋攒下来钱，反倒有外债。如若有人给两个孩子提亲张罗婚事，那就是冷手抓热馒头干着急呀！

　　赵老偏子叹口气，这钱也真难挣，年前好不容易挣几个钱，还让包工头给耍了。豆花说，我娘家哥的小舅子出去带工，要不别跟着村里的包工头走了，跟孩子的娘舅试试？赵老偏子说道，反正呆不住，亲戚总比外人好，还靠点谱。说这话时过了正月十五，干活的一波接一波地往外走，豆花事先跟哥哥打过招呼，赵老偏子和大勇小勇两个孩子顺利地进城打工去了。

　　到了年关，豆花忙着卖猪，现在猪行好，价钱每斤毛猪到了八九块钱，是从来没有的价，豆花打算把圈里的猪卖了，这茬猪出手，她粗略算下账，欠赵钱串子的本利，这回可以一下子还上了。欠人家钱，心里堵得慌，过日子就有压抑的感觉，苦点累点不怕，欠人家的连吃口好东西，都不好往下咽啊！豆花算计算计家里这圈猪，还能余富出来一头猪，她就决心留下一头猪，把它杀了过年。结婚二十多年，就杀过一次猪，这回有年猪了，只等赵老偏子回来杀猪，跟两个孩子好好过个年。

　　过些日子，豆花家的院门忽然开了，两个孩子和赵老偏子一起回来的。豆花一看这爷几个高兴，就猜想这次打工拿回钱了，真打这话来了，爷几个这一年没少挣，拿回来五万多块钱。赵老偏子对豆花说，你去请赵钱串子过来，算下账，要不隔夜还掏一份利息哩。豆花手里忙活做饭，就打发小勇去了，不一会儿赵钱串子过来，把账结清了。赵老偏子把欠据抽了回来说，你家真是好户，以后用钱时，吱声，多少都行。要说村子里有几家靠抬款发起来的户，其中柳立国就是这样的户，原来家里有个万八千的，往出抬款，几年利滚利，驴打滚，一下子就攒到三十多万块钱。这抬款，钱生钱，不流汗，三年就下一倍蛋。有钱的人家二分利三分利甚至五分利地往出抬，放贷的人家越来越有钱，抬款的人家，就变得越来越穷。有的种地户二十多亩地，家里没有别的收入，一年的收入下来就给抬款人家倒宽绰了。要说柳立国见抬钱生利快，就啥也不顾，他刚开始往出抬款时，不管哪个抬款户能不能承担起还款能力，只要你来借款，他就抬。一户抬了柳立国三万块钱给老婆看病，老婆病没治好，钱也搭进去了，这户拉下来一大堆饥荒，实在没有办法还上抬款，就偷偷把地卖了，这户悄悄地在夜里全家搬走了，谁也不知道去了哪里？柳立国就这样把这笔抬款整瞎了。打这以后，那些往出抬款的户都吸取了柳立国的教训，谁来抬款，得找保人，抬款数字一般不会超过一万元。村子里的人为啥抬款，不到银行贷款呢？镇里信用社贷款利息是八厘九，贷个万八千的，没有认识人，一时半会的贷款指标下不来，那就得通过关系找信用社主任，就得花出去五六百元的送礼或请吃顿饭，村里具体办事的信贷员还得花三五百块钱去打点，等到贷款指标下来了，办完了手续，钱不是马上就下来，还得个十天八天的钱才能拿到手，你再着急用钱也不行。如果到年终了，你这笔贷款，没按日子眼还上，还得扣滞纳金，这样来回一算账，来回一折腾，屯里人觉得贷款，还不如抬款省事省心，算一算总费用，一分钱抬款利息跟信用社贷款利息也没差啥？屯里的私人抬款如果到期还不上，也没关系，还可以继续抬，这样屯里人用个万八千块钱就不愿去信用社办贷款了。

赵老偏子高高兴兴把年猪杀了，还请了屯邻来家喝酒、吃猪肉。快过年的时候，王中屯的李家姑娘看中了大勇，托媒人过来。豆花高兴啊，这喜事一个接一个，她心想，这一眨眼儿孩子就大了，跟大勇肩挨肩年龄的孩子，有好几个都结婚了，该给孩子张罗娶媳妇了。媒人跟豆花是初中同学，来豆花家一提，原来大勇跟李家姑娘一起在服装厂干过活，两人感觉挺好，年龄也相当。豆花跟赵老偏子一商量，大勇同意就定呗，豆花说，你倒说得轻松啊，这村里你东西头打听打听，谁家娶媳妇给彩礼钱不是十万八万的，这一句话就给赵老偏子造蒙了，这彩礼钱可不是个小数目，他们家暂时还承担不起。豆花说，这事到临头，孩子该娶媳妇，就得娶媳妇，你承担不起，承担得起，都得张罗办。我看过了年，你们爷几个还出去打工，不行的话，缺口就抬点吧。赵老偏子一听抬款，汗立马就下来了，我一听说抬款就脑袋疼，要不少抬点，这驴打滚利，可坑死人了。赵老偏子说，要不把咱家的地包出去，还能少抬点款？豆花说，也行，大部分出去打工的人家也都往出转让承包地，一般五年一个周期，一亩地均购五百多块钱呢，二十亩地，就是一万多块钱，转让五年，也凑够了五六万块钱。赵老偏子说，加上我们打工挣回来的钱，就差不多够大勇娶媳妇用了。豆花说，你晓得过礼钱，还有大勇媳妇买衣服、买三金的花销呢？我看娶到家的话，还得差二三万块钱。赵老偏子说，那咋整？豆花说，有啥法子，那就抬吧，反正咱们家到年跟前，也能还上。媒人两头忙，豆花家孩子的婚事，就这样定了下来，媒人去王中屯老李家报信。

定日子过礼，吃定亲饭。豆花家迎来了最热闹最喜庆的日子。于是豆花就有一种幸福感，她从心里都洋溢着说不来的愉快，虽然一下子给女孩家过礼拿出去十万块钱，还附带金银首饰、衣服穿戴又花出去二三万块钱，家里的土地也转让了出去，可豆花心里还是满足的，因为她家大勇即将娶上媳妇了。这在农村，儿子娶上媳妇是最重要的事。

送走客人，屋里就剩下赵老偏子和豆花，两个人你看我一眼，我看你一下，他们觉得日子压住了胸口。

豆花说，地也包出去了，我也跟你到外面打工去吧，帮你们爷几个洗洗涮涮不说，到工地找点零工，还多少能挣回两个钱。

赵老偏子说，得了，你在，家就在。还是你在家好好养几头猪算了。转年大勇结婚，老亲少友来咱家，也好看。人走，屋空，清冷寡灶，现收拾还是没有人气，家，过得就是人气。

豆花说，那我就在家吧，养猪带看家。话可说在前面，大勇娶上媳妇，紧跟着就是小勇，到手的钱，还得紧巴点花啊！不该花的钱，不能乱花，千万经管好这两个毛驴子，别让他们两个把钱又赌又啥地胡抢抢了。你这酒能不喝就别喝了，一来耽误事，二来也伤身子。

赵老偏子说道，你别管了，我一天累得够呛，抿几口酒，解解乏。

四

豆花站在大道旁，回想着这些年的事……，路上没有多少人来往，秋雨淋湿了她的围巾，也好像淋到了她心里，豆花心里感觉到湿漉漉的。

大勇定亲没几天，赵老偏子和两个孩子又来到豆花哥亲属包活的工地。按照工长的安排，爷仨有干力工的，有干架子工的，有伺候瓦匠的。有一天小勇感冒发高烧，跟工长请了假，就去附近的诊所打吊瓶。谁知道平常不怎么来工地的老板，这回来工地检查，听说小勇感冒去打点滴，老板立马就生气了，这点小病就耽误活？跟工长说，立即开除他。工长讲情说，他们爷仨，活干得还不错，再说跟我还请假了。老板说，那也不行，我的工地没有因为感冒耽误工的，爷仨一堆开除。老板的话，板上钉钉子，没有商量的余地，工长再没递上话语。

工钱结完，赵老偏子爷仨真的被赶出了工地，他们来到零工市场，干了几天小工。有一天，不经意一个熟人瞧见了他们，赵老偏子一看，这不是他们邻屯洼甸徐的李满义嘛，早听说他包工程发了，李满义是来市场找力工的。已经成了大老板的李满义跟赵老偏子说，见到老乡不容易啊，咱俩还是小学同学呢，你记得不？咱们还坐过一张桌呢。洼子李屯的高大个子欺负我，是你帮我出的气呢！

　　赵老偏子也认出来这个开宝马，穿名牌的老板，真是自己的小学同学李满义。读小学的时候，赵老偏子确实没少替他打抱不平，赵老偏子说道，别提老黄历了，你现在是富豪，我是穷打工的。

　　李满义说，这些年我忙忙碌碌，没回几趟家，挣点钱不假。天地良心，我哪次回家都打听你了。这样吧，你到我那干，我的活多，拿到手的工程，我就挣点手续费，剩下全归你，怎么样呢？让你包活挣一块，领着孩子一起干，还能挣一块，工程用钱，我先给你垫上，完成一个工期，质检监理审计等部门验收后，我就给你拨付工程款。你到我这里，钱你不用管，按月开支，急用钱，还可以提前拿回去怎么样？

　　赵老偏子大喜过望，眼下没有出路，何况他还是老同学，给的条件又那么优厚，没得说。

　　豆花的娘家哥哥得知赵老偏子爷仨被开除了，就去找老板。两个人说潮了，干了起来。豆花的娘家哥被打伤住进了医院，这事赵老偏子他们不知道，豆花知道了。

　　豆花到哈尔滨来看哥哥，尽管哥哥伤得不算厉害，当妹妹的也过意不去。豆花说，哥你好好养病，他们爷仨到哪都能干，赵老偏子来电话说，找到活了，你别惦记了。豆花原本打算过去看看赵老偏子他们，可她担心那爷仨刚刚找到活，别耽搁他们干活了。豆花就悄悄地坐客车从哈尔滨回来了。

　　豆花养的母猪要下崽了，一个人照顾不过来，就找邻居秋燕帮忙。秋燕比豆花大，缺东少西的两家来往得很好，跟亲姐妹似的。豆花伺候母猪精心，母猪也填获人，一下子生了十二头欢蹦乱跳的小猪崽。豆花觉得，这一窝猪崽儿，至少能堵住放贷的赵钱串子那张毒嘴。

　　赵老偏子和孩子连包带干三个月整，李满义一分钱不差，丁是丁，卯是卯，爷仨一下子就挣了三万多块钱，快赶得上以往一年挣的钱了。秋雨连绵的日子，赵老偏子回家看望豆花，随便赶紧把欠别人的抬款还上。

　　工地上人手不够，赵老偏子在屯里带来几个，李满义很高兴，活包给你了，钱也给你了，怎么整，你说了算，别耽误我的工期就行。

　　赵老偏子就像抱上了财神爷，心里美滋滋的，有点当上老板的感觉。

爷仁一月就能挣个万八千的，照这样下去，别说大勇娶媳妇，就是小勇娶媳妇也不成问题了。

五

豆花家的承包田转包了出去，只剩下几亩园田地，种点土豆，早苞米，葵花，还有几样蔬菜，这都不算活计。豆花除了在家伺候母猪和一群小猪崽，还养一些鸡鸭鹅。

赵老偎子从上次回家后，再也没回来过，豆花闲下来的时候，心里空荡荡的，睡不着觉，就想东想西的，不觉她又想到了抬款的事，豆花就睡不着了，舍不得吃，舍不得喝，挣两个钱全都给人家付抬款利息了，豆花的心不是一般的疼啊！

抬款还是一件丢身份，不体面的事。有一天豆花在地干活，赵钱串子甩个手过来，假惺惺地打招呼，大妹子忙着哩。

借了人家的钱，豆花见到赵钱串子就胆怯，赶忙应承道，大哥你干啥去呀？

赵钱串子说，没啥，知道你下地，过来看看。

赵钱串子自从有了钱，村子里就传出风来，说他跟三四个女人勾搭上了。

赵钱串子说着话，冷不防地抱住了豆花，赵钱串子嬉皮笑脸地说，你伺候地，大哥想伺候伺候你，你顺了，你家抬款利息就免了。

豆花使劲地甩开赵钱串子的手，说道，不就欠你家两个臭钱吗？少来这套，姑奶奶我不吃这个。

赵钱串子说，跟我装是吧？村里哪个老娘们我没见过？有钱能使鬼推磨！赵钱串子说着，甩过来一沓子钱，豆花不但没接，还啪地用手把赵钱串了递给她的钱打得满地都是。

豆花怒不可遏，这回姑奶奶就让你见识见识，说着，豆花抡起锄头就冲赵钱串子打了过去，吓得赵钱串子赶紧捡起地上的钱，一溜烟地跑了。豆花胜利了，她却站在地头哭了，这抬款伤钱，还伤人、伤心啊。

豆花扛着锄头回来，刚进院门，就看见赵老偎子在院子里劈柈子，豆花眼泪顿时流了下来，哭唧唧地说，你啥时回来的？

赵老偏子有点蒙圈，我刚回来，开支了，把抬款还清了。

豆花咬着牙说，咱家今后再也不抬款了！

一下子迎来了轻松的日子，这比什么都快活啊！

晚上，豆花把鸡蛋煎得油黄黄的，炝土豆丝撒上辣椒面，还有一盘腊肉，赵老偏子借着高兴劲，又喝了两盅酒，赵老偏子吃得奇香无比。

村子里人听说赵老偏子包到好活，挣到大钱了，都找豆花说好话，让赵老偏子把他们也带出去挣钱。贞贞跟豆花要好，贞贞爸爸腿脚有点残疾，没有人愿意带他出去干活，即便死皮赖脸地去了工地，也只能干点打更或者清闲一点的活，挣不了多少钱，这次贞贞跟豆花说了，豆花二话没说，就是一个字，行，还要跟别人挣一样的工钱。

这时赵老偏子在村子里人眼里，可就不一样，俨然成了包工头。南北二屯的，没出去打工的人，听说他回来找人，都登门求活干。赵老偏子说，这次顶多能用五六个人，多用一个人，就多开一份工钱，所以，他尽可能不用或者少用。他爱喝酒，家人知道，别人也知道，这两天村里人没少把他扯去喝酒，这酒一喝，赵老偏子就挂不住面子了，一下子多带了三四个人，他原打算回到工地跟李满义说说，往别的工号帮他打发过去几个，他晓得村里人干完了地里活，让他们在家干呆着，就是打麻将耍钱，一旦输了钱，家里再有用钱之处，还得去抬去借，再说人呆着也难受，想办法找点活干，多少还能挣回来几个钱。

赵老偏子回到工地，李满义真给面子，又给了他一个工号，来的人就没有余富了，都是一个村子里的，大家干活实在，这个工号一结束，工程质检部验收全部是 A 级，李满义当时就结清了所有的工程款。赵老偏子带出去的村里人领到了钱，大家格外高兴，聚到一起非要请赵老偏子喝酒。赵老偏子说，行，但是我得看着你们把钱汇到家里去。大家听从赵老偏子的话，一起来到附近邮政储蓄银行，留点零花钱，把大部分工资款都汇回了家里。老板李满义还格外给赵老偏子一个信封，说是提前交工，奖励的红包，赵老偏子揣着那厚厚的信封，心里美滋滋的，当包工头和干活出力就是不一样。

赵老偏子本来爱喝酒，当上包工头就不断有人请，这酒喝得就有点挡不住了。李满义又把材料采购权让给他，赵老偏子到商店采购水泥、砂石、钢筋什么的，讲好价格付完钱，货装上车，这些老板为了拉住老客户，死乞白咧地扯住他，请赵老偏子吃饭。赵老偏子本来就好这一口儿，一进饭店，酒量就控制不住了，有时一天喝两顿酒，终有扛不住的时候，有一次赵老偏子喝得不省人事，这下可吓坏了请他吃饭的老板，急忙把他送进医院。

家里的豆花心里总是着慌着忙的，有上不着天，下不着地的感觉，她总是担心着什么？于是她给大勇打电话，问问他们都咋样？大勇说，好着哩，带来的人工资开了，分毫不差，老板还给了他爸一个大红包。豆花嘱咐大勇让他们干活加点小心，别磕着碰着的。大勇的对象也在附近的酒店打工，两个人时不时出去见见面，唠唠嗑，酒店管理严，大勇一次也没在酒店住过。有一天大勇对象放假，大勇跟对象在一个小旅店住的。小勇也处个对象，是商店营业员，人长得俊模俊样的，小勇总是旷工，总挨赵老偏子骂。

六

秋天的五花山一层一层的，煞是好看。豆花到园田地割土豆秧，她总是心烦意乱，干不下活。豆花停下手里的活，来到通往城里的大道上张望，想象着赵老偏子和孩子们能够突然出现在大道上，看不见赵老偏子他们，豆花心里像长了草，怎么也安静不下来，豆花一心把火想要到哈尔滨，去看看赵老偏子他们。

豆花叮嘱邻居秋燕，说她要去哈尔滨看看孩子，家这边托付给秋燕让她帮助照看一下猪呀鸡鸭鹅什么的，秋燕说，你放心吧，饿不死你那些哑巴牲口，你愿意几天回来，就几天回来。

豆花出了火车站，小勇来接的站。

出租车上，小勇说，妈你来怎么不事先打个电话呢？

豆花说，没啥事儿，就是过来看看。

小勇说，我还以为你知道我爸住院了呢？

豆花心里一咯噔，你爸咋了？

　　小勇这才觉得冒失，我爸没咋地，喝酒把胃喝坏了。

　　豆花心想，难怪这些日子她魂不守舍，难受不啦叽地哩。

　　在病房里，赵老偏子睡着了，挺平静的样子。

　　豆花问小勇，你爸的脸咋灰突突的不是色啊？

　　小勇说，喝酒喝得呗，我爸挺惦记你的，上礼拜撵我回去，让我帮你收拾地，怕你一个人干不过来。到了秋天家家忙，地里的重活你干不了。小勇的话说得很轻松，可到豆花心里，却是暖洋洋的，看来赵老偏子没学坏，还惦记她呢。

　　豆花说，你爸的病确诊了没有？

　　小勇说，大夫总绷个脸，我没敢问。我爸知道，但是他没跟我们说，大夫告诉他以后忌酒，要不然命就没了。

　　这时护士进来，是给赵老偏子拔吊针的，护士的大眼珠子来回直转转，胸脯子挺得高高的，趾高气扬的样子，豆花感到怯怯的。豆花本想跟护士搭讪一下，问问丈夫病情，小护士忙活完，就走了，豆花也没说出口。

　　豆花借上厕所的机会，打听到护士站，看那宽敞明亮的护士站里面，一个个小女孩穿着白大褂，精神着哩，她见门敞着，犹犹豫豫地往里瞧，有个护士问她，你找谁？豆花说，麻烦你了，我想问问我丈夫的病？这时给赵老偏子打针的护士说，几病房几号床的，另一个护士，没啥大病，少喝酒就行了。然后小声跟别的护士嘀咕说，就是那个民工，喝得连酒桌都没下来，直接送进了医院。听见这些话，豆花心里很不舒服，很想反驳护士两句，但她还是忍下了。

　　豆花回到病房，赵老偏子睡醒了，跟他说，以后你可别再喝酒了，多吓人啊！

　　赵老偏子说，别听他们吓唬，咋回事儿我还不知道。

　　豆花说，咋回事儿，你说吧？

　　赵老偏子说，我明天就出院。

　　豆花说，这得听大夫的，别瞎整。

　　赵老偏子说，你明天就回去吧，我没事儿，死不了。

　　豆花掉了眼泪，你别瞎说，人吃五谷杂粮，哪有不得病的，关键是你的酒这回可得忌了，千万别喝了。

赵老偏子说，我知道了，你不用惦记这里。

赵老偏子出院后，酒真的不沾嘴唇子了。一天到晚蹲在工地上忙活，他带出来的人，活干得漂亮，有一天，市长领着一伙人到工地视察，那工地让赵老偏子管理得像模像样，根本看不出是一个农民工干的活。市长给李满义一通表扬，市长还跟赵老偏子握过手，这让赵老偏子感到无限的自豪，他为此事还特意给豆花打过电话，当然了，豆花也跟他一样的高兴。

七

李满义这个月没有按时给赵老偏子他们开上工资，赵老偏子也理解，李满义包那么多工程，钱一时周转不开也属正常。赵老偏子跟下边的人说，你们跟我干活，别操心你们那两吊子钱，我同学不会坑咱们的，活该咋干还咋干。过段时间，问题来了，李满义不但工资开不了，就连赵老偏子的进料钱，也不能及时拨付了，赵老偏子只好自己掏腰包垫付，好在这阵子他和孩子钱没少攒。赵老偏子思忖再三，李满义差不了他的钱，活该咋干还咋干，他和工友们干活一点也没差样。

赵老偏子放心不下，跟大勇小勇一起到李满义的售楼处看看。富丽堂皇的售楼处，让人感觉像到了皇宫一样，一问售楼小姐，都好几天没开张了，原先城里人疯狂地买楼，这阵子不知道怎么就消停了呢？这新盖的楼，又好看又漂亮，怎么就不下货呢？原先楼房销售快得啥模样，谁都知道，设计图纸刚出来，楼还没影呢，这楼就被订购一空。现在是现房，买房的反倒横挑鼻子竖挑眼的，虽然建筑商使出来浑身解数来销售新楼，提供许多优惠条件，比如送全套家电，甚至送装修。但这新楼还是无人问津，这楼房不下货，盖楼的资金就回转不了，建楼的农民工工资也就开不上了。

又是一个月过去了，支还没开，这回赵老偏子慌了，去找李满义。李满义正跟人家谈卖车价呢，李满义要把刚买回来的奔驰车顶欠账。赵老偏子见此情景，没说啥，转身要走，李满义把他叫住了，大哥，你先别走，我跟客户谈完，咱老哥俩再唠扯，你到我办公室先喝口水，等我一会儿。

李满义跟客人处理完事，回到办公室问道，大哥，我欠你们多少干活钱？

赵老偏子说，不算我的材料费，只管干活钱，大概有二十六万多块钱。

李满义叹口气，让大哥跟我遭罪了，没想到这楼卖得这么差劲，说着话，李满义从办公桌里掏出来一捆子钱递给赵老偏子说，这是卖车剩下的十万块钱，你先给大家开点，欠你的材料款，往后拖拖吧，我再想想办法。

赵老偏子能说啥，他看到了李满义的难处，车是开发商的脸面，不到难处，李满义是不会卖车的，更何况李满义那么喜欢好车，赵老偏子想，自己建的楼，不当钱花，不当饭吃哩。

赵老偏子回到工地，根据欠的工资多少，和拿回来钱的比例，把钱发给了大家。并跟大伙说，欠你们的工资，李满义正在想办法哩，相信过不了多久就能拿到手的。赵老偏子说，眼下工程还没完工，大家加把劲，把活干完。大伙拿到钱，纷纷回到工地，干活去了。

豆花到家，就开始忙活收地，赶上家里母猪打圈子，豆花里里外外一把手，忙得不可开交。

临近年跟前，大勇小勇回来了。

豆花问哥俩，你爸咋没回来呀？

两个孩子说，我爸还有点事没处理完呢。

大勇小勇没拿回来钱，豆花感觉到不妙，这个年未必过得消停了。

豆花一直张罗着，有钱没钱，总要过个像样的年。年货还是要买回来的，她跟秋燕到镇里集市上去了两趟，吃的用的，都买了回来。过年嘛，就要盘盘碗碗里有肉有鱼，还要有青菜，特别是韭菜——九路发财，芹菜——勤奋发财，这些新鲜蔬菜不能少，还要买些水果，苹果、橘子、香蕉啥的，大勇对象正月里来家里串门，这些是少不了的。别管赵老偏子喝不喝酒，豆花还准备了两瓶酒，那是正宗的苏城烧锅，六十度，纯粮的，喝着不上头。豆花回想起来，赵老偏子滋啦酒那样子，就跟品尝美食一样，赵老偏子喝酒不像别人一口或几口端起酒杯就干了进去，赵老偏子喝酒是慢慢地往嘴里滑，有时是往嘴里抿，一小口一小口地抿。

腊月二十七，赵老偏子回来了，很疲惫，没有说几句话，就倒在热炕上睡着了。晚上豆花想要跟他亲近亲近，赵老偏子翻个身，根本没搭理豆花，无奈豆花只好又回到了自己被窝。

第二天，豆花家早饭刚吃过，刚收拾完碗筷，就看见有一群人进了院子，赵老偏子说，不好，要账的来了。

一下子来了二十多人，屋里屋外全坐满了。大勇给他们倒水沏茶，小勇急忙从兜里掏出来香烟，一颗一颗地拿出来，递过去。

赵老偏子很诚恳地说，李满义没骗咱们，我等到腊月二十七，欠他的钱，一份也没还上来，但凡有一份还上，也给咱们，他说不能骗老乡。我家里也真没钱，要是有钱，我先垫上，早就发给你们了。

没谁接话茬，也没谁质疑，这些人只是拉开了在赵老偏子家过年的架势。

一伙儿张罗斗地主的。

又一伙儿看纸牌端碟砸锅的。

还有一伙儿，说不上从那弄来的麻将，在那里噼里啪啦地打上了。

闲下来的拿着手机打游戏。

贞贞的妹妹突然跑了进来，对着门缝说，爸，啥时候发钱啊？

贞贞爸爸说，不是不叫你来吗？你赶紧回去，不走我踹死你。

贞贞的妹妹乖乖地走了。

豆花在外面伺候快要下崽的母猪，进屋几次看看，见没有地方落脚，豆花也插不上什么言语，只好又回猪圈去干活。

不一会儿赵老偏子抓心挠肝地过来，豆花问，咋回事呀？

赵老偏子说，还能咋回事，要账呗。

豆花说，钱呢？

赵老偏子很冷淡地说，没钱。

豆花说，你可是他们的头啊！

赵老偏子说，头，就有钱啊？这楼盖的，要了命啦！

豆花知道赵老偏子的脾气，没再说什么，低头干活去了。

要账的人吵吵嚷嚷，到了晚饭的时候，也不管不顾，自己动手做起饭来，豆花没辙，只好把备好的年货，提前拿出来给他们吃，那两瓶苏城烧锅酒，也被他们发现，给喝掉了，让豆花十分心疼。

吃完，喝完，豆花本以为他们能回去，可又都支起桌子打麻将、看纸牌、斗地主，没人跟赵老偏子提要钱的事，就像没什么事似的，该喝水喝水，该唠嗑唠嗑，该打游戏打游戏。

来回在屋里走动的赵老偏子实在忍不住了，对屋里的人群大声嚷道，你们是我的老亲少友相信我，才跟我出去打工的，你们在这里，我家过不好年，你们也不团圆，我赵老偏子从来没亏欠过谁，没骗过谁，我发誓：过了年初十，李满义给不上你们工资，我赵老偏子抬款也给上你们，求你们啦，大家都回去过个团圆年吧！

贞贞爸爸说，大伙不是不相信你，就是家家都有放贷的人堵在家门口哩，哪家没有抬款啊？

秋燕男人也急头白脸地说，赵老偏子在老板那没要回来钱，他也不顶钱用，再说赵老偏子说话算数，我看年后，就年后吧，也不差这几天了。

贞贞爸爸说，大家都回去吧，跟放贷的人商量商量，黄世仁也得让杨白劳过个年呀！

他们两人带头一走，其他人也陆陆续续地走了。

赵老偏子像一摊泥，一下子就堆缩在了屋角。大勇过来把他扶上了炕。

人们都走了，屋里就像刚刚干完一场恶仗似的，里里外外造得乱七八糟，豆花边流泪边收拾屋子。

年年的春晚都那么精彩，这年的春晚，赵老偏子一家人谁都没有心思看，赵老偏子不时地一声连一声地咳嗽，全家人都跟着赵老偏子战战兢兢起来。

赵老偏子病倒了，到初七那天他忽然加重，大口大口地吐血。豆花喊回来在外面闲逛的大勇小勇，急忙找车将赵老偏子送往医院，先到镇医院，大夫说，治不了，去县上吧。豆花说，好好的一个大活人，怎么能说治不了呢。

车子把赵老偏子拉到了县医院急诊室，大夫来了，让他们先抬着病人去拍片化验，大夫看看所有检查的片子，用听诊器听听赵老偏子的心脏，完事了大夫说，病很重，办住院手续吧。

赵老偏子在观察室挂上了点滴，过了一阵子，赵老偏子才慢慢地睁开眼睛，他拉着豆花的手，声音微弱地说，我这辈子欠你的可以，不能欠下跟我一起出去打工哥们的钱！我要是死了，你就是抬款，也要把这几份饥荒还上。豆花很惊惧，你别瞎说了，放心吧，我怎么想办法，也要治好你的病。

赵老倔摇摇头，说话有气无力，这回我真的没命了，别看了，我得的是肺癌，上次医院检查时，我就知道了，没让大夫告诉你们，怕你担心。于是，我告诉医生护士对你们撒了谎，我没救了，别花那冤枉钱了。

豆花放声哭出来，可别呀，你没事的，真的没事的。

赵老倔子又昏睡过去，大夫又给赵老倔子做了 CT、抽血化验等检查。病床上的赵老倔子，一阵不如一阵了。

坐在病床旁的豆花，脑海里又出现了那条通往城里的大道，她看见赵老倔子带着村里人到城里去打工，那浩浩荡荡的打工队伍出了屯子，那气派，让豆花感觉到了从未有过的幸福感和满足感，赵老倔子和村里出去打工的人们都扛着行李卷，行李卷的颜色不一样，就像一面面旗帜，在村道上摆动，这群赶往城市里挣钱的人们，走路都是那么有力有精神，脸上的笑容也都那么好看，仿佛日子很轻松似的。

赵老倔子的一声剧烈咳嗽，让豆花的思绪又回到了医院，她的脑海里一下子又想到了抬款，想到了放贷款的这帮人，想到了跟抬款相关的那些事，心情一下子又死沉死沉地压了下来，轻松的日子倏忽间不见了踪影。

没有等到检查结果出来，赵老倔子就咽气了。豆花哭得昏天黑地。赵老倔子的遗体被送进了火化场。

豆花扔下大勇小勇守灵，她回家掂对钱，大勇对象把彩礼钱拿了出来，豆花去抬了柳立国家的钱，又去娘家亲戚借，最终也没凑齐整赵老倔子欠他带出去的农民工工资的钱数，豆花算来算去还差三万块钱。豆花满屯子抬款都借遍了，就是没去赵钱串子家。

初八那天，赵老倔子出殡，豆花原本想把葬礼办得体面一点，搭个灵棚，请个鼓乐班子，可是还差农民工的工资那三万元钱没着落啊！欠下的饥荒瞪眼还不上，豆花心里像被一块石头压上了，沉甸甸地喘不过气来，于是豆花一横心，赵老倔子丧事一切从简。

初九，豆花去镇信用社办贷款，回来得很晚，头戴一朵白花，眼泪挂满了她的脸颊。

　　初十那天，豆花交待大勇小勇把赵老偏子所有欠工资款的农民工都找到他们家，豆花告诉大伙，虽然赵老偏子死了，但是豆花她分文不欠大家的工资，今天，豆花她要把赵老偏子欠下的所有工资，都开透开齐整了。

　　赵老偏子烧头七，豆花不但烧了纸钱，还把豆花收回来的赵老偏子经手的农民工资欠据也一起烧掉了。

　　最轻松的该是赵老偏子了。

我家的东西不能动

日头爷冒了个影，一片弯刀样的红牙儿挂在东山坡上，短子还睡在梦中，就被脚片子扯个破锣的大嗓门喊醒，短子，快起来，老榆树那儿地进人啦！扁头带着那帮人拉横弓钉桩子呢，再晚了就啥都没有了。

短子骂骂咧咧道，妈个球的，有完没完了，短子从炕上迅速翻起，穿上衣服，急忙趿拉个鞋，从屋里出来，跟随脚片子向老榆树那审趿过去。

香草河畔老榆树那可是块宝地，短子从家到那块地，也就一袋烟功夫，就跟到家里的小园子摘一根黄瓜那样方便。香草河畔原本有很多老榆树，并且沿着河畔有好几片子地，到如今是一颗榆树也没有了，可这个地名确是钉绑铁牢地留了下来。

老榆树那地的黑土肥得抓一把就能攥出油来，标直的田垄就跟短子额头上黢黑的纹理一样细密而均匀，这地呀一犁杖下去，那黑油油的土层，就迎着阳光泛出来亮晶晶的金光银光，有了这喧呼呼肥啦啦的地，就像短子睡在王寡妇身上一样，让他感到了幸福和满足。

老榆树那地很像一块磨刀石，平坦得无边无垠。夏天一到，那绿油油的田地煞是好看，这绿油油的风景线上，排列着齐整整张开笑脸的向日葵，在黄花和白云之间，还不时地飞过几只鸣叫的大鸟。老榆树那地，不但有他短子的脚片子的还有王寡妇家的。短子看着这招人稀罕的地，就勾起了他的魂，那里是使短子真真正正成了男人的地方，他能不挂记吗？打这以后，短子才知道做男人的妙处。短子一想到老榆树那地，就会立马想起来王寡妇。

自打那时起，短子就认准了这地是他家的，王寡妇也是他家的。那天王寡妇非得让短子陪她一起去挖野菜，说是她丈夫死后一直不敢一个人出去采菜。王寡妇说，倘若没人陪的话一个人在荒郊野岭的害怕，谁知道两个人挖着挖着就在高粱地里滚在了一起，足足把那些高粱秆子压倒了一大片……

短子嘴里叼个烟袋，拎个镐头，长年没有走出老榆树那地方。他就喜欢这里的一切，喜欢这里的天，喜欢这里的地，喜欢这里绿茵茵的庄稼苗，喜欢看来地里干活的王寡妇的一举一动。短子手里的镐头，因为他个子矮，这镐头是经他特意加工的，短子把镐往地里一杵，那镐把和短子的身材一般地高。晨晖里的短子，连他的镐头也跟着放出了光彩。短子喜欢一个人来这块田地里走走看看，觉得这地里什么时候都醉人，什么时候看了，都让人心里舒服，这上等好的地呀，种啥得啥，哪里找去。

还是老书记当硬的时候，跟短子说了一句，短子，你要看好老榆树那地啊，那地可是块宝贝啊！咱们家的东西可别让人家随便搬动了，要是掉块碴，我都跟你算账？

短子憨憨地笑着，看着行，给钱不？

老书记佯怒，妈的，土地没了，后下辈吃不上饭，喝西北风啊？短子，你长没长心，还想要钱。

这样老榆树那地就成了短子的命根子心头肉，谁要动了他的田，动他的地，就等于动了他的娘们，非惹短子跟你玩命不可。

扁头一接上村长，就来打老榆树那地的主意。扁头那根花花肠子总是围着老榆树那地转来绕去，明眼人一看，还不是为了那点花花绿绿的纸钱。动短子的心肝宝贝，短子哪肯相让，老书记的话已经像树根一样，扎进了短子的骨头缝里。

扁头村长陪镇里检查工作的林业站长来到老榆树那地。林业站长一看这土地就迷上了，香草河蜿蜒曲折，岸边的老榆树那地一马平川，老榆树地的背后骆驼峰，连绵起伏，远山如黛，这的风水无与伦比。林业站长想把自家祖坟迁来，在酒桌上他偷偷地给扁头塞了一沓子的钱。对扁头说，这些钱是给你跑腿的，占谁家的地，给多少你去协调，有数就行，我不差钱儿。

扁头回来一打听，林业站长看上的正是王寡妇家的那块地。扁头有点头疼，这个王寡妇跟短子最要好，短子又是自己的死对头，这事恐怕要扎手。扎手也好，头疼也罢，拿了人家的钱，就得给人家做事。

扁头来王寡妇家，心里直打怵，不觉想起了那次短子拿菜刀，撵着砍他的事，扁头禁不住打个冷颤！

王寡妇长得丰满漂亮，那两只奶子经常在胸前鼓鼓囊囊的，她喜欢穿白白净净的衣服，这样把人显得更加精神更加的干净，特别是王寡妇那小蛮腰，走起路来一扭搭一扭搭得能把人迷死。扁头一看见王寡妇就心猿意马，六神无主。平时扁头的嘴是最能滴吧滴吧的，见了王寡妇他也不会说话了，扁头利利索索的腿也不会走路了。

按说头道岗他扁头村长看上的娘们，还没有让他划拉不到手的，唯独这个王寡妇除外。这个王寡妇偏偏就看上了没有三块豆腐高，其貌不扬的短子。扁头当村长那年，一心想把王寡妇划拉到手，过过瘾，有事没事总往王寡妇家里跑。

扁头走进王寡妇的屋里，王寡妇正弓腰撅腚在那刷锅呢，扁头进屋后顺手就去摸王寡妇的屁股，王寡妇以为是短子呢，她显得很受用还很配合。当王寡妇转身看到不是短子，而是扁头时，吓得王寡妇，妈呀，大叫一声。这尖利的叫喊，立时传了出去。短子对王寡妇的声音十分敏感，就跟自己的神经里的一根弦，无论哪根弦儿动一下，短子的神经中枢就会知道。王寡妇的喊声直接进了短子的耳朵里，这时短子正在帮王寡妇往仓房里背苞米，听到王寡妇喊声的短子，迅疾地从仓房里冲了出来，问咋的了？短子一见是扁头，气不打一处来，大声地骂道，妈个球的，谁的东西你都敢动？回身就从厨房里摸起了菜刀，短子愤愤地说，我非要把你那鸡巴玩意砍下来不可？不砍下来，我都不是人！扁头一看，短子急了眼，吓得他赶紧一溜烟地跑出了院子。

扁头事后想想，妈的，那次多亏我跑得快，要是让短子给撵上，非让他给我放血不可！一想起那天灰溜溜逃跑的事，现在扁头村长还心有余悸，心里咕咚咕咚地直打鼓。可扁头又一想林业站长的那一沓子钱，不得不硬着头皮走进了王寡妇家。

王寡妇听到扁头村长站在大门外喊她，便停下手里活计，出去开门，扁头村长说，他王婶，我就不进去了，有点事跟你商量商量。

扁头说，你家老榆树那地，别人看上了，想用一疙瘩啊。

王寡妇问，干啥呀？

扁头接话说，镇里一位干部想把祖坟迁来，要占也就是亩八分的，不白占，给你钱。

王寡妇说，往地里埋坟啊，这个事我得琢磨琢磨。

扁头点头哈腰地说，还琢磨啥？人家给你出了大价钱哩，我替你给人家说了不少好话哩，说你家挺困难的，多给点钱吧，寡妇家家不容易。这样，好说歹说的，人家答应给你一万块哩，这可是个天价！要照这样卖，你那二十来亩地，可就是二十多万哩，你就发财啰。

王寡妇说，那我也得回去想想咋办，明天再定吧。

扁头村长说，那你在家想吧，这样的好事，打灯笼都找不着。你不做，有好多人家上赶子找我哩，我都没答应。扁头担心王寡妇找短子商量，这事王寡妇要一找短子商量，那就不好说了。

晚上，王寡妇把短子找来，说了此事。短子把头摇得像拨浪鼓，那可不行，那坚决不行。你想啊，埋了坟还能种地吗？不种地，你吃啥花啥？短子把老支书那套又搬了出来。再者说，上地干活看见坟包儿，你害怕不？眼下一万块钱不经花销，干不了多大用处就没了。钱没，地也没了，你指望啥？

第二天，扁头来问王寡妇琢磨得咋样了？王寡妇说，不行啊！我指望着这地养活自己呢，你再去跟别的人家商量商量。扁头急忙说，他王婶，人家镇上干部就看上你家那地了，不行再给你多加点钱。

王寡妇说，加钱也不行，没有别的事我还有活，说完王寡妇一扭身就进屋了。

扁头心里琢磨，妈的，跟我装犊子，不就是短子骑了你吗？他会，我不会咋的？我比短子的那玩意强多啦。我先骑了你，看你答不答应？扁头心想，今天晚上我就让你尝尝我的家巴什，不拿下你，我还算是头道岗的村长吗。

这天的夜晚，天要比往常黑的深，伸手不见五指，扁头对村子里的路熟烂于心，很快就摸到了王寡妇家。这次扁头格外小心，心想千万别碰上短子那颗倒霉的扫帚星，这也是扁头选晚上来摸王寡妇家门的理由。扁头一扯王寡妇家的门，门早已上了栓，扁头就绕到窗前，伸手扯扯这个窗户，又拽拽那扇窗户，还真有一扇没关严实，扁头就鸟不悄地把窗户拽开，闪身跳进了屋里，就在这当空，有人从扁头背后狠狠地给了他一棍子。

短子晚上喝的是前天剩下来的粥，可能米粥放时间长了，米粥坏了，他没舍得扔掉，吃了后，便拉了肚子。这一晚上，短子跑了好几趟厕所。正蹲在自家墙根方便，看到王寡妇家大门外，有人影在晃动，短子急急忙忙提上裤子，扯根棍子就跟了上去，他一看，这不是他妈个球的扁头吗，他要干啥？

扁头做梦也没有想到，好事快要来临了，背后有人给他一棍子，这棍子可削得不轻，扁头一下子就瘫倒在地上。短子心里非常愤怒，妈个球的，我一棒子打死你。听到屋外响声的王寡妇急忙打开灯，王寡妇看到了提溜着木棍子的短子，和躺在地上脑袋出血的扁头。王寡妇抬头看到后窗户大敞四开，一下子明白了所发生的一切，她赶紧喊住短子别再打了，看打出人命来。听了王寡妇的喊声，急了眼的短子，方才罢了手。王寡妇让孩子喊来邻居和扁头的家人，扁头媳妇用手打扁头，还大哭大骂扁头。不大一会儿，脚片子也过来了，劝扁头媳妇，说得了得了，这样你还打他干啥，事出了也没不了，赶紧找车拉扁头去看病。回过头来对王寡妇说，嫂子，这事咱们解决不了，你得赶紧往派出所报案。王寡妇哭哭咧咧地说，报啥？扁头他是村长，这呵碜就别让他再往外丢人了，再说，扁头也没把我咋的。脚片子说，我看这事吵吵嚷嚷也不好，这事就到这里算了吧。短子说，这事不是小事得报派出所，扁头夜闯民宅，都够判刑了。王寡妇说，别介了，一个村里住着，低头不见抬头见的，算了吧。王寡妇话说这份上，别人也就不好再坚持了，扁头已被找来的车拉往医院。王寡妇被赶来的几个妇女陪着唠些安慰的嗑。短子和脚片子也插不上嘴，就各自回家了。

扁头这次伤得并不重，头上缝了三四针。

秋天的地里是一番喜人的景象，成熟的庄稼都披上了五彩的盛装，在秋风中扭曳着妖媚的舞姿。五谷一上场，短子的眉眼就笑得扭起了秧歌，粮贩子把成沓成捆的钱塞进庄户人的兜，到那时短子就可以到王寡妇家里痛痛快快地喝上一顿酒，赶上孩子不在家，王寡妇还会留他住上一个晚上。

短子迈动着小短腿，跟脚片子来到了老榆树那地，地头一溜烟地停着几辆小轿车，扁头村长和牛二咋咋呼呼地站在车旁指挥一帮人干这干那的。有人正在地边用皮尺丈量地，一边往地里钉着木牌，那木牌上面写着谁家的地，多少数目字。短子一到地头，他就和扁头村长交上了火。

短子说，好你个扁头，干嘛祸害这上等的好地。

扁头不耐烦地说，我说短子，你是不是吃饱撑的闲事儿还不够你管的了。

短子占理不让人，说道，这地是我家的，不是你村长自个家的，你就不能动。

扁头说，我是一村之长，我得按上级指示办。再说了，有话好好说，你喊啥呀喊，不喊你能死啊？

短子接话说，上级错了，你也按照办吗？

扁头说，上级怎么能错，招来大商就能赚到大钱，这叫错吗？

短子愤愤地说，商个屁，造纸厂哪里弄不得，非得占用老榆树这好地？全村废弃地多得是。

扁头急赤白脸地说，短子，这个我管不了。上边让干啥，我就干啥，今天凡是楔了木桩子的人家，地就算占了，占了地的人家，厂子给钱，地立马给人家倒腾出来。明个外面来人，开始盖厂子，谁影响施工，谁得包赔损失。

短子有点懵怵，这地的事儿要是没人出头来管说不准真的就会没了呢？短子原地没动，咬着嘴说，在这块地里建厂子，是不是得看老百姓答应不答应？

扁头待搭不理地说，答不答应，都得建。

短子跳起来，我家的地，还让你给当家了不成？你能耐大到天上去了，还有没有王法啦。

扁头摆摆手说，啥王法不王法的，我不跟你理论，你没权力管。

短子气不打一处来说，妈个球的，你乱占耕地就违法，违法谁都可以管。

扁头说，噫，在我这里啥法律都没用，你真是井底之蛙，不知道天的大小，在这里我就是法，在镇里镇长就是法。

我的土地承包书上明明写着，国家依法保护农民的承包耕地，这是我的地，受法律保护，你就不能动。

短子，征地是上级的招商政策，啥地方都得给开绿灯，什么耕地不耕地的，想占就得占。

短子急眼了大声嚷道，你个扁头，弄个造纸厂毁了一片大好的土地，就算你挣十年的钱，可这断了后人的百年粮啊！这是造孽呀，这是祸害老百姓啊，你知道不？

扁头也不让份儿，一声比一声高，短子，我啥都比你知道得多，你识的字比秤杆上星星多不了几颗！跟我装啥犊子。我看短子你弄错了不是，我这分明是在给老百姓造福，你看看咱们村一年种地能收入多少钱，建个厂子哪家每年不添进个一两万的。

短子有点急眼，扁头，我说这账能这么算吗？有了这个厂子，地上的水，地下的水，全都没个好，这片地还能再产粮食不？挣钱是眼目前的事，保住这块土地，这才是子孙万代的大事！

扁头笑出声来，呵呵，短子你真招笑，你的子孙在哪呢？

短子骂骂咧咧地说，妈个球，你笑话我没后是不？我有没有后，跟这事没关系，更何况我对有没有后并不在乎！扁头我问你，村里这几百口人的后生算不算后人？头道岗是大伙的，不是你家的，人走道得抬眼往前瞧，光瞧脚跟底下行吗？你个扁头，毁了这地，怎么还有理了呢？你是逼我去告你，看有没有人管哩。

扁头说，我擎着，随便你告，扁头村长洋洋不睬地双手叉腰挺立在老榆树地头。

在短子跟扁头村长较劲的当空，不觉间已围了很多村民，扁头看见了越围越多的村民，他不觉得火冒三丈，一挥手指着大伙喊叫着，大伙都看见没有，短子这个榆木脑袋瓜子，他要把大家伙的好事给搅黄了，你们还瞅啥瞅呀，倒是放个屁呀！

不知是谁说了一句，村长啊，用这么好的地建厂子，真是糟贱了。虽说补了点钱，可这点钱够花一辈子吗？有了一个人开头，大家你一言我一语都说开了，大家都不同意祸害这么好的耕地来建造纸厂。

扁头见情形对他不利，借故说我还有别的事，转身匆匆忙忙地走了。

短子大名叫吴德贵，是六十多年前逃荒来到头道岗的。当年一同来的都是一户一户，一家子一家子的，一般家庭都是七兄八弟的六七口人来头道岗村逃荒。唯独短子，来时是个孤儿，眼下还是孤身一人。初来头道岗时他是个十一二岁的孩子，是吃百家饭长大的，让百家伤心的是，短子的个子来时啥样，到了现在也没抻长多少。

短子个子矮，长相不受看，娶媳妇就甭想了，可这不等于短子没沾过女人。有一年王寡妇男人赶马车往地里送粪，马毛了跑进了壕沟里，把王寡妇男人从车上甩下来，活活摔死了。年轻的王寡妇拉帮几个年幼的孩子，的确很不容易。短子有事没事总往王寡妇家跑，帮着王寡妇干这干那的，时间一长了，两个人就好上了。这事头道岗人都知道，见怪不怪的，有一次短子酒喝多了，有人借着酒劲跟他扯荤，短子，你总跑王寡妇家，那鸡巴玩意好使吗？短子说，咣咣的。她说比她男人的那玩意还招人稀罕哩。这句话全村人都当笑柄，都传短子家巴什比他个头还高哩。

王寡妇的孩子大一个走一个，就差个小崽子。男人刚走时，有不少亲戚村邻给王寡妇掂对人家，可王寡妇就是不干，说来说去，她是因为有了短子。大伙又掂对着她跟短子成婚，可短子不干，短子对谁都说，我的长相配不上人家，我真心实意帮帮她娘几个，我长得这个熊样，让我给王寡妇孩子当爹，我还不配哩，后来渐渐地也就没人给他们张罗这事了。人们猜想王寡妇等小崽子一结婚，两个人也就骨碌到一块，搭伙过日子了。扁头说他没后，短子感到很委屈。

老榆树那地在香草河上坎，清清的河水，三环五绕，像条链子锁住了这块风水宝地，至今河两岸还有成片成片的柳条通和芦苇荡。现在不少城里人溜达到这里，就如同猛然间瞅见了一幅精彩的十字绣，不绝口地叫好。有了城里人叫好，短子把老榆树那地，看得比啥都金贵，头道岗本没啥出彩的地方，附近百里也仅仅有这么一块好的风景了，这块地儿就成了他短子家里的宝贝疙瘩。

　　香草河锁住了老榆树那里的一大片土地，老榆树那地锁住了短子的心。农闲时候，短子就和村里半大小子划船在河里挂鱼。城里来这里踅摸野景的人看到了，拿长炮短炮的照相机拍个不停，短子喜欢让他们照，有时还故意摆摆姿势整几个滑稽的样子。让短子高兴的是，这次摄影家们走后，把短子的照片登上了城里人办的杂志。王寡妇看了说，真美。短子撒网的姿势，再配上夕阳的余晖，清澈的河水，弯弯的小船，河岸上茂密的芦苇，那画面真是太美了。短子拍拍胸脯跟王寡妇说，那是，我就说我不赖吧，连城里人都看我上眼吧。短子喘口气接着说，让他们去照吧，照得越多越好，刊物上登的越多越好，这样把咱们香草河的美景，让全市全省全国的人们都知道，好都上咱们这里来旅游，然后咱们开个农家店，管吃管住，挣城里人的钱，到那时我们不富裕才怪呢。

　　那次短子和扁头斗完口，扁头村长更是气不打一处来，回到家里还憋着一肚子的闷气呢，你个短子，长得没猪头高，跟我斗法，你等着瞧好了，看看我咋收拾你。

　　老榆树那地，让扁头村长头痛，短子在那横着，他的地偏偏又在地当腰。你给他串地，他不干，你让他签土地出租转让合同，他不签，这个主，真难整。要是仅仅短子一个人也好整，麻烦就是一动短子，短子通不过，他吆喝一声，村里人就会跟着起哄，短子一呼百应，就没法对付了。

　　不管好整不好整，扁头还得硬着头皮往下整，更何况外来的客商对他扁头还不薄哩。建造纸厂的老板可真讲究，一下子给了扁头十万块钱作答谢费，扁头那天装这些钱挺费劲，足足装了一个小皮提箱子。老板递给扁头时，就跟扔一块土坷垃似的毫不在意。老板告诉扁头，事情办得好的话，另外再加好处，绝对不会少了他扁头的。扁头心想那老板得给镇长多少钱啊！扁头这辈子也没见到过这么多的钱，心里还真有点发毛。

　　短子没有阻止住扁头村长，在老榆树那地圈地钉桩子，只好和脚片子带着气来到镇上。

　　可是，短子不知道扁头村长早在他之前就到了。短子要找镇长，扁头站在旁边挡也没挡。

　　短子见到了镇长，他拘谨得不知开口先说些什么。镇长看见了短子，俯下身子隔着桌子来跟短子握手，短子惊惧地把双手背到了身背后，旋即感到自己是不是失礼了，于是，短子又把双手移到胸前，用力搓了搓，忙说，领导呀，我的手整天干农活太埋汰了。

镇长很自然地抓过短子的手握着，脸上露着很和善的笑容说道，短子，有事你就说吧。

短子说，扁头村长也在，我说的是老榆树那地的事。

镇长伸出了右手，五指张开，放在他和短子之间，短子看了镇长张开的手，仿佛嘴里的话被这一举动堵住了似的，短子怎么说也不痛快。

镇长说，老榆树是吧？

短子说，是啊，老榆树那块地要建厂子，我们都不肯。没人来说，我就代表村里大伙来跟镇里说。

镇长接着说，当代表可不简单哩，你一个人怎么能够代表得了那么多人啊？你不同意，不见得其他村民不同意吧，那样吧，我问问你们村长。

短子说，镇长你不该问扁头，你该问脚片子。

镇长说，怎么又出来个脚片子？

短子随即一指身边的人，他就是脚片子。

镇长一瞧，脚片子那张脸，长得真像一只大脚片，镇长乐了。我跟你们村长商量商量，你们回去等信吧。

短子心里很不平，我们说话，镇长不信。

扁头回到头道岗，天快黑下来，一群人围着短子都在等他，大伙相信扁头一准能带回来镇长的回音，大家把回来的扁头围在中间，你一言他一嘴地问，事情咋样？扁头耀武扬威地跟大伙说，镇长跟我喝了一下午的酒，从晌午头一直喝到后晌太阳落下，能咋样，按照县里镇里的指示办呗。

短子抢过话来，别白话了，你喝酒不喝酒的事，你说，老榆树那地的事，咋样了？

扁头村长不屑一顾，又重复一遍，那能咋样，镇政府都研究过了，事就这么定了。

村子里的人炸窝般地叫嚷道，这事就没得改了吗？那可是咱们屯最好的地呀，把这样的好地祸害了，多可惜啊！

扁头村长就像没听到大家的议论，他迈着悠闲的方步，回家睡觉去了。

短子说，土地是咱们的命根子，我们没了地咋活呀？我们的土地就得我们来给它当家作主，别人想动它一根汗毛，也让他没门。

有人提了个话头，短子你伸手不怕染手，再上镇里找找领导吧。

短子说，我一个人去可不中，大伙都去吧，人多力量大哩。

大伙都同意短子的意见。

第二天一早，短子他们开着四轮车又来到了镇里。

短子第一个进了镇长的屋子，刚好镇长在，镇长还像上回一样又伸出了他的大手，这次短子没有了畏惧，大着嗓门说了话。镇长，还是老榆树那地的事，你不说我代表不了吗？这不，我们大伙都来了。

镇长看看挤进来的人群，脸色硬得像块腊肉，他很不高兴地说，信访条例有规定，你们这些人中要选出来二三名代表，来跟我谈，要不然你们来这些人，你一句，他一句，我听谁的，让我跟谁谈，再者说了，老榆树那地，符合县里招商引资有关政策规定，占地也是合法合理的。现在大伙吵吵巴火地也没啥用，我再说一遍，合法征地的事，来这么多人干啥，有用吗？

短子接过话，镇长啊，你是一镇的父母官，掌管全镇的大事，大家伙来找你，还不是信得过镇里嘛，我们的土地就要丢了，这就像家里丢了孩子，我们来找找，不对吗，没有用吗？

镇长不耐烦了，把大手晃了几晃，你们在这里闹哄哄得不像话。说话间，镇里派出所司法所管事的干部也都挤了进来，这些干部帮着镇长的腔，七嘴八舌地说短子脚片子他们，你们真的不像话，这不闹事吗？最起码也算非法上访。

短子很恼怒，我们的地，就要没了，来找找不行，跟你们说事情，说我们闹事，来了几个乡亲，你们又说非法上访，想跟你们说说话，你们老伸大手，不让说。

镇长说，我跟你们村长商量过了，开发老榆树那地，是为了让大家尽快富裕起来，我们也是好心。办个工厂，一来你们家家卖地能够收入一大笔钱；二来你们进厂打工，不是还赚一笔吗，想想看，到工厂开工资，你们跟城里人不是一样了吗，你们想不通，这件事镇里村里都是为了你们好。

镇长起来欲走，跟大家说，我还有事，让负责信访的同志跟大家商量吧，你们好好想想，我刚才说的话有没有道理。

短子他们就是不理解，就是想不通，就是不愿意让镇里把老榆树那地，征过去开工厂。那地是全村最好的地，那地种啥得啥，旱涝保收，比村子那些山坡漫岗的地好多了。一到秋天，老榆树那地产出的粮食，差不多超过那些山坡地的一倍了。

短子他们在镇里整整待上了一小天，也没有弄子出来子丑寅卯个结果。短子和脚片子跟大伙就呛呛往县里去，咱们自己的地，还做不了自己的主吗？

大家坐车刚要往回返，他们就看到镇里的林业站长和开发老榆树那地的老板在一个酒店喝酒呢。短子寻思，开发老榆树那地的老板不简单呐，不单单和镇长、扁头、林业站长还可能和更多的人有瓜葛啊。

短子和脚片子一合计，上县里要是全村子人都去，一个来回要好几天，耽误农活不说，费用也不少，要不就咱俩去得了。县里化肥便宜，回来还能拉一车化肥回来，去多少人也就是这个事，大家伙认为短子说得有道理很对劲，大伙说，短子和脚片子你俩要是找回来老榆树那儿的土地，就是头道岗的大功臣，费用大伙出，大伙请你俩喝酒。

短子开车上县里那天，回头望了望老榆树那地，老榆树那地本应该供奉到祖宗板上的，可是眼下也没办法让它安闲下来，自己家的东西，弄不好就要丢啦。

在家的扁头村长这几天可忙坏了，他一会儿吆喝大伙去老榆树那地修沙石道，一会儿又吆喝大伙到村部去算钱。人们感觉到两三个月后，老榆树那地准会破了相的，往地里去的道路，眼瞅着就要修成了，这些日子当地农民到开发商那里干活的人通过扁头村长，还不时地能从开发商老板那领到干零活的工钱，还有几个会来事的村民，常常被老板领到镇上吃馆子，吃得嘴唇油亮油亮的。

扁头村长告诉大家，六月初十，老榆树那地的厂子正式开工建设，到时大家都有红包啊！人们兴奋地盼着那一天。手里的活计干得轻轻松松，利利索索，砂石运来，砖块也来了，更让人兴奋的是那些庞大的机器也踱着步子跟来了，在老榆树那地的旁边候着。扁头村长把初十这天，看得很重要，光是鞭炮，就装满了小货车的后屁股里的一车厢哩。

王寡妇心疼老榆树那地，她家的地和短子家的地垄挨垄，沟连沟。伺候地的时候，短子连铲带趟，地里的活都是他一人干的。一到中午，王寡妇总是要给在地里干活的短子送饭，那是她最开心的时刻，王寡妇扯着嗓子喊：喂，吃饭啦！短子也应和着喊道：知道啦，就来。不见短子过来，王寡妇就再喊，那声音一问一答，此起彼伏，被风一吹就将两个人的心搅缠在了一起。短子笑呵呵地来到地头，和王寡妇一起吃饭，短子很开心，王寡妇看着短子巴嗒嘴吃饭的样子，还有她看着黢黑黢黑健硕的短子的膀子，她更格外开心，就像被短子骑上了一样的快活。

短子和脚片子去了县里，好几天没有音信，王寡妇很牵挂。

短子和脚片子一到县里就来到了县国土资源局，局长亲自见了他俩。局长说，你们找我啥事？

短子说，我跟领导反映件事，我们村的老榆树那地，要建厂子，要真是给老百姓造福的好厂子，不要说我们不阻拦，还得支持哩，可是镇里村里引进来的是个小造纸厂，这要是建成了对土地污染得多严重啊，不用说地上就是地下水也没个好，香草河就更没好了，厂子真要进来，不但会把我们的地给祸害了，而且水也没个好了，我们住在这里的村民也就没好了。我们祖孙万代就指望这地，我们不同意在这里建造纸厂，找到镇上，镇里不管，没有办法，才来找你们给我们做主哩。

局长说，这事是真的吗？

短子说，往老榆树那地去的路都铺完了，初十厂子就要开工了，我们哪敢和局长撒谎啊。

局长说，你们等等，局长喊来手下的人，你看看老榆树那块土地的性质，再看看有没有关于头道岗上报占用耕地的报告？

业务人员说，报告确实有，他们申请的是一块多年弃耕的废弃地，地名叫偏脸子。我们查了老榆树的土地，这地块确实是一类耕地，这块地是不能占的，也不能建厂子的，更不能建造纸厂的。

局长说，你再仔细看看。

业务员又说，我们反复查了，这是航拍，没错的。

局长亲自打开土地现状图一看，可不是咋的，这一下子把局长也给造愣住了，老榆树那地可是一类耕地呀，谁有这么大的胆子敢动用这基本农田。

这可是他当局长以来第一宗毁坏基本农田的大案。于是局长给县领导打了电话，县领导立马下了指示，通知镇里马上查清此事，让镇长亲自向县里汇报。镇里不敢怠慢，立即通知村里马上停工。

就在这时，短子和脚片子接到家里王寡妇的电话，老东西，你们都回来吧，老榆树那地安静了。运来的东西正在往出拉呢，大家伙正准备酒席迎接你们哩……

短子和脚片子高高兴兴开着装满化肥的小四轮车往回返。半路上，他们遇到了开着轿车的林业站长，看样子也许他是从县里办完事往回返。林业站长见到他们开的小四轮车，还重重摁了小轿车的几个响笛呢。

距离头道岗也就三四十里地了，这时短子和脚片子发现了一辆没有挂车牌照的空货车，迎面向他们的小四轮开来。原本那车开得很慢，可是到了他们跟前，这辆大货车却忽然来了个加速，就像一座大山一样轰隆隆地压了过来。短子开的小四轮正沿着道边开着哩，他开得小心翼翼生怕碰着道上行走的路人。可是对突然奔过来的大货车，他们根本没有防备，更没有想到这辆大货车能冲他们直接开来，而且车的速度就跟那闪电一样的快。短子和脚片子他们根本来不及躲闪，四轮车就像小孩和大人摔跤似的，在大货车强烈的撞击下，短子和脚片子被远远地甩进了路边的壕沟里。

晚上，县电视台在晚间新闻里，播出关于短子和脚片子的消息，在哈三公路一百零三公里处，有辆小四轮拖拉机和货车相撞，四轮车上两人受重伤，正在医院进行抢救，肇事大货车逃逸，据目击者说，该车没有挂牌照。交警正在调查处理之中，详细情况请继续关注本台交通信息专题节目。

王寡妇在家看着看着电视，她突然发疯似地冲出了家门……

出门打工

　　水旺跟山猴一起出去打工，在一次井下事故中水旺死了，水旺媳妇露珠成了寡妇。

　　山猴媳妇杏儿跟露珠从小一块长大的，水旺和山猴是邻居，两家好得跟一家似的，水旺和山猴出外打工总在一起干活相互照应着。

　　水旺是替山猴下的井，这次本该轮到山猴的班，山猴这几天感冒了，如果歇假一天，会被扣掉一个月的满勤奖，满勤奖那可是一千多元哩，山猴和水旺是不会轻易歇工的。

　　水旺从井下升到地面，他在换衣服的房间里遇到了山猴，水旺问山猴你感冒好了吗？山猴说道，没好利索，浑身没劲，要不为那个满勤奖，我都不来了。水旺说，我们出来干啥来了，不就想多挣两个钱吗，你别下井了，我替你下吧。山猴说，你刚上来喘口气，还是我下去吧。水旺说，别争了，谁下井不一样，你不也替过我下井吗，也就干三个来小时的活，不就是一会儿的工夫，没啥的，水旺伸手就把要下井干活的山猴拽了上来，随后水旺跟着工友们下井了。

　　水旺和山猴干的是井里的技工，打炮眼，用钢钎在井下凿炮眼，然后往里装炸药，连接导火线，活不累，挣得还多些，为了能够干上这样的工种，他们每人花了一千五百多元培训费哩。

　　山猴刚回到宿舍，就听到惊天震响的爆炸声，山猴心里一惊愕。山猴在施工的时候，多次听管安全的说，井里瓦斯超标，得上一套检测设备，于是管安全的跟矿长汇报，矿长一问，这套设备得多少钱？那管安全的说，这套设备得二三百万元。矿长把手一挥，别咯叽了，矿上没钱，过一段时间再说。安全员跟山猴和水旺是好朋友，嘱咐他们干活多注意点。这爆炸声一下子就让山猴想到，肯定是井下瓦斯爆炸。山猴忙跑出了屋子，发生事故的整个井区全坍塌了。山猴马上意识到问题的严重，水旺正在井下作业，恐怕凶多吉少。山猴急忙跑到矿上安全指挥部，一进屋，山猴就大声地喊道，井塌啦，井下面还有人在作业哩，快救人啊！领导们正气定神闲地开着会，一位领导模样的人站起来喝斥山猴说，喊什么喊，知道了。水旺就再也没有从井下上来。几天后，矿上才找到水旺他们几个人的遗体。山猴感叹道，水旺哥啊，咋说没，咋就没了呢？这人的命，咋就像大雨来临之前的闪电哩，咋那么一闪而过呢。

在山猴心里总是认为水旺是替自己死的，他常常愧疚，拍着胸脯子深深地自责，于是，山猴认准了今后水旺家的事，就是自己家的事，他要真心实意地帮助水旺家，那水旺的媳妇露珠的事，就是他山猴的事。

安葬水旺的上上下下里里外外的事，都是山猴帮着张罗的。那是一个阴雨天，死气沉沉的，这样的鬼天气，给水旺送殡的人带来一种无名的压力感，让人透不过气来。山猴这帮工友们私下里偷偷地议论着，如果矿上要是早点采取安全措施，水旺兄弟是不会死的，水旺还可以像过去那样，跟咱们哥几个吵吵把火地大碗喝酒呢。

水旺死了，露珠的心里就像靠着一座山塌下来。在对待水旺赔偿金问题上矿主附带个条件，家人里即包括水旺的父母兄弟姐妹还有露珠，不能向外界透露水旺的真正死亡原因，就说水旺自己不慎触电身亡的。山猴说，人死不能复生，挣不过命啊，面对现实吧，咱们就按矿上的意见办吧，这样露珠和孩子还能多得一笔抚恤金的。

山猴一看到那片出事的瓦砾，就想到了水旺，山猴一下井干活就仿佛水旺在他身边似的，山猴无法继续在井下干活，就回来了。

露珠没了水旺，家里一些搬搬扛扛的事就干不了，露珠就打发孩子过来，请山猴过去帮忙，山猴就一步迈过两家之间的女儿墙，过露珠家帮忙。

时间长了，屯里有人跟山猴开玩笑，山猴兄弟，露珠长得那么漂亮，你整天帮着伺候地，就没顺便把露珠身上那块地，也顺手伺候一下山猴急头白脸地说，那可是我好哥们的媳妇，还救过我的命，不行那个的。又有人说，山猴，你就装吧，露珠那块青春貌美的地，都干涸成啥样了，你替水旺浇灌一下，也够哥们义气。山猴被人戏弄时就有点急眼，说道，这，这怎么行啊。接着山猴脸通红地说，你们净整那些没用的，山猴说完低着头，从大家笑声中走了开。山猴也是肉身长的，他也有七情六欲，有时过去帮着露珠干活，露珠胸前那两座山峰都快撑破了胸前的背心了，露珠有时弯腰干活就把大半个乳房暴露了出来，正正撞见了山猴的眼里，山猴真想立马伸过手去把它捧在手心里。可是山猴一想到水旺，那可是救过自己命的哥们，怎能对哥们的媳妇做出那种不仁不义的事来，那不让人耻笑吗？

山猴回来不长时间，就到城里建筑工地干活去了。

水旺死了，露珠没了依靠，露珠就把山猴媳妇杏儿当成了自己最亲最好的依靠了。露珠没事总到山猴家，跟杏儿唠闲嗑。露珠想进城做点买卖，一来孩子八岁了，该上学了；二来自己想用水旺的抚恤金做本钱开个小买卖。露珠过来让杏儿帮助参谋参谋，杏儿说我也想把地包出去，到城里干点啥，家里的地也没有多少，这二十来亩地也挣不了几个钱。再说，现在都用机械干活了，种地时靠机械播种，春天种地时洒上灭草剂。夏天苗起身子时，再洒一遍除草剂，都是用喷药机洒的，也不用锄头铲地了。到秋天锄二遍地的时候，用四轮车趟两边就完事了，等到老秋玉米大豆成熟了，都用直收机，直接就把玉米棒子和大豆拉回家了，人根本不用上地干啥活。露珠说，我不知道自己到城里干点啥合适。杏儿说，等山猴这两天回来跟他商量一下。人过日子有了依靠，心里才踏实，男人就是一堵墙，那是女人真正的靠山。露珠的靠山没了，只好借杏儿这座山靠靠了。

数伏后，雨天好连气儿。工地干不了活，山猴就跑回来跟媳妇杏儿亲热。露珠要上城里干活的事也就提到日程上来，山猴也赞成这件事，并且动员杏儿也一起到城里找点活干，虽然自家的儿子小点，但是也拖不上几年了，城里学习条件比农村的好。城里人不是有句话吗，不能让孩子输在起跑线上。山猴跟杏儿商量，把自家的地同露珠家地一起往山转包，两家地放在一起转包，这样做因为地多，包地的户还能多给些钱。回到家的山猴，主动过去帮助露珠干活，凡是体力活山猴都不让露珠伸手，山猴干得汗流浃背。露珠就伸手把洗得香喷喷像雪那样白的毛巾递给了山猴，山猴瞧都没瞧，拿过来就往脸上抹，那黑泥道把整个白毛巾弄得像垄沟垄台似的。露珠进屋给山猴倒杯水，递了过来，山猴接过水就咕咚咕咚喝了起来。

露珠看着黝黑黝黑的山猴身子，露珠的眼里就冒出了火辣辣的火光，山猴的眼光碰到露珠的眼光上，就像两股电流触到一块火花四溅，露珠的火苗子似乎要把山猴整个人都吞灭了一样，山猴的手有点抖，他的心里有一股热火往上涌。这时的山猴想到了水旺，他赶忙起身说，露珠，水还没挑呢，说完山猴拿起扁担出了屋。每次山猴帮露珠家干完活，总是把露珠屋角水缸里的水挑得满满的，女人嘛，上井台担水不容易。山猴帮露珠家干完活，总不忘扔下一句，露珠，还有啥活没有？你说，不用客气，只要你吱一声，就行，我力气有的是。露珠很感激山猴，山猴不但是杏儿的靠山，也是她露珠的靠山。

露珠和杏儿来到城里，两人在一起开个早餐店，取名叫珠儿早餐店，用两人名字后边的那个字组合成的。早餐店离山猴干活工地不远。她们俩的早餐店实行股份制，每人各占一股，房子租金设备购置都是露珠出的钱，也占一股，总共三股，按月总收入除去水电费、房屋租金、食料成本等费用支出，剩下的纯收入按股分红。刚开始时，顾客不算太多，后来逐渐好起来，一个月下来，一股能分两三千元哩。她们两家在早餐店附近租的平房里居住，露珠和杏儿两家隔不远，互相来往几分钟就到了。

露珠的孩子以农民工子女的身份，顺利地进入附近小学读书。

露珠和杏儿的珠儿早餐店开得风生水起，几个月的工夫，附近居民啧啧称赞，早晨前来喝粥买包子的都排着队。

山猴和杏儿给露珠张罗找对象，露珠说赶趟，等我家孩子稍大些再说吧。杏儿劝道，你一个人不容易啊，走一步吧，找一个男人，你能减轻点负担。山猴的工友被山猴扯过来跟露珠相看了几次，都没成，露珠哪个也没看上。露珠说，以后遇到合适的再说吧，反正不着忙。杏儿说，露珠你别整得标准太高了。露珠说，标准高啥哩，像你家山猴老实巴交，能干活，心眼好使就行了。杏儿说，像山猴那长得猴模猴样的，可得了吧。给露珠找对象，是挂在杏儿嘴边上的常嗑。

露珠和杏儿两个人串班到市场进食料，轮到谁班，谁起早。早晨一两点钟就到附近的菜市场，到菜市场采购一天用的食料。有一天山猴放假，让山猴帮助看店，露珠和杏儿姐俩一起上市场进食料。露珠和杏儿搭顺路的小三轮车去城南菜市场，那里比附近的菜市场便宜不少钱，姐俩一起去就想多进点货。人家车主不愿意拉她们，说着忙去市场附近办事，还说这条道正在修路不好走，万一出个事啥的人家担待不起。露珠和杏儿赖皮赖脸，好说歹说，人家车主才答应给她们拉到城南菜市场上，走到半道，一辆拉石料的翻斗车在同三轮车错车时，把她们坐的小三轮刮到了路边沟里。杏儿发现得早，眼看就要翻车，杏儿急忙用手去扯坐在车边上的露珠，由于杏儿用力过猛，她把露珠拉回到了车中间，杏儿却被车子甩了出去，这样杏儿的脊柱摔错位了。被杏儿拉到车中间的露珠，这次车祸中连点皮儿都没伤着。杏儿正赶上日子好起来，没想到不幸却降临了。不幸是无常的，人间爱是永恒的。水旺去世以来，露珠一直得到山猴家的帮助，露珠心存感激，她决心也像杏儿家一样，来帮助山猴和杏儿一起渡过难关，更何况杏儿不拽自己，她露珠还不被车刮碰成什么样子的，也许早早被两个车挤压死了。

　　珠儿早餐店兑出去了，露珠白天在附近超市当导购员，晚上回来帮助山猴照顾杏儿。

　　杏儿因车祸已经瘫痪在床，屋子里的针线活计，洗洗涮涮，做饭什么的，山猴忙不过来，也一丁点做不好，露珠一有闲工夫就跑过来帮山猴家干活。有时做做饭，有时洗洗衣服，有时做做被褥什么的。露珠有时间还推着轮椅到外面陪杏儿晒晒太阳唠唠嗑，露珠有祖传针灸的手艺，她小的时候跟娘家哥学过针灸，这时候派上用场了。露珠定期给杏儿找找穴位，扎扎银针，还有她娘家哥哥给配的中药，让杏儿按时服用。

　　山猴工地忙，这饭吃得也就不准时准点了，杏儿盼着露珠来帮她干活，露珠也一心把火想到杏儿家去伸手帮衬一下，露珠回想起来杏儿出车祸那次情形，就心惊胆战，她想啊多亏杏儿扑了一把自己啊。想到这些，露珠到杏儿家干活就更卖力气了，露珠惦记杏儿，关心杏儿，照顾杏儿，通过近一段给杏儿连续针灸，加上配合吃中药，杏儿病已见好转。

　　一天，杏儿滚落到了地上，从工地里干活回来的山猴看到掉在地上的妻子杏儿，山猴很心疼，忙把杏儿抱上床，这段工地活多，正是忙季，他没法子照顾杏儿，山猴十分痛苦地掉下了眼泪。

听到响声的露珠，也急忙跑了过来，山猴见到露珠埋怨自己说，你看我多没用，这么大的人连个病人都照顾不好。露珠说，说啥哩，还是我来的不及时，露珠说着话，就麻溜地干起了活计。

杏儿哭了，是我拖累了你们，这病让我早点死了算了。

露珠说，姐姐你说啥呢，可别瞎说了，活着总比死了强，再说你救过我的命，我伺候你也是应该的。

杏儿说，你可别这么说，我心里不好受，水旺还不是替山猴死的。这都是前世的账，咱们谁也不欠谁的，也不该欠谁的。

露珠说，我的好姐姐，咱们命苦啊。

露珠没用半天工夫，就把杏儿家收拾得干干净净，杏儿心里暖暖的。

杏儿真心实意地说，我死了，把山猴交给谁都不放心，正好你们俩搭个伙。

露珠边哭边说，姐姐你要再这么说，我可不来伺候你了，我来你这里伺候你，你不知道啊，外面人怎么作贱我呢？你还往我身上泼脏水啊，那我可就真受不了！

杏儿说，好妹妹，姐姐信得过你。

山猴活忙，总是在外边，很少回家，虽说杏儿一个人在家，但是有露珠帮衬着杏儿，他很放心。露珠总是一忙完自家的事就急急忙忙跑到了杏儿家里，给杏儿熬中药，给杏儿针灸，陪杏儿唠嗑，还推着坐在轮椅上的杏儿晒太阳，把杏儿屋里收拾得干干净净。杏儿很快乐，有了这样的姐妹，她感觉很幸福很满足。

水旺死后，只要露珠从大街上路过，碰着一些长舌妇女们唠闲话，就会听到人堆里有人啐她，臭不要脸的骚娘们，老爷们一死，就拉野汉子上床了。

只要看到露珠上杏儿家去了，那些闲散的嚼嘴的婆娘们就会说，杏儿残疾了正好给那个跑骚的娘们倒空啦。多难听的话，都让露珠听到了，露珠不在乎这些，这些话如果换个别人一定跟她们火拼的，跟她们打个头破血流，还要用自己的手把这些嚼舌人的脸抓成血道道出来，可是露珠就是露珠，干干净净的露珠，不在乎这些闲言碎语。露珠忍得下，心里装得进去。

山猴也听到过这些碎言闲语，山猴心里明镜似的，露珠可是个好女人，她对杏儿好，对家人好，对她身边的人好，露珠对自己也不赖。

一天雨休，山猴来帮露珠修小棚子，一直干到天黑。山猴看着灯下的露珠，那脸蛋粉红粉红的，咋看咋好看，还有露珠那胸凸得让所有的男人见了都会动心的，山猴自打杏儿瘫痪在床，就没有接触过女人，生理上很需要。山猴说，露珠今晚我住这吧。露珠说，这可不行。不早了，你快回去照看一下杏儿吧，她还没吃晚饭哩。其实，露珠心里真的想留山猴住下来，可是杏儿瘫痪在床，这对杏儿不公平，要是杏儿好好的时候，山猴提出来住下，露珠会爽快地答应的，谁怨山猴那时来过多少次呀，一次山猴也没说出来啊。这事总归男的先开口的好，哪有女的先说的。

山猴乖乖地回去了，心里有点儿失落。

卧病在床的杏儿，让山猴伤透了心，不但啥活也干不了，那种事就更不用提了，有时山猴憋得难受，就想到足疗馆跟那里的小姐发泄一下，但山猴没有这样做，只是想想而已，认为这样做对不起杏儿，杏儿对自己那么好。

露珠让杏儿晒太阳，跟她唠嗑，杏儿心情就好，就跟那万里无云的晴天，就像天上的白云中的羊群能够自由自在在蓝天上飘飘荡荡，极为畅快，杏儿不像是个瘫痪的病人，露珠的针灸和吃中药还真是很管用，杏儿的腿脚渐渐地能够活动了。

又过了一段时间，杏儿脸蛋红润了起来，人也胖了起来，还扶着墙多多少少能走几步了。

秋天眼瞅着就来了，杏儿家务活轻来轻去也能干了。

山猴看到杏儿一天天好起来，很开心，很高兴，山猴一定要请露珠吃顿饭，说，杏儿能够好得这样快，连医生说都是　个奇迹。山猴说，工地的活明天就完工了，要放几天假的，这几天我来做饭，一定要买点好吃的，把你和孩子请到家里来好好犒劳犒劳，让你们真真正正享受享受我做的菜有多么的好吃啊。

山猴早晨乐颠颠地去工地干活，下午一点多钟，杏儿接到山猴的工友打来的电话说，山猴在施工中不幸被楼顶上的吊车掉下的料石砸中，不幸身亡。 当时围观的人群中有个老者感叹道，几块小小的石头就把人命夺去了，真让人心寒啊。

露珠和杏儿知道信后，两人抱在一起哭了起来。

杏儿多次听山猴讲，那吊车早该检修了，吊车在吊装石料时常往下掉东西，有几次险些伤着人。

这又是一个阴雨天，人人心里都堵得慌。

福爷瓜田

　　丑蛋长得丑，呆头呆脑的，大概十一二岁光景，整天跟着奶奶。像个跟屁虫儿形影不离。

　　人们似乎从来也没有看见过丑蛋说话，奶奶上地干活，挖猪食菜，他也不帮奶奶挖菜，奶奶也不喊他来帮忙，就任丑蛋独自去玩。丑蛋不是抓蝴蝶，就是捉蜻蜓，再不就到树下鼓捣那成堆的蚂蚁玩。丑蛋差不多玩够了，奶奶装猪食菜的篮子也差不多满了。

　　地里干活的梅娘看见丑蛋说，丑蛋你都老大不小了，怎么不帮你奶奶挖菜呢？就知道玩啊，看把你奶奶累的，累死你奶奶谁来管你啊？丑蛋仍然不说话，他拿翻眼根子来跟你较劲，一下二下儿就把那白眼根子全都翻倒出来了，眼睛里全是白刷刷的眼皮，在这个白了底的边上是一层层被翻卷的眼皮褶，特别地瘆人。这样的眼睛谁见过？见了这样的眼睛不用说梅娘，谁都会害怕的。奶奶听到梅娘不再说话了，就知道丑蛋在用翻眼皮吓唬人哩。就喊丑蛋，梅娘跟你说笑话哩，你怎么当真了呢，这孩子啊。

　　丑蛋父母出去打工了，一年只到了年跟前才能回来一次。丑蛋四岁玩耍时不慎从墙上摔下来，把脑袋摔坏了。从此以后丑蛋智力有点缺陷，看到跟他肩挨肩的小伙伴玩踢皮球，丑蛋就凑过去跟人家一起踢，还没等他伸脚，那些半大小子就起来撵他，边卜去，不算你。丑蛋就呆呆地靠边站着，接着就翻起了白白的眼根子，翻起白眼根子的丑蛋，他就去挨着个地瞧儿玩球的那些孩子，这帮孩子一看那白白的瘆人眼睛，吓得一哄而散。

　　丑蛋跟奶奶从地里回来，必须经过王福爷爷的瓜地。那个瓜地紧靠着去县城的公路，朝阳漫岗土质干爽，瓜地两侧种着黄豆。那块瓜地就像王福爷爷的脸，格外饱满。丑蛋感觉到王福爷爷站在瓜地头故意地在等着他和奶奶，并且等了很长时间的，王福爷爷的眼睛是从一瞧见他们两个的影子就盯着不放的，并且那瞧着他们的眼睛就始终没有离开过他们两个人的身影。丑蛋和奶奶走在田间小路上被庄稼挡着，他们自然是瞧不见王福爷爷的，可是丑蛋和奶奶的心里头也能够感觉到，王福爷爷站在高高的向阳坡的瓜地里，是清清楚楚看他们的。这个时候王福爷爷是拿着采摘下来的鲜瓜，在等待着丑蛋奶奶和丑蛋哩，就像等待着即将到来的亲人，在等待着丑蛋来吃他的甜瓜。

王福爷爷确实是看着丑蛋和奶奶一点点地沿着田间歪歪扭扭的小路走过来的，那条小路左拐右拐隐隐约约就通到了王福爷爷的心窝子里面。这条道在王福爷爷的心里是一条光溜溜的温暖的大道，王福爷爷用眼睛瞧着这条路上由两个小点儿渐渐变成一大一小两个人，然后这一老一少就向王福爷爷一步一步地走了过来。王福爷爷看到驼了背的奶奶领着丑蛋到了跟前，他就不停地搓动着那两只长满老茧子的手说，瞧瞧你，又采了这些菜，这么大的筐你挎着多费劲啊！丑蛋看王福爷爷的那老脸上的抬头纹，也跟着他说话的声音一眨一眨起着层儿地笑了起来。

王福爷爷先帮奶奶放下菜筐，说你不能拿个小点的筐吗，这筐多沉呀！

奶奶说，不行啊，我家里那些哑巴牲口筐小了不够吃啊。

王福爷爷说，要不明天你替我看瓜，我去给你挖菜吧。

奶奶说，我可干不了你那细嘛活。说着话王福爷爷就把他选出来的又大又甜的瓜递给了丑蛋，丑蛋也不客气顺手就接过了瓜。王福爷爷经常给他瓜吃，在丑蛋心里根本没有自己亲爷爷的影子。村里人都知道丑蛋的爷爷二十多年前就死了。丑蛋没有看到过亲爷爷是什么样子的。丑蛋只见到过王福爷爷，也只有王福爷爷对自己亲，他早已把王福爷爷当成了自己的亲爷爷，丑蛋把拿到手的瓜用手擦擦泥土就放到了嘴里嘎嘣嘎嘣地吃了起来。丑蛋奶奶说，他爷爷，你种的瓜起早贪黑不容易，别给孩子祸祸了，哪次遇上，你都给孩子摘，我看这些瓜差不多都让丑蛋吃了。王福爷爷呵呵地笑着说，我种的瓜，丑蛋吃两个还不是应该的，他吃了我看着心里乐呵。

丑蛋奶奶年轻时是屯子里最漂亮的姑娘，屯里哪个小伙子都想娶丑蛋奶奶，可是丑蛋奶奶就喜欢丑蛋爷爷和王福爷爷，偏偏丑蛋爷爷和王福爷爷两人又是一对铁哥们，谁娶丑蛋奶奶，对方都能够接受。丑蛋奶奶对他们两个又都一样地好，绝不表现出来对谁好还是对谁不好来，这就让他们两个很犯难很犯难地做出选择。一天丑蛋爷爷和王福爷爷忽发奇想，咱们两个到队里瓜地一起去偷瓜吧，让瓜来决定谁娶丑蛋奶奶。这个事源于丑蛋奶奶偶然一次对他们两个说起想吃香瓜的事来。其实，不过是丑蛋奶奶当着他们俩的面，一句玩笑话儿而已。丑蛋爷爷和王福爷爷他们两个做出决定，至于谁能娶丑蛋奶奶，就拿从队里瓜地偷出来的瓜做决定，把偷回来的瓜放在丑蛋奶奶面前，不说是谁偷的，他们两个暗地里做上记号，丑蛋奶奶先拿起那一个，丑蛋奶奶就属于谁的。这里需要说一下，丑蛋奶奶用手摸不算数，只有真正拿起来吃上一口，那谁就娶丑蛋奶奶，永不后悔。

那天，丑蛋爷爷和王福爷爷冒着很大风险去队里瓜地偷瓜的。生产队里的瓜地是不可以轻易偷的，那里面有轮流看瓜的青年，瓜地里黑天白天不断人，都有人看守，偷队里的瓜一旦被逮着，那脖子上就会被挂着个干巴了的瓜，游大街的，这还不算，还要罚你个上百个工分的，大小伙子偷了瓜，如果被逮住了，那就会坏了名声，坏了名声，再想娶媳妇可就不容易了。丑蛋爷爷和王福爷爷作出决定后，两人趁着夜色爬到瓜地里。一人偷回两个瓜，都没有舍得吃，拿给丑蛋奶奶。丑蛋奶奶问，怎么你们真去偷瓜了，让别人发现没有？他们两个异口同声地说，我们像猴子一样精灵着呢，看瓜的中了我们的调虎离山计，我们轻轻松松地偷了回来了，不过我们没有多弄，每人两个，别细抠了，我们顺顺当当去，又顺顺溜溜地回来的，

没人知道这事儿，就咱们三个知道，两人接着说。你还是挑瓜吧，你先拿哪一个？丑蛋奶奶说，哪个甜，他们俩一齐说，哪个都甜儿。丑蛋奶奶一下子就摸到了王福爷爷那个瓜，丑蛋爷爷的心一下子就提溜到了嗓子眼儿。可是只见丑蛋奶奶摸了摸王福爷爷偷的瓜，却没有往起拿，这让王福爷爷一下子泄了气，接着丑蛋奶奶又去摸丑蛋爷爷偷的瓜，这回该轮到王福爷爷担心了，似乎丑蛋奶奶知道他们打赌似的，一会儿摸这个瓜，放下；

一会儿又摸那个瓜，又放下。如此往复多次，好半天儿丑蛋奶奶才下定了决心，拿起了丑蛋爷爷偷的瓜。丑蛋奶奶用手轻轻地把瓜擦干净，放到嘴里咬了一口说，真甜啊。王福爷爷一跺脚，连连说，完喽，完喽。丑蛋奶奶说，什么完喽。王福爷爷就把他们两个打赌的事说了，可是没想到丑蛋奶奶却满不在乎这些，和谁好，这能和吃谁几口瓜刮边吗，这不是乱弹琴吗？可是这之后王福爷爷就逐渐淡出了丑蛋奶奶和丑蛋爷爷的视线了。有几次丑蛋奶奶主动去找王福爷爷，都被他婉言谢绝了，最后丑蛋奶奶真的就嫁给了丑蛋爷爷。不过丑蛋爷爷仍然和王福爷爷是好兄弟，两人时不时在一起还喝两盅酒，侃侃大山。

丑蛋不知道奶奶和王福爷爷这些故事，丑蛋只知道王福爷爷的瓜好吃。丑蛋奶奶知道王福爷爷的瓜是舍不得给别人吃的。那瓜地正靠着通往县城的路边，路过的车，来往的行人，买走一兜兜的瓜，那是王福爷爷的最大盼星，那一斤斤的甜瓜就会被换成一点点的钞票，这些用瓜换来的钞票，王福爷爷是不敢随便花销的，这些瓜钱是供孙子上大学的费用。即使整天泡在瓜地里的王福爷爷，也舍不得自己吃一口瓜的，口渴了他要喝从家带来的凉开水。王福爷爷的老伴也走好几年了，缝缝补补的事全依仗着丑蛋奶奶呢。王福爷爷看着丑蛋奶奶坐在瓜窝棚前的凳子上，给他补刮坏了的衣服，那细细的线就像瓜秧子缠在了王福爷爷的心头，一道一道的，搅得王福爷爷心里头不知道啥滋味。

瓜秧长得碧绿绿的，那滚圆滚圆的香瓜，看着就让人眼馋，瓜田里面还间种了一些小花儿，花开着粉色的红色的紫色的各色各样分外好看，瓜田里边的花吸引了无数的蜻蜓来来往往地飞，一会儿它们站在这朵花尖上，一会儿又落到那个枝头上，还有那碧绿碧绿的瓜秧子上还有蝴蝶和蜜蜂也忙来忙去。

丑蛋奶奶帮王福爷爷缝完衣服本想抬脚走，可是她挎起筐来，刚要迈步，就被脚下的瓜田里的土坷垃绊了个跟头，王福爷爷见状，急忙去扶丑蛋奶奶，这一扶不要紧，让丑蛋看到了，丑蛋就站在他俩的旁边喊了起来，快来瞧呀，他们两个亲嘴呢。两位老人听到丑蛋的喊声，也噗呲一声笑了，王福爷爷搀扶丑蛋奶奶的瞬间，在瓜田里就构成出来了一个大大的两人剪影，这个影子被清晰地印在了瓜田上。

梅娘扛着锄头从地里赶了回来，也听到了丑蛋的笑喊声，很少听到丑蛋说话的梅娘很感动。梅娘心里祈祷着，这孩子终究不是哑巴，不是哑巴就好。

王福爷爷大老远地捧着一个大大的甜瓜，高声喊着梅娘，傻丫头，过来吃个甜瓜吧……

村里有戏

创编室的王大干在小城很有名气。在这里没有人称呼他的大名，都叫他老王。老王大背头梳得溜光锃亮，常戴个大黑墨镜。局领导最近跟他说，县里要组织相关部门开展文化下乡活动，让他下下功夫，拿出点干货来。重点是歌颂美丽乡村建设。

小城街上过往着疏稀的车辆，在盛夏高温下喘着憋闷的粗气，路两旁的杨树叶子无精打采地打着卷，一到中午，空气中一丁点水分儿也没有了。这样的天气，烘干了空气，也烘闷了人的心情。

这几天老王写稿子把他折腾得够呛。他写了几句不满意，撕了，又是写上几笔，又是撕了。这样写了撕，撕了写的，折腾了他好一阵子，也没有结果。老王烦这样的天气，烦城市里的喧嚣，更烦这炽热的空气中一项接一项的工作。

老王原先是榛柴岗镇文化站站长，他把全镇文化活动搞得红红火火，群众广场舞比赛，基层文化站建设，老王是样样在全县叫得响过得硬。由于老王工作干得漂亮，加上县里缺少舞文弄墨的人，就把老王由镇里文化站长直接调到县里文化局任创编室主任。几年下来，老王在省市里组织的各项文艺比赛活动中，他创作的文艺作品多次获得了大奖，老王成为全县的大名人。

香草河村的林晓芸是一个文学爱好者，林晓芸长得就像一棵南方的翠竹，修长而又水灵，高高的个头不说，她皮肤嫩得像用奶浸过一样，团团的脸盘像一面梳妆镜子，脸上一笑还露出来两个甜甜的小酒窝，圆圆的大眼睛就像山涧里的小溪，清澈透明。林晓芸喜欢常穿着一双白色运动鞋，村里人都叫她小白鞋。你到村子里打听林晓芸很少有人知道，可一提起小白鞋，却是大人小孩子无人不晓无人不知。小白鞋跟老王是同乡，她爱好文学，经常找老王帮助修改文学作品。今天，小白鞋趁着到城里办事的机会，到文化馆来找老王。

　　小白鞋敲开老王办公室门，正看到老王在埋头创作，老王看到老乡小白鞋来了，他喜出望外，老王随手就把自己坐的老板椅拽了过来，让给了小白鞋，自己坐在破了皮的沙发上，小白鞋哪敢冒昧地去坐老王的老板椅啊，也就随着老王一起坐在了破了皮的沙发上，这在平时单位同事是享受不到老王这个待遇的，别说老王的老板椅了，就是这破了皮的沙发，谁来老王这里汇报工作，都要站到老王的对面，因为老王说自己创作忙，没工夫扯闲白，所以大家也都知趣，来老王这里的下属汇报工作，都是长话短说，一二句话说完工作，也不客气，抬腿走人。小白鞋挨着老王坐着，小白鞋身上那种农村田野里淡淡的青草味儿，让老王十分舒服，心情格外舒畅。小白鞋说明了来意，随即打开提兜拿出了自己创作的诗《夏日里……》

　　　　　夏姗姗来到田野里

　　　　　披上了绿色的衣裳

　　　　　青纱帐里笼不住

　　　　　男男女女的欢笑

　　　　　夏姗姗来到小河里

　　　　　少陵河水像镜子一样闪光

　　　　　渔网的欢笑

　　　　　被一群洗澡的孩子搅闹

　　　　　夏姗姗来到果园里

　　　　　青涩的果实

　　　　　被刚刚处上对象的小伙姑娘品尝

　　　　　那味儿和秋天的故事一样芳香

　　　　　夏姗姗来到小村里

　　大娘的绣花针

　　在十字绣里同姑娘们一样赛跑

　　致富花里织进了大娘的希望

　　夏姗姗来到农户里

　　火炕上的农家嗑

　　科学种田伴着星星闪光

　　党的惠农政策让富裕起来的农民

　　再次启航

　　老王声情并茂地诵读着小白鞋写的诗,诗虽然写得很直白,但是作为一个业余文学爱好者也实属不易,老王鼓励着小白鞋说,你写得很好,我准备推荐给省里文学刊物发表。

　　小白鞋一听自己第一篇处女诗作,就能够发表,真不知道说些什么感谢的话才好,小白鞋连连说,谢谢老师,眼看到中午了,如果老师方便的话,我想请您吃顿饭,小白鞋这样说道。

　　老王说,你大老远来一趟也不容易,今天不用你请我了,我请你。同事常常挖苦老王,见到美女就张罗请客,放到平时要是让老王请大家吃顿饭,就等于给老王放血了,那要比登天还难。可今天不同了,老王见到小白鞋这个老乡,犹如打了一针强心剂,立马兴奋起来。

　　其实,老王原本在镇里也能弄个一官半职的,党委书记镇长的报告讲话都出自老王的手,特别是有一次县委书记来镇里检查工作,老王给镇党委书记写的汇报,得到了县里领导的肯定,可以毫不夸张地说,因为老王的汇报材料,镇党委书记得到了县委的赏识,那有思想有高度有见地的汇报,抓住了榛柴岗镇的实际情况,切入了县领导工作的兴奋点,真是句句在理,头头是道,这篇工作汇报不但令县领导耳目一新,也使陪县领导同来的县里各部门负责人心悦诚服,事过之后,镇党委书记找老王谈话,说他年轻有文化,让他好好干,有意向培养他进党政班子。就在这个火候,镇里工作忙,老王已经一个多月没有回家了,老王老婆找到镇里向他要孩子的学费,赶巧老王没在自己办公室,老王老婆碰到秘书老莫,而老莫又常常同老王开玩笑。虽然大家都传老王同广播站女播音员有点说不清道不明的关系，但谁也没拿这事当真。于是，老莫随口说道，老王可能在广播站写新闻稿呢，老王老婆来到政府院外的广播站时，从窗外就看到了老王正抱着女播音员亲热呢，这一下可把老王老婆气坏了，她破门而入，老王还没察觉到呢，两个女人已经厮打在一起了，老王这才发觉情况不妙，当老王把两个女人分开时，双方脸上都挂了彩。老王老婆的吵闹声，惊动了镇里的干部，为此，镇领导狠狠地批评了老王，多亏老王在镇里人缘好，拖了一段时间，这事也就不了了之。老王没挨处分这已属万幸，可老王在镇里也就没有升职的机会了。事后老王撞上老莫数落道，你明明知道我和播音员的那点破事，你真不够哥们义气，怎么能让我老婆去闹啊。老莫争辩道，谁知道你大白天敢直播啊。老王说道，合计该着出事，那天正赶上我发个头版头条，得了点稿费才忘乎所以的，唉，还是怨我自己生活上不检点啊，怪别人什么呢。

老王陪着小白鞋喝完酒后，里倒歪斜地唱着二人转回了单位，来到主管局长办公室，说自己离开农村十几年了，对农村现在情况了解得不多，苦思冥想也没有想出来什么好的创作素材，特别是近几年快速发展的新农村建设，更使他对时下的农村情况知之甚少，老王要求批准他深入村屯采风，这样才能够更好地来完成领导交办的创作任务。老王请示得到批准后，就把电话打给了小白鞋，说了近几天就准备动身到她们村里去采风，还要住上一段时间，让小白鞋帮助安排一下。

一说到文化下乡，这又勾起老王的以往心事，有一年，县里组织"三下乡"（文化、科技、卫生）活动。县文化局让老王带队，局里抽调文工团演员三十多人，他们坐着大篷车来到了孤庙子乡，乡里早已通知下面，说县里要来演出，乡下农民知道信后，人们像过节一样从十里八村开着四轮子、三轮车，骑着摩托、自行车，赶着马车、驴车等赶到乡里，之后，他们一齐涌向乡里的中学操场。演出现场是人山人海，场面非常宏大，学校的房子上、大墙上、树上都站上了人。舞台就是他们下乡的大篷车，一打开车厢就变成了活动舞台。老王他们的演出节目有二人转、快板书、小品、相声、流行歌曲等，这些节目和演员都是老王精挑细选的，有些节目是老王他们专门为乡村里量身订做的，他们在孤庙子乡足足演了一天，这一演不要紧，乡亲们喜欢得说什么也不让他们走，非得留下再演两场。乡里书记乡长出头跟老王说情，又给他们演出队送来了不薄的慰问金。老王顺水推舟，第二天接着继续演出。

这一演就是三四天，那些天老王都是在村妇女主任家吃的饭。这妇女主任长得瓜子脸，丹凤眼，中等个，是个刚刚结婚的如花似玉的小媳妇。用老王的话说，一掐直冒水儿。演员们都出去演出了，老王就和做饭的妇女主任有一搭的没一搭地唠嗑，这一唠嗑不要紧，两人是越唠越近乎，妇女主任爱说爱笑，非常对老王的撇子；老王正当壮年，风度翩翩，谈吐儒雅，把小媳妇佩服得五体投地以身相许，两人没出一天就勾搭上了。在妇女主任家的下屋棚子里两人正干那事儿的时候，偏巧妇女主任丈夫回来发现了他们，弄得老王好生尴尬。妇女主任丈夫不容老王，老王只好硬着头皮找书记乡长替他说情。经过书记乡长苦口婆心好话说尽妇女主任丈夫才放老王一马。乡里的成本是把这个妇女主任的丈夫一个地地道道的农民安排在社办企业上班。这还不算，老王还偷偷给妇女主任丈夫一些钱，这事才算了结。虽然乡里领导帮助老王压下了这件糗事，但还是让县局知道了，事发当天老王他们只好灰溜溜地打道回府。从此，县文化局就没再派过老王下乡。但是老王跟好哥们喝上酒，只要喝大了，老王会咂咂嘴地说，那妇女主任的奶子又软又白又大又滑，这还不算……

香草河村距县城四十多里，老王特意雇台捷达下乡。村路边的钻天杨铆足劲地向上生长着，坑坑洼洼的砂石路，让司机时不时地发出愤懑的话来，弯弯曲曲的乡间路就像盘曲的蛇，没头没脑地向前爬行着。车子在路上偶尔错过上学的孩童们，他们边走边踢着土坷垃，看到轿车过来，这些小学生们急忙停下，站到道边，大家争辩着过往轿车的牌子，你说大众，他说捷达，这些孩子们在那里争论不休。

穿一身白的小白鞋和膀大腰圆的丈夫，早已立在村头等候多时了。他们看到老王，小白鞋介绍说，这是我丈夫李大明，夏天好光膀子，穿个大裤衩子，人送外号"大裤衩子"，他在哈尔滨干瓦工活，刚刚回来。老王没成想小白鞋刚见面，就这样介绍她丈夫。大裤衩子接着说，别说臊皮我的话了，饭都准备好了，道挺远的，客人很辛苦，快让客人去咱家吃饭吧。

　　小白鞋家在村东头，三间大瓦房，方方正正，亮亮堂堂，新盖不到三年，房脊上新安装了太阳能热水器。走进屋来，窗明几净，君子兰蝴蝶兰百合花等花盆摆放在窗台上正开着花，还散发着淡淡的清香味儿，走近细看连那花叶子上一点灰尘都没有，这让客人感受到小白鞋干净利索把这些花儿伺候得多好啊。炕桌上小鸡炖蘑菇的香味，从鼻子里进去，像蛔虫直往老王肚皮里钻，小烧酒烫得都冒着热气。大裤衩子说道，这里闭塞，农村也没有什么好吃的，知道你要来，我叫媳妇把下蛋的鸡杀了，让你吃个新鲜。来，咱哥俩头一回见面，喝几杯。大裤衩子说完，端起酒来，就把一杯酒，灌进了肚里。老王急忙端起酒杯应承。

　　老王也在农村生活过多年，对农民的憨厚淳朴，他深有所感，农民办什么事，就喜欢胡同里赶猪直来直去，不像城里人那么多弯弯肠子，明摆着的事，偏要不那么说。小白鞋又上了一盘煎鸡蛋，那油黄油黄的煎鸡蛋，看着就食欲倍增。老王借着酒劲说道，城里闹腾，不是车声，就是人声，空气也不好，我这次来，就是想找个清净的地方，感受一下新农村建设，用你们目前新农村的发展变化，创作出来一些文艺作品，恐怕我要呆上些日子。我来之前，已经同晓芸说了，给你们添麻烦了，在这里的一切花销，结束后全都由我埋单。

　　大裤衩子接上说，大哥领导你这话不是说外道了，我家三口人住着一百多平方的房子，还闲一间哩，你要不嫌弃我家的条件，那你随便住，多少天都行，还管吃喝。大裤衩子的爽快，让老王十分感动。

　　从太阳正午时他们开始喝，结束的时候，夕阳眼瞧着就要落下去了，家家烟囱上又开始冒起了炊烟，随后，满村子里就有了秸秆燃烧的味道了，这久违的味道，刮到老王心里都是香甜的。老王不知道喝了多少酒，也不知道自己说了些什么话，是不是又给人家讲了他到外地参加笔会，他的小说被大家传阅，还参观了哪些什么风景名胜，这些话题被他的同事都听腻歪了，可这回来到乡下，初听者定感新鲜，那就像新炸的麻花是香饽饽啊，特别是小白鞋听得津津有味，陶醉其间，上完菜后，小白鞋就静静地立于门旁，听着老王天南地北海侃着。

老王自从小白鞋那天进城同他喝完酒，心里梦里全是小白鞋的影子……

第二天，老王早晨起来的时候，太阳已经爬起了老高，老王洗漱过后，仍然觉得有些头晕。吃过饭后，他对小白鞋两口子说，忙你们的吧，我随便在村里走走转转看看。这是一个不到三十户人家的村落，这几年国家惠农政策好，有一多半农户都已经翻盖了自己的住房，新建的房子，打眼一下子就认得出来，全部是砖混结构，墙面贴上瓷砖，塑钢门窗，彩钢瓦顶，正房朝南，设计新颖，大方美观，要比旧房子大，且宽敞得多，零星的几户没有翻盖的老房子，破旧不堪，显得孤零零的很是寒酸。

趴在树下的大黄狗，见有生人走过来，冲老王狂吠，高高的榆树影子里，有几个妇女在地上铺个纸壳子，边纳着鞋底边唠着闲嗑儿，井台的轱辘上缠着井绳，就像过去农民腰间扎的麻绳，感觉时光在这里有些许的停滞。大裤衩子还是放心不下怕老王让村里游荡的狗咬着，他从后面赶了过来，正在这时迎面走过来一个穿戴很整齐的中年人。大裤衩子连忙介绍说，这是我们村长杨中，生产队时，赶车的老板子，人送外号，"杨大鞭杆子"，同时，又把老王介绍给了村长。

呵呵，村长向前疾走几步，欢迎、欢迎！大家都这么叫我，你要真叫我大名，我听着还不顺耳呢。大作家，以后你就直呼我：大鞭杆子好了，村长真是快人快语。

老王说，村子里的路面应该修修了。

村长回答着，可不是吗，我们村没被上级确定为新农村建设试点村，所以，上级扶持的那部分资金我们得不到，全靠村民投入也修不起水泥路。目前，群众对修路积极性很高，村里大多数青壮年都在外地打工，一年下来收入不错，通过一事一议来修村屯道路，村民承担那部分我们还能够筹集上来，只要上级扶持资金到位，我们立马就可以开工。

老王说，那好，我先把写稿的事往后放一放，帮你们到县里跑跑看。顺便有可能的话，我看把你们村的自来水也吃上，现在吃大口井水的村子已经不多了，改水问题上级很重视。

没等老王说完话，大裤衩子和村长就开始了千恩万谢，老天有眼送来了贵人，让我们小村翻身。村里百十来口子人，就眼巴巴地瞧着这两件事呢，路不好走，粮食和猪都比别的村少卖不少钱，一年下来，算在一块堆儿好十几万元呢；遇到刮风天，什么东西都跑到井里去了，特别是一到冬天，老爷们出外打工没在家，大部分都是家庭妇女担水，井沿冰高地滑，让人们担惊受怕。关于井的事，倒是上级部门来了几次，都是打了几十米深，没出水就走了，说我们这个地方打不出水来。老王你要是真给我们这里把自来水解决了，那就是我们全村的大恩人啊！村长接着说，大裤衩子，老王在你家吃喝都算在村子账上，另外，给你和你媳妇每天记一个工。

老王忙说，不用，不用，我下乡单位有补助的，另外给你们跑项目，成不成也不用你们掏一分钱，不用村里摊一点人情费用的。大裤衩子心里可乐开了花，村里每个工一百多元，一天二百多元，真是天上掉馅饼啊！要是老王在这里呆个十天半月的，自己不是发了笔小财。老王说，这事儿得抓紧，我看明天咱们就上县里去。

第二天，老王和村长起个大早，就赶到了县城。老王领着村长先到了县新农村建设办公室找他的好朋友爱民。爱民告诉老王，今年新农村建设项目计划已经下达完了。爱民现在没有什么好办法，提示他们找找主管县长看看。爱民说，只要主管县长有话，他这里可以补办手续。于是，老王马不停蹄地领着村长去找主管县长。

主管县长早就认识老王，你这个大作家，不写文章跑到我这里干啥来了？老王打过招呼直奔主题，主管县长呵呵大笑起来，文化人抓起了经济建设，那我们得高度重视啊，你来得正巧，我们刚刚从市里新争取一批建设村屯道路的指标，我同相关部门商量一下，说完，主管县长就直接把电话打给了爱民。

撂下电话，主管县长说，你这个大作家，快领着村长到新农村建设办公室办手续去吧。

谢谢领导，说完，老王他们又折返回了新村办，他们办完事，村长死活要请老王吃饭，老王笑着说，你那俩儿钱还是省着点吧，爱民有经费，今天咱们吃大户。

爱民哈哈大笑，你这个老王啊，什么时候到我这里让你请过客，再者说老村长是我的客人，今天我做东定了，谁也别争了。

老王他们吃完中午饭，又急忙赶到水务局，找吃自来水的事，新任局长亲自接待了他们，听完情况后，找来相关科室和主管局长，了解情况后，局长说，全县几个改水项目已经纳入今年的县政府工作计划，年底前村民有望吃上自来水的，这个村确实是贫水区，打井前要进行物探勘测，让老王他们放心回去吧，这项工程最近县里要进行统一安排。

其实，老王连自己也没有想到，今天的事情会办得这样顺利，真是天遂人愿，十全十美。老王见天色已晚，他安排村长在县里住下，第二天他们一起返回村里。

老王和村长一回到村里，全村人都从家里出来了，站到大街两侧，村民扭起来大秧歌，敲锣打鼓，他们就像过年一样热热闹闹地欢迎着老王他们，这样的场面显然是村长提前透露了消息，把办事进展的情况向村民透露了，村民才欢腾起来的，最兴奋的要数站在人群前面的小白鞋了，因为是她小白鞋才把大作家带到村子里来的，然后才有了修路和吃自来水的可能，小白鞋就像个功臣一样高昂着头，又似麻雀一般叽叽喳喳地同身边的人说着老王的好处来。

打车钱，仍然是老王抢着掏的腰包，这让村长更加过意不去。老王他们陪同村民们说说笑笑，不约而同地大家都聚到小白鞋家。老王说，咱们全县今年文化下乡第一站，就在咱们村开始好不好？大家异口同声，好！

那我好好写个二人转拉场戏，来歌颂咱们新农村建设。老王被人们围在中间，大家你一言我一语地说着笑着，整整闹腾了一天。

几天后，县交通局的建筑工程队开进了村里，大裤衩子也通过老王做工作，在施工队里开上了轧路机，小白鞋晚上睡觉时，央求大裤衩子要好好谢一谢人家老王，小白鞋说，这次机会难得，要跟老王好好学习学习写作，大裤衩子在兴头上，满口答应了。

老王这几天，被村长和村民拉去天天喝酒，弄得筋疲力尽，其实村里白天的气温同城里没啥区别，倒是晚间凉爽得多，这样，老王白天同村民座谈，晚上写作，看到老王如此辛苦，小白鞋不远不近地陪着老王，给老王沏茶倒水，还时不时地给老王提供一些村里民俗和趣事。有美女相陪，老王创作热情高涨。几天下来，他在灯下创作了二人转《光棍汉娶媳妇》，说的是农村惠农政策使孤儿大宝发家致富后，同城里女大学生婉儿喜结良缘。相声《新农村建设喜事多》，从农村免税，免学费，到种田补贴，购农机、购家电等补贴，再到实施合作医疗，新农保等等，农村喜事一个接着一个，歌颂党在农村的惠农政策就是好。还有三句半《百岁老农盖新房》，歌曲《大丰收》等等，老王真是文艺创作方面的奇才啊，一些看似毫不相关的文字，一经他的点化，便会成为一篇精美绝伦的小说、故事、诗歌、散文、剧本等等，老王还组织农民把村东头荒芜的场院，清理出来，准备用做文艺下乡的表演场地。

　　盛夏的天气，就像演绝活变脸的人，说脸变就脸变，正当老王踌躇满志，准备开展文艺下乡演出活动的时候，伏天的雨，勤快得比老王起得还早，那劲头比火车来势还猛，上午还是晴天烙日，一到下午便是狂风大作，结结实实的老榆树枝子，都让风给折断几节，在屋顶上横飞。老王在屋子里，看到天气这个折腾，写不下，坐不安了。老王惦记起了村道边岗上的二百多吨水泥，如果盖水泥的苫布被风刮起来，泡上了水，那村子里修路的事可就泡汤了，村子里男劳力少。老王赶紧披上衣服，顶着大风来到村长家里说明这一情况的严重性，让村长赶紧组织群众用铁丝或绳子捆绑加固水泥垛上面盖着的苫布。村民一听到紧急通知，村里在家的所有的青壮年男女们，拿着工具和材料都迅速从家里跑了出来，没等群众赶到，老王和村长先赶到了现场。

　　忽地一阵大风，把西南角的苫布瞬间卷了起来，老王说时迟，那时快，一个高高地跃起，就抓住了腾起的苫布角。刹那风把苫布和老王一块儿卷起，抛向天空，瞬间老王又被重重地摔了下来，老王还是没有撒手，接着，老王又一次被风高高卷起来，当风再次减弱老王随着苫布一起落下来的时候，老王已经被塌下来的水泥深深地埋了进去。这几分钟的惊心动魄，让村民惊慌失措，村长一边让人们从水泥袋子里挖老王，一边组织两边钉木桩子，用铁丝和绳子捆绑卷起来的苫布。

　　村长赶紧往县里和镇里医院打电话求救，当老王被挖出来的时候，老王已经满脸是血，喘气微弱，嘴里还不断地说着：快，快压苫布，压苫布，老王被迅速抬到了较近的农户家中。

被风刮起的苫布，终于让大伙按住了，然后用铁丝和绳子固牢。不一会儿随着大风，瓢泼大雨从天而降，就像人们用盆子泼的一样。雨点砸到地面咚咚作响，很快地上就积成了小小的河流。村卫生所大夫对老王采取了紧急人工呼救，感到老王的心脏渐渐平稳下来，人们悬着的一颗心才放了下来。二十多分钟，镇卫生院急救车赶到，又过了一段时间，县领导随同相关部门负责人同县医院医务人员一同赶来，对老王的病伤简单处置后，把老王接回县里。县主要领导亲自赶到医院，要求不惜一切代价抢救老王。

五个多小时过去了，大半天过去了，大雨仍然在下着，院子里的积水已经没鞋帮子深了。处在高岗上的水泥垛，被严严实实地用苫布压着，一丁点儿也没有进水。可是，老王却是躺在了病床上，那滴答的吊瓶就像围在医院走廊里哭肿脸的香草河村的男女老少的眼泪，小白鞋前后张罗着，忙里忙外的，好像是她的亲人得了大病似的。

村民们期待着，给他们办了好事的老王，能够顺顺利利地度过这次劫难，因为，村民们还在等待着看他的文艺下乡的精彩作品哩。

烈日下的脚手架

　　盛夏烈日灼烤着建筑工地，马路上过往的车轮带起来一股股的热气，腾腾升起的白烟直呛人的嗓子。城里人在屋里喝着茶，聊着闲嗑，他们心里甜滋滋的，自打这里棚户区改造建设工程开展以来，他们通过把自家闲置的屋子腾出来，租给了在附近建筑工地进城里干活的农民工，他们家家都狠狠地赚上了一大把钱，使日子过得更加有滋有味了。

　　城里人住在装有空调的屋子里纳着凉，看着电视剧，他们抬头一看，就可以清晰地瞧见不远处的一百来米高的楼上，几个农民工正站在脚手架上紧张地忙碌着，他们在砌砖垒墙，那些砖块在他们手里就像耍戏法似的，不一会儿一堵墙就垒完了。

　　宝强房东说，这帮农民工大热的天，还在楼顶上干活，真不容易啊！他们那点钱还被黑心的包工头变着法发地克着，到最后他们手上就剩不下几个子！听说秋蝉念书的孩子得了肾病，花了不少钱哩，那个孩子还是重点大学的大学生哩，愁得秋蝉整天哭天抹泪的。

　　秋蝉房东接过话头说，秋蝉这孩子可真勤快，一回到住处，多咱自己忙完了活计，只要腾出手来，看我忙活计，就帮我干活，这孩子人真的很不错哩。可惜呀，命不好，说是丈夫出外打工，受干活的那家化工厂污染，得了血液病，没治好死了！

　　有人附和着说，真是雪上添霜，一个寡妇家家外出打工不容易啊，孩子又得了大病，这是要秋蝉的命啊！

　　秋蝉房东说，可不是嘛，你说秋蝉干活的那个老板，那么有钱有势的，你就帮帮她呗，真没人味，秋蝉跟老板预借点工资，那老板就像要了他妈命似的，费劲巴力才借给了三千块钱。秋蝉孩子躺在医院的床上，你说这点钱够几天的花销。

　　另一个邻居说，你不知道内情，听说那个包工头看上秋蝉了，想占秋蝉的便宜，秋蝉不从，所以就百般刁难秋蝉的。

　　秋蝉长得确实有几分姿色，你说农村人，风里来雨里去的，没晒黑，没磨变色。秋蝉三十开外了，还长得水灵灵的白，胸部整得滴溜溜的鼓，那腰条细得那个匀称，让女人都羡慕，修长的大腿，走起路来跟舞女似的好看，秋蝉长得这样美，你说哪个老爷们见了会不动心思？

　　人家秋蝉可不是乱七八糟的人，老板在她身上虽然没少下功夫，可秋蝉就是不从。她说老板人品不好，跟他这种人上床，玷污了自己的身子骨。

　　秋蝉说，人有时是缺钱缺怕了，可是咱们怎么地也不能拿自己身子换那俩儿臭钱吧，那不是作贱自己嘛。人活一口气，佛烧一炷香，做女人最忌讳的是随随便便跟上了哪个老爷们。

　　其实，要不是宝强给秋蝉撑腰，秋蝉再硬实，也挺不了几个时辰。

　　秋蝉房东说，宝强那孩子义气，活计好，还有人缘。宝强从村里带出来二十几号人哩，那些人他宝强一呼百应。现在大部分工地都缺人手，得罪一个宝强，那就得罪了二十几号人呀，他们如果呼啦一下子全走了，你工地的活还往下怎么干？你老板临时去劳务市场找，哪能找到那么多会瓦工木工架子工的技术人员啊，没人敢小瞧宝强他们，就连老板都得高看他们一眼。

　　有一次，一个外地民工喝点酒咋咋呼呼的，看见秋蝉眼睛都直了。秋蝉正在给宝强洗衣服，也没注意他，这个外地民工借着点酒劲，死死地抱住了秋蝉，秋蝉连跟他撕吧连喊。正好宝强赶上，咚咚几拳，那个外地民工就趴在了地上。

　　宝强和秋蝉都住在榛柴岗，秋蝉的丈夫铁柱和宝强是光腚娃娃，打小两人好得跟一个人似的。前些年，铁柱跟宝强一起到南方打工。宝强会瓦匠活，被一家建筑工地录用；铁柱没有手艺，只好到一家化工厂干活。他们出去两年多点，都带回来厚厚一沓子钱。穷汉翻身，有说不出的滋润。铁柱新修了房子，更换了家用电器，家里每个人都买了新衣服。回来时间不长，铁柱总觉得浑身没劲，头昏眼花，年纪轻轻的一缕缕掉头发。秋蝉陪铁柱到医院一查，大夫说是血里有病，是因为长期在化工厂干活得的。

这事如五雷轰顶，一下子把铁柱一家人击倒了。

秋蝉家里的钱没到一年的光景，给铁柱看病就花光了。秋蝉向宝强借，宝强二话没说，就把家里的存款借给了秋蝉。铁柱的病就像个吃钱的窟窿，钱扔进去了，坑却不见得平上。怎么治，铁柱的病也不见好转。秋蝉向所有的亲属去借钱，最后没处借钱了，秋蝉坐在家里哭呢，这空档宝强来看铁柱。

秋蝉哭叽叽地说，咋也得想办法给铁柱治病啊，不行把家里的地卖了吧。

宝强说，这可使不得，地是咱农民的命根子，想想别的招吧。

秋蝉说，该想的招都想了，该借钱的地方都借了，我愁得都想死了。

宝强说，活人咋能让尿憋死呢，铁柱的病是在化工厂得的，得去找他们。正好秋蝉的娘家哥，也来看铁柱，接话头说道，对呀，盐在哪咸，醋在哪酸，打碎酒瓶子，得找踢酒瓶子的人要钱。咱们到南方找那家化工厂去，让他们出钱给铁柱治病。

宝强这句话点亮了秋蝉的眼睛，也点亮了铁柱治病的希望。

这样宝强和秋蝉的娘家哥一同南下，去找那家化工厂理论。两人还做了精心的准备，拿齐了铁柱的工作证工资卡等等，在那家化工厂干活的所有能证明和厂子有关联的材料，还有就是铁柱在医院的诊断书病历和所有医疗费票据等。宝强他们两人信誓旦旦，绝不能便宜了这家化工厂，他们不好说好商量，咱们就去找劳动部门或到法院告这家化工厂，宝强他们想好了所有可能遇到的问题和困难。

等宝强他们两人下了火车，然后又倒了几站的公共汽车，终于到了铁柱干活那家厂子。宝强愣住了，他俩合计了很多预案，可是，到了这家化工厂，实际情况仍然出乎了他们的意料，以前是车来车往，人声鼎沸的厂子，怎么突然弄得杂草丛生，悄无声息了呢？他们在厂子转半天连个人影都没看见。宝强揉揉眼睛，看到的是一把大铁锁且早已生了锈，一打听附近的人，告诉他们，这家厂子早已被当地政府查封了，已经黄摊一年多了。宝强不死心，就到他们常吃饭的小饭店食杂店找找，看能不能碰到熟人，结果寻了好几处，也没见到或打听到认识的人，不过这家化工厂倒闭的事是千真万确的，还听说厂子早已易主。

宝强和秋蝉的娘家哥到当地镇里去找劳动保障局工作站，费了很大的劲终于找到了主管的领导，领导热情地接待了他们，宝强讲明他们的来意。领导说，工厂现在已经倒闭，将你们的材料放在我们这里吧，你们说的情况，我们调查一下，留个电话，等有了结果，我们会通知你们的。宝强他们感到也只好这样，找不到厂子负责人，跟人家说也没啥用。

宝强和秋蝉的娘家哥只好往回返，宝强他们还在旅途上，便得知了铁柱病危的消息。

等到宝强他们赶到医院，铁柱只剩下一口气儿了。宝强他们没敢说实话，只说因为你这几天病情见重，我们就着急忙慌地从南方赶了回来，厂子里说了算的人不在，这件事目前还没有什么眉目。

铁柱有气无力断断续续地说，宝强，我恐怕不行了。我把秋蝉和孩子就托付给你照应了。我家如果遇到坷坷坎坎的事，你过去伸把手帮她们一把，我就知足了。咱们哥俩也就没白好一回。

宝强含着眼泪说，铁柱你放心吧，有我宝强吃的，就饿不着她们。铁柱把女儿喊过来，女儿哭得跟泪人似的。铁柱拽着女儿的手交给了宝强。铁柱就晕了过去，没再醒过来。宝强帮助秋蝉安葬了铁柱。

一晃，铁柱女儿考上了大学，进了省城。宝强也由当初自己单枪匹马发展到二十多人的建筑工程队。宝强的工程队在当地虽然规模不大，可是施工质量好，工期进度快。那些工程队里的民工都听宝强的话，愿意跟宝强干活，宝强给他们安排活，无论活多活少，无论活轻活重，他们没有一个人挑挑拣拣的，让干啥活就干啥活。宝强的工程队在县城是喇叭匠子吹喇叭——名声在外，他们的工程是一个接着一个，有的还提前交定钱哩。

秋蝉女儿考上大学后，宝强当着秋蝉的亲属面承诺说，我要时刻记住铁柱哥们的嘱托，孩子念书的钱我全包了，宝强说到做到，每个月底都定时定额地给秋蝉的孩子寄钱，有时工地开不开支，他就是借钱，也要按时给秋蝉的女儿汇过去。宝强的汇款一到，秋蝉女儿的电话就会准时地打给她母亲，告诉她叔叔又给她寄钱了，寄了多少钱。随后秋蝉的电话会忐忑不安地给宝强打过去，他叔叔你不要再给孩子寄钱了，我今年养的猪卖出去就够孩子花了，你老给孩子钱，也增加了你家的负担，你有家有口的也够忙乎的，就算我求你啦，别再给孩子寄钱了。宝强说，这事是我和铁柱哥们间的事，你不让我这样做，我良心不安啊！大丈夫一言既出，驷马难追，我一定要履行自己的诺言。

秋蝉阻挡不了宝强，也说服不了宝强。

宝强把他的建筑队拉到了省城，他跟民工说，咱们不要总在小县城这个小河小沟里搞了，这里没有多大出息啊，咱们要到大海里去闯，去发展，那样才能有更大的舞台更大的发展空间。宝强手下没有一个人有异议，都说，大哥，我们听你的，你说到省城，我们跟你到省城，盖高层去，干大工程去，挣大钱去，就这样宝强把自己的二十多个哥们带到了省城。

不过私下里也有哥们议论，说宝强到城里不光是为了咱们建筑队的发展，也是为了履行对铁柱的承诺，更方便照顾铁柱的宝贝女儿。

这些话或许到了宝强耳朵，或许宝强早已预料到，不过宝强做事才不管别人说三道四呢，宝强该干啥干啥，别说背后议论，就是当面指着宝强的鼻子说，宝强也会说，咋的，这个建筑队不是我说了算吗？要不然你来挑这个头，你挑头，我听你的，你说往东，我保准往东，一点都不含糊。你不挑这个头，那就得听我的，我驾辕你拉套，你就别在那瞎操心了。

宝强建筑队来到省城，旗开得胜，马到成功，一路高歌，已经完成两处建筑施工工程。跟他干活的民工工资也比在县城翻了一倍，大家更加信服宝强。

秋蝉来信，要到宝强施工队里干活，宝强态度坚决，我们这里不收女工。你要是缺钱就吱声，多少说个数，人来干活，不要，就是白干，也不要。你来了，我们这群大老爷们干活生活不方便，没地方放你。

一晃一年过去了。

这段时间宝强很高兴，高兴的是自己的儿子给他长脸，今年高考，宝强儿子跟着秋蝉家女儿的脚后，被大学录取了。虽然比秋蝉孩子晚了一年，但宝强还是打心眼里高兴。

秋蝉还是时不时地打来电话，还是要来省城工地干活。秋蝉磨叨道，我们娘俩不能都成为你的负担，再说你也有家有业的，我们总扯你的钱串子，也不是个事呀？等姑娘大学毕业，挣到钱，我就盼出头了。

宝强说，你干不了瓦匠活，那活都是卯子工，垒砖块子，按垒的砖块子数量挣钱。

这句话竟然让宝强给说砸了，秋蝉可不简单，在家里下上了功夫。邻居家修墙垒垛她抢着去帮忙，这还不算，自己在家里捣鼓着硬是盖起个砖仓房。

最近，宝强听说附近建筑队里面江苏过来一些女瓦工干活麻利，码砖速度快，铺砖绷直，墙角刷齐，听说那活干得老鼻子好了。宝强顺道来探探虚实，要是真的，他也想学两招，回去试巴试巴，宝强一到这家工地，傻眼了，脚手架之上，没几个老爷们，清一色是女的。有几个男的也是伺候瓦工的，宝强再细瞧瞧怎么那高高脚手架上面，砌砖垒墙的人，怎么那么像秋蝉呢？他纳闷，于是，揉揉眼，身材像秋蝉，动作还是像秋蝉。

他情不自禁地喊了一嗓子，秋蝉？

喂，什么事？秋蝉以为别人喊她，她可没想到是宝强喊她。

宝强扯了个大嗓门，秋蝉你啥时来的？

秋蝉没有正面回答宝强，却反问道，喔，宝强啊！我们女人能干得了那垒砖砌墙的活吗？

宝强哈哈笑了起来，要不忙，下来说两句。

秋蝉说，不行啊！那像你们那里随随便便啊，中午休息，我到你们那里蹭饭去，你准备点好吃的，我带几个姐妹过去。

宝强说，那没关系，我请你们吃大餐。秋蝉你什么时候练出来这手艺的？

秋蝉说，不跟你扯了，没工夫，中午见。

宝强讪不拉叽地走出了秋蝉所在的施工工地，他心里想，秋蝉这帮女子用绣花的手，玩起来砖块子，还真不逊色我们这帮大老爷们呢，这要是秋蝉到我这里干活，不是如虎添翼吗，要是能带过来几个女将那可就更好了。

宝强想到这些，他不知道是看到了久别的秋蝉，还是想象着秋蝉要领着一伙女将加入了他们建筑队。宝强立马兴奋了起来，唱起了东北二人转小帽来。

> 正月里来是新年
> 大年初一头一天
> 家家户户团圆日
> 少的给老的拜年
> 也不论那男和女
> 都把那新衣服穿
> ……

中午，秋蝉带着几个女工来到宝强施工工地，宝强在附近饭店安排她们吃的饭。才得知秋蝉已经来两个多月了，和秋蝉一起来的还有榛柴岗的小刚媳妇，她们在一起干活从没被安徽的妇女给落下过，活干得老漂亮了，每天垒砖砌墙计件活都跟安徽人不相上下。

但是，她们还是想来宝强这伙工程队干活，多少有个照应。

宝强心里甜滋滋的，爽快地答应下来，下个月你俩在那里工程队结完账就可以过来，最好再带过几个女将。

高高的脚手架，被火辣辣的太阳晒得似乎冒出了油，人站在架子板上不停地搬弄砖块子，不但需要力气，而且也需要技巧和耐心。这些女人们一出汗，那衣服就贴身上了，女人那体型就透透亮亮地露了出来。

秋蝉这些女将们一出手，砖码得好，横平竖直，板板整整，比老爷们干得还好呢，这些女人让宝强他们这些大老爷们长了见识，工长满意，监工竖大拇指。就这样秋蝉和她带来的小姐妹跟宝强他们一起在工地上干活，不过秋蝉她们住处，还是跟这些老爷们离得挺远，这是秋蝉的主意。

一晃两年过去了，秋蝉把铁柱拉下的饥荒眼瞧着就快还完了。上大学的女儿竟然患上了尿毒症，必须得作换肾手术。

秋蝉日子刚刚见好，又是当头一棒，好在身边有宝强帮衬，天还没有完全塌下来。女儿换肾观察住院的钱，是靠学校捐助，还有宝强哥们几个帮助筹措的，还可以维持下去。

最愁人的就是没有肾源，即使有肾源，秋蝉家也买不起。秋蝉女儿同她的伯父叔叔舅舅都没有配上型，当然了也包括秋蝉。秋蝉女儿这个星期要找不到配型，做不了手术，恐怕就危及生命了，医院已下了病危通知书了。秋蝉想呀，女儿死了，自己还活着有什么意思呢？秋蝉在偷偷地落泪。

有一天，秋蝉找老板借钱，老板抱住秋蝉不放，秋蝉大声喊叫，就是不从。正在撕吧之际，宝强赶到，其实宝强很担心秋蝉出事。秋蝉单独出去办事，宝强总是格外地留心，宝强听说秋蝉要借工资款，就悄悄地跟了过来。

宝强看秋蝉真是挺有骨气，就破门而入，挺身而出，宝强哪能让老板得逞，占到秋蝉的便宜呢？宝强抡起大手来，啪，啪，就给老板两个大耳光子。

老板说，你敢打我。

宝强说，我他妈早都想打你了，让你长点记性，你他妈连个老娘们，你也欺负，我他妈让秋蝉告你强奸未遂罪，你他妈等着进笆篱子吧。

在这里干活的，没有人不知老板的花心，他正式办喜事娶的媳妇就四五个了。平时看上哪个娘们就跟人家黏糊，仗着有两个臭钱，让他划拉到手的娘们也不少。有的娘们就看上了他那俩臭钱了，结果跟他没过上一年半载的又被他甩了。

秋蝉可是板板正正的人，秋蝉说了，要找男人，也得找堂堂正正的男人，知疼知热的男人，敢于负责的男人，虽然我家铁柱走好几年了，但是现在还不是时候，多咱等我家女儿成家了再说我个人的事。

谁知道秋蝉的心事，谁知道宝强的心事，这些事他俩不说，没有人能知道。

你老板也不看看秋蝉是谁护着，人家宝强一门心思地护着哩。

宝强打了老板。

老板说宝强，我他妈立马辞退了你。

宝强话更硬，你他妈辞退我，我早都不愿意在你这干了。

老板说，你不干，你立马给我滚犊子。

宝强也不示弱，恐怕没那么简单，我这二十几个人工资，你得给我结利索了。我半分钟都不愿意在你这里呆着，爷有的是干活的地方。

老板喊道，保安上，给我往死里打他。

　　保安，还没明白咋回事呢，就见呼呼啦啦一大群民工，拎着木头棒子，一个个虎视眈眈地上来了。

　　宝强的二十多个哥们都瞪着牛犊子大眼睛，手里拿着打人的东西等着干仗呢，只要宝强一声令下，那几个保安就可能立马倒在这些棍子下面。

　　宝强说，你他妈还美呢，我这二十几号哥们一走，你他妈按期交工，你跟鬼按期交工吧。

　　老板手下人怕事闹大，不好收场，也明知道宝强不好惹，主要是宝强有二十几号人，整不好会惹起众怒，那就麻烦大了。

　　老板手下的人赶紧把老板推上轿车，开车离开工地，因为他们知道明明你老板先欺负人家秋蝉的嘛，这仗是由你引起的，要是真打起来，也不是人家宝强那伙人的个，再说这段工期紧张，上面反腐败不但质量监督得严，工期更是一点也不敢含糊，开发商想要挣到钱，也不敢像过去那样投机取巧了。建筑主管部门抓管理抓质量抓安全抓农民工工资兑现等等，事多着呢，哪件事也不能含糊，所以光棍汉不吃眼前亏，他们赶紧把老板整上车拉走了。

　　宝强可不在乎老板，第二天，他就找到老板办公室，要结工钱，老板也软了下来，结果被宝强狠狠地敲了一竹杠。

　　秋蝉工资预支到年末，秋蝉她们几个女工由老板出钱，租了个房子住，理由是女工人身必须得到安全。

　　秋蝉孩子病仍然不见好转，缺钱缺肾源，这对秋蝉来说是两个致命的难题。

　　秋蝉刚从医院回来，宝强就找她说，他到医院做过检查了，他的肾型正好同秋蝉女儿肾型配上，而且他的肾还很不错哩。

　　秋蝉惊讶得半天说不出话来，就仿佛塌下来的天，忽然又补上了。宝强说，医生告诉他，那可是千万分之一呀，这回侄女有救了！

　　宝强告诉秋蝉，这件事已经征求自己媳妇的意见，她也同意我将一颗肾捐给侄女，救孩子。宝强说他媳妇过几天就来，陪宝强和秋蝉到医院办理相关手续。

　　这可使不得，你要是捐了肾，就干不了瓦匠活了。吃硬活也干不了，你是你家的顶梁柱，这事使不得啊！秋蝉边说边哭。

秋蝉哭叽叽地说，自打铁柱有病死了，我们娘俩竟连累你们了！亏欠你们的钱，还没还上哩，让你再捐肾，这份情，太重了，我们真的承受不起。

宝强说，救侄女命要紧啊！铁柱嘱托我的事，我必须尽全力办好，要不对不起铁柱哥们的嘱托啊！这个理比我的命都大哩，你要不答应，侄女的命，恐怕就保不住了。让我眼睁睁见死不救，我的良心会永远不得安宁的。

一天早晨，宝强和媳妇陪着秋蝉来到医院办理了捐赠肾源的相关手续。

秋蝉的房东和几户城里人，组成了义务为秋蝉女儿捐款的小分队，她们深入到社区街道宣传宝强秋蝉事迹，感动了秋蝉居住那个小区的不少人，他们纷纷自愿捐款。这事不知道怎么地让报社记者知道了，记者把宝强捐肾的事迹登在了报纸上，随后，电视台电台采访了宝强和秋蝉，在电视台电台一经播出，社会便产生了很大的反响，都为宝强的义举而感动，动员上来很多捐款，这样秋蝉的女儿所需的手术费用基本上解决了。

几个月后，秋蝉女儿换肾取得成功。

宝强没有继续在建筑工地干活，他回到村里成立了宝强绿色农机合作社，承包了三千多亩耕地，一年下来，比他出外打工赚的钱还多哩。

秋天里，天空飘着淡淡的白云，那云彩绕着高楼，绕着高高的脚手架在升腾，脚手架上的农民工在高高的楼上，望着硕果累累的田野，心里高兴着呢！秋蝉脖子上扎个围巾，她想到了封冻的时候，老板给自己结完账，恐怕那沉甸甸的一沓钱，不仅够孩子一年念书的花销，还能还上一些欠债，虽然宝强事先说过，欠他们家的钱赶趟，往后拖拖，等还完了别人家的钱再说，可是秋蝉心里仍然过意不去，总是在想要尽快还上人家才对，宝强把肾都捐给了孩子，再欠人家的钱，就不是那么回事了。

秋蝉想，要是铁柱活着，看到刚刚考上研究生的女儿该多好啊！

在脚手架上干活的秋蝉，想着想着泪就下来了。

活着没讨来的说法

一

秋月趁着日头爷没落地，正在院子里翻拣着晾晒的干菜。秋月把渍过的茄子，撕成了条状；煮熟的土豆，被切成了片状；选好的豆角，被切成了丝状，这些准备晾晒的菜，或被她挂在晾衣绳上，或放置在高粱秸秆穿成的帘子上面，秋月就这样倒腾来倒腾去的一个秋天，被她晾出来的干菜，可以足足装满一丝袋子，这些干菜足够家里一冬天和整个春天吃的。秋月晾晒着干菜，也向人们晾晒着自家充实的小日子。正在秋月埋头干活的时候，没想到外面的喊声惊动了她，谁家孩子，被车撞了，这话让秋月一愣怔，她忽然想起了毛毛。刚才还在自己身边的毛毛不见了，秋月火烧火燎地顺着喊话的方向奔去。

秋月的男人福生子随村子里的包工头出去打工了，村子里的包工头是村民自己选的，这些包工头实际上跟这些出外干活的村民没啥太大差别，一样搬砖垒砖，一样支架子打盒子，一样爬楼下楼。区别就是村里包工头把村子里能干活的青壮年组织到一块，然后一起到了城里的建筑工地来干活，到了开支那天，城里的包工头给村里的包工头每个月增加个千把百元的，跟着出来干活的村民认为这事合情合理，因为没有村里包工头来组织他们，他们就不知道自己到哪个建筑工地干活好些，更说不准出来干活能不能拿回去工钱。村里的包工头都出来打拼很多年了，一般都在一个地方有了固定的供需关系，也就是说，哪个建筑队雇佣哪支农民工队伍基本上都固定了下来，双方都有了一定的信誉。跟着村里包工头出来干活的农民工，吃住行基本上都由村里包工头张罗着，这种临时组成的建筑队，多以亲属关系或村邻关系为主，他们内部分工很明确，有干小工的，有干架子工的，有干木工的，有干瓦工的，有干钢筋工的等等。他们一过了春节，就从村子里出来，到城里找活，年终再回去。村里的包工头带着村民出来干活，村民都听他的，慢慢地他们在村里人的心目中，便有了很高的威望，使他们成为村里出来人的主心骨和带头人。

秋月刚结婚那阵子，福生子恋家，守着那二三十亩地，地里出的那两个钱有数，两口子瞅着那几个子花，年年紧巴巴地过日子。秋月长得白净的，一米七〇的个头，配上那细细的腰身，更衬托出她臀部的肥硕，那杏仁似的眼睛就像一弯秋水中的一牙秋月，望过去风情万种，秋月的眼神让男人们见了会怦然心动，会把你的小魂勾了过去，让你朝思暮想，心怀牵挂。秋月还有一口齐刷刷的小白牙，谁看了都会咂咂嘴，真漂亮！秋月是个天生的美人坯子，不说在村里，就是放到城里，也是数一数二的大美人。秋月鼓动福生子你也跟村里包工头出去打打工吧，咱家那点地现在都用机器干活了，我一个人也能伺候过来。福生子说，我出去打工想你。秋月心一软，就没硬劝。可是后来村里包工头因为工地人手不够，三番五次来秋月家鼓动福生子出去打工赚钱，福生子活心了，也跟着出去打工了。

头一年，福生子回来了，拿回家三万多块钱。福生子记得回来那天晚上，把秋月反过来掉过去地，一晚上折腾了三四次，直累得福生子浑身淌汗，成了一摊稀泥，才肯作罢。转过年，福生子又出去打工，年终回来，福生子还是拿回来好几沓子钱，这可把秋月高兴坏了。这时的秋月就开始张罗翻盖房子，秋月盖的房子跟邻居家的一样漂亮，红铁皮盖，砖瓦房，落地窗，贴瓷砖，三间大房还外跨一间车库，屋里装修跟城里楼房没啥两样。这时，秋月怀了孕，有了大房子又有了儿子。丈夫福生子打工挣回来的钱也不少，秋月在家伺候的地，每年收入也很稳定，几年后，他们的毛毛就长到四五岁了，秋月的日子过得很有滋味，让她心满意足。

有一年，到年跟前了，福生子打工回来了，毛毛见到福生子就哭。不让福生子抱。福生子拿出来给毛毛买回来的电动车、电动手枪一大堆玩具来逗逗毛毛，哪知道毛毛拿起玩具就跑了，就是不让福生子亲近。这时秋月过来，用手指着福生子说，毛毛乖！这是你天天盼回家的爸爸呀，快叫爸爸，毛毛勉勉强强地过来，只好对着这个陌生的男人，怯生生地喊了一声，爸爸。声音虽然不大，但是就这一声，就把福生子的眼泪给整了下来！出外干活，福生子一个是想老婆，想跟老婆亲热；再就是想毛毛，那是自己骨血里灵魂里都是分不开的，他能不惦记吗？毛毛乖得很，长得白白胖胖，一双大眼睛忽闪着长长的眼睫毛，毛毛从来不哭不闹，打小也没长过什么大病，谁见了都喜欢逗逗他。秋月干净利索，喜欢打扮，把毛毛也拾掇得人见人爱，那小红兜兜挂在毛毛胸前飘飘荡荡，就跟一面旗帜吸引着人们眼光，去喜欢去欣赏，毛毛被秋月疼着爱着。

毛毛可会哄人了，家里来了客人，你让他叫什么大爷大姨，他那小嘴可甜着呢。秋月说，毛毛背首诗，毛毛小嘴甜甜地说道，"鹅，鹅，鹅，曲项向天歌，白毛浮绿水，红掌拨清波"，客人听了叫好。说毛毛再来一首，毛毛眨巴眨巴眼睛童声童气地说，"锄禾日当午，汗滴禾下土，谁知盘中餐，粒粒皆辛苦"，毛毛会背一二十首古诗哩。毛毛这几天迷上了足球，这还是福生子上次回来给毛毛买的。福生子说，毛毛这么聪明，让他学踢足球吧，长大了帮国家队赢一场球，也长长咱们中国人的志气。平凡的日子就像蜜一样甜着秋月的心。

秋月听到院外的喊声，连跑带颠地直奔正大街而去。她边跑边喊：毛毛、毛毛！就是没有回声，听不到毛毛的应声，秋月很害怕。

正大街其实是一条由南向北沿街穿行的公路，两侧是一家挨一家各式各样的商店，有酒店、服装店、理发店等等，所有做买卖的都一股脑地搬到道路两侧了。秋月家住正大街道东的第二趟街，秋月没事很少去正大街，一来秋月嫌车多人多闹腾，二来她到正大街就好逛商店，可买可不买的进到店里，营业员熟头熟脸的，人家一劝不好意思不买。秋月总认为福生子在外打工挣俩儿钱不容易，能省就省下点儿，毛毛穿的衣服，吃的奶粉，只有到了非买不可的时候了，秋月才上　趟街。秋月用手牵着毛毛，毛毛走起路来踟蹰的样子很好玩，见到毛毛的大人们都停下来逗一逗毛毛，然后大人和孩子都开心地一笑，每逢这个时候毛毛大出风头，人越夸他，他越来劲，逗得人们笑个不停，整个街的大人们都喜欢毛毛。

这是条街，也是一条通往省城和县城的大道，往上去一百多公里到省城，往下走二十多公里到县城，使它成为一条很繁忙的路边街了。

二

　　撞毛毛的车是一个没有挂牌照的小型越野车，当时，这个车在没撞上毛毛之前，街上的人们就发现这辆车行驶很不正常，它像疯狗一样一路狂奔而来，按常理说，行驶的车辆过往商业繁华路段应该减速，更何况是傍晚视线又不太好，可是这辆车不但没有减速，反过来还在加速，就这样，把到路中间捡球的毛毛撞飞了。你撞了人，就该停下来，可是撞了人的越野车，竟然跟没事似的，一溜烟地跑了。毛毛被撞飞的刹那间，被临街上的人们看到了，就有人喊开了，撞人了，撞人了！听到了喊声，街道两边商店屋里的人们都跑了出来，有帮助拦车的，将毛毛尽快送到医院；有帮助抱起被撞伤毛毛的；也有被吓蒙的呆呆地站立在那里的；也的打报警电话的；也有的去喊秋月的，整个这条街瞬间慌乱了起来。秋月跑过来一看，正是自己的孩子毛毛，秋月大喊一声，我的毛毛，就昏了过去。

　　在附近住的福生子堂兄很快被人喊了过来，赶紧帮着抱毛毛往镇卫生院送，镇卫生院离这儿不远，几个人过来帮忙把孩子抱上车，缓过气的秋月抱住毛毛不撒手，一声比一声急促地喊道，快，快！送毛毛上医院。

　　毛毛被送到医院，值班医生急忙跑了过来，赶快把孩子抱到抢救室。可是，毛毛被推进抢救室还不到一刻钟的工夫就被蒙个白床单推了出来，医生摇摇头，孩子心脏已停止跳动。

　　秋月根本不信毛毛会死，大声喊道，我的毛毛，我的毛毛，他不会死的，秋月又昏过去了。

　　秋月的亲属把毛毛送到了太平间。

　　毛毛被车撞死了，秋月一下子像天塌下来似的。原本做事一向有主意的秋月，这回儿她自己也不知道该干什么了，秋月心里一片空白，她心想原本好端端的日子不缺东不缺西的，一家人在一起快快乐乐，现在毛毛没了，自己也就一下子什么都没了，秋月把一个活蹦乱跳的孩子给弄没了，福生子回来，该怎么向福生子交代啊！秋月责怪自己，怎么一个大活人连个孩子都没看住呢？亲属说，等吧，等福生子回来再说吧。于是，大家七手八脚地将秋月连劝带扯地从医院送回了家。秋月说，这事不能这么放着，车撞了人就跑，这世道还有王法没有！咱们得到上面找去。亲属说，不是打110了吗？等一会儿交警大队肯定过来处理，看看他们咋处理再说吧。

镇派出所警官大黑子接到报警，赶了过来。大黑子在榛柴岗镇当警察快十年了，就一个字，黑呀！老百姓打仗斗殴犯到他手的没有走空钱的，你不给大黑子两吊子钱，别想把事儿摆平了。街面上没人不知道大黑子手狠心黑，平时一些人都躲大黑子远远的。街面有家开饭店的，是夫妻店，丈夫后厨做菜，妻子在前台收钱兼服务员，饭店厨师妻子长得有点姿色，让大黑子看上了，大黑子三天两头到这家饭店去骚扰人家，人家不理会他，大黑子就找茬，小两口饭店开不到一年，原本不错的生意，耐不住大黑子去折腾，没办法只好把店赔价兑了出去，再也不回榛柴岗了。

毛毛被车撞了，正赶上大黑子值班，大黑子跟两个协警第一时间赶到现场。现场被人们围着，秋月正哭得跟泪人似的，美女就怕哭，这一哭最招男人心疼了，挂满泪珠的秋月让大黑子很心动，大黑子就有点惜香怜玉的感觉了，他心里开始蠢蠢欲动，竟产生了要占有秋月的欲望。在维护现场中的大黑子就格外地上心，说道，大伙注意，一会儿县交警大队过来，大家别把肇事现场给破坏了，大黑子边说边拉警戒绳。不多时，县交警大队处理事故的车辆赶到，从车里下来几名干警，对肇事现场进行拍照勘察，他们发现了肇事车辆车的前保险杠还撞到了路边马路牙子上，刮下了很大一块，警察作为证据收集起来拿走了。

现在手机真好，使着又方便功能又多，只要双方手持移动电话，无论你在哪里，是机关还是单位商场田间农场建筑工地啊，只要手机信号能够覆盖着的地方，人们之间就能够迅速快捷地进行交流了。这几年随着网络、QQ和微信等手机信息视频功能的发展，手机的信息视频的链接速度更快了，当场看见这起交通事故经过的人，顺手拍下事故现场的视频，被这些人发在网上，榛柴岗发生这起车祸现场的贴图瞬间成为QQ群和微信群爆炸性新闻，这样的交通肇事案件又发生在本县，肇事司机又逃匿，这条信息贴图迅速叠加，在当地网上、QQ上、微信上极为迅速地扩散了出去。

正在办公室悠闲喝着茶水的韩局长，忽然听到手机微信的提示音。韩局长还以为是大辫子晚上约吃饭的事呢。他急忙打开一看，映入眼帘的是一场车祸现场，再细看，韩局长愣住了，这肇事车不是自家车吗？韩局长放下手里电话，从兜里又翻出来一部白色手机来，给他儿子打了电话。

韩局长、高局长、李主任和郭镇长都是铁哥们，他们经常在一起打麻将吃饭。有时吃饭店就带家属，一来二去他们之间的四个孩子也成了好朋友。孩子们都是十八九岁，正值青春期愣小子，加上家里经济条件好，这几个孩子有事没事就像他们家长一样聚在一起，喝酒上歌厅，打游戏什么的。最近风声紧，韩局长的一个朋友被纪委给扳倒了，回来介绍经验说，最不靠谱的是现在用的手机，即使你关机，人家办案人员用你的手机，照样会给你恢复出来，你说了些什么话来，纪委都知道，家里一些私密的通话最好单弄个手机，在韩局长的提议下，这四家每个人都单买了一部手机，专门用来和家人之间通话，这四部手机分为红白黑黄，一家一个颜色。

韩局长拿起专用的白色手机给孩子打电话，孩子哆哆嗦嗦地说，我高大哥开的车，把人家孩子给撞了，我们该咋办。

韩局长说，别慌，你们都有谁？

我们哥四个全在车里，韩局长的儿子回答着。

韩局长问，你们是不是喝酒了？

韩局长的儿子吓得哭唧唧地答应着，嗯，我高大哥喝六七两白酒呢。

韩局长说，别说了，你们现在在哪里？

我们没敢走大道，下道了在榛柴岗的一个小屯子呢，韩局长的儿子像才醒酒似的说道。

韩局长说，那你们赶紧把车弃掉，往哈尔滨那边跑，我一会派车去接你们。

韩局长用这部白色手机分别给高局长、李主任、郭镇长一一打了电话，让哥几个赶紧找个地方聚一下，商量办法。

秋月家里炸开了锅，福生子和他一帮工友打车回来了。福生子蔫头耷拉脑袋地蹲在门旁，听大家七嘴八舌出主意。秋月说，不行，咱们在这里瞎呛咕也没啥用，要是等交警大队给你说法，还不得等到猴年马月没个准时间，咱们上县里找去。有人说，人家刚调查完现场，还不得从根上梢上调查调查，着急去找，好像不妥。秋月说，现在办案，在你家是个顶大的事，在警察那里就司空见惯了，得拖就拖，得卡就卡点油水。于是，福生子开着小四轮，拉着一车亲属，秋月坐在车膀子上，到县里找交警大队。秋月哭哭啼啼地说，我家毛毛死得惨啊！那么可爱的孩子，活生生地给撞死了，造孽啊！你车撞人了，不停下来救人，还跑了！我们孩子没有及时送进医院给耽误了，及时抢救，孩子不会死！接待秋月的交警说，该案件我们正在立案调查之中，肇事车辆已经找到，司机已投案自首，相关事情正在调查之中，请各位老乡节哀，我们会按照法律程序及时将案件办理情况通报给死者家属，你们回去等通知吧。

三

韩局长把哥几个找到常常打麻将的玫瑰园旅店，开了一个肃静的雅间。

韩局长说，电话里我已将相关情况说了，可能你们也跟孩子沟通了。现在立马追急要办的是这几个孩子全都没少喝酒，哪个孩子都是醉驾，现在最紧的是找人顶替一下开车的孩子。

高局长说，交警大队那面我已经打过招呼了，但是，他们只能帮着拖几天，听说孩子他妈挺厉害，都盯到交警大队去了。

郭镇长说，我们小区看院子的老头，以前给我开车，家里老伴常年有病，孩子读书生活很困难，我跟他说一声，看行不？

李主任说，不行就多给点钱，钱呢，我已经拿过来了二十万。

韩局长说，还是你财神爷行啊，关键时刻挺身而出。

高局长说，事不宜迟，这帮孩子闯的祸不小啊，这个时候反腐败抓得紧，大家都要小心点啊。

韩局长说，老高你主管交警大队，找人替司机这事，案件供词和证据上可要整严丝合缝了，别让人家钻了空子，整露馅了，我们就麻烦了。

李主任说，让这帮孩子躲几天吧，等处理完事再回来。

韩局长说，这事除了交警同被害人家尽快接触外，我看是不是动用一下社会力量，主要是越快结案越好，这QQ群，微信群，炒得很厉害。

现在的微信真是了不得，身边发生点什么事，只要旁边看热闹的人随手用微信或QQ发至网上，也就是动动手指间的事儿，跟帖的就一个接一个，呈几何状四散开来，扩散速度非常快。当地整个微信群里QQ群里面，粘贴的全是关于这起交通事故的信息，这起交通肇事案轰动了全县。但是，人们也发现了一个奇怪的现象，凡是在微信群QQ群里面有关这起车祸的一些字眼显露出来的时候，只要被挂上网，就会被人故意删掉，删掉后再有人粘贴上去的，又会被人立马删掉。

大黑子这一忙乎就出汗了，回到自己办公室想换换衣服，一阵阵急促的电话铃声把大黑子惹得很心烦，大黑子顺嘴骂了句，忙死啊。他一看手机号显示的是公安局高局长的号码，大黑子这才缓过神来，赶忙说，高局长，我刚从现场回来，忙一身汗，正换衣服呢，耽搁接电话了。高局长说，喔，你们辖区榛柴岗发生了那起车祸案件，怎么案子没破就发到微信上面去了呢？这案子要一时半会儿破不了，我们怎么向群众交代，老百姓发微信咱们管不着，你怎么也跟着掺和，还把手机号挂上了。高局长把大黑子一顿臭批，结果把大黑子造蒙了。大黑子不知道高局长发的这是哪门子的火，以前为了快速破案，都是把办案民警电话第一时间公布出去的，以便于群众提供些有价值的线索，今天高局长怎么了？大黑子反反复复地思忖着，也没想出来自己有什么不对的地方。

毛毛被撞的交通肇事案被搁置下来，这一搁置就是半个多月，秋月多次去找县交警大队，交警大队接待的人说，负责毛毛案件的人到外地办案去，等回来详细情况转告她们。又告诫她们说，你们不要到政府部门胡闹，不要在维权时又干出违法的事来，案件处理得按照流程走，起诉前民事附带刑事，交通案件处理要先进行双方调解，你们要做好充分准备。

毛毛被县公安局做了法医鉴定后，通知秋月家人来安葬小毛毛。可是秋月说什么也不让安葬，秋月说，我要等抓住那个肇事司机后给毛毛讨个说法。

韩局长他们合计来合计去，还是动用有黑社会背景的肖老大吧，肖老大可不是一般人物，黑道白道在城里如走平地，有一次外地一个开发商在动迁时，一个动迁户因为给钱少不搬家，开发商找到肖老大，肖老大从外地请来一车子社会小青年，还有一辆铲车。一个晚上就把这家动迁户的人从屋子里面拉出来，当着这家人的面，东西都没让拿，房子就被铲车给推掉了，接着房子的残土被连夜拉走。这家动迁户上访告状四五年，警察说因为证据不足，连案都没立成。结果这户动迁户得到的补偿还没有原来多呢，苦水只好往肚子里咽。还有一家动迁户是门市房，动迁时开发商还面积时不给门市房，这家就是不搬，结果这伙开发商给了肖老大钱，让肖老大给摆平，有一天，这家动迁户的男人在街头上观看别人下象棋，谁知道被早已盯梢上的肖老大打手，一铁棍子下去，就把这个动迁户打成了严重的脑损伤，后来成了植物人，打人的人跑出去六七年了，到现在也没逮住，这家动迁户也是到省市上访，可是打人的人抓不到，认定不了这事是肖老大干的，更没法来确定是人家开发商做的手脚，结果这个动迁户没办法，同样因为看不起病，房子不得不按照开发商意图给了人家。这些事肖老大干多了，名气就大了，有人抬款要不回来找肖老大，有人包工程找肖老大，据说那些肯出大价钱的人，找肖老大还没有办不成的事。韩局长他们托人找到了肖老大，自然肖老大要价不低，韩局长他们为了救孩子也只好认了。

　　一天，肖老大和他媳妇开车来到了秋月家，肖老大一撸袖子，浑身上下全是干仗留下的疤痕，跟福生子和秋月说，你家孩子是我朋友开车撞的，我来就想跟你们商量一下，看这事怎么办好？我呢，你们可能村里人不知道，在咱们县这嘎达，还没有人不给我肖老大面子的。你大概听说月亮湾那开发商遇到的那个钉子户了吧，原本活蹦乱跳的人，现在还躺在病床上，已经成了植物人，结果人财两空。现在我们公司的事基本上我是不亲自出面的，我呢，看你们是农村人，很同情你们，你们不比城里人挣钱容易，我想说，凡事别牵着不走，打着倒退，见好就收。说着"啪"一下子，一提袋子二十万块钱，就扔到了秋月家的炕上，这是二十万块钱，咱们这事就算结了。你家也别这找，那告了，警察以后咋办咋是，你们看这事，这样办行不？秋月和福生子哪见过这阵势，更没见过这么多钱，一下子蒙了。秋月说，我们没有别的意思，就想讨个说法。肖老大说，说法有个屁用，还是钱实惠。得了，这点事儿就这么定了，你们看行不？秋月吓蒙了，你们还是把钱拿走吧，我们害怕。肖老大说，这点钱对我来说不算什么，这是你们该得的，孩子用命换的，孩子死了，不能复生，事发生了，后悔没用，你们就照我说的做，错不了，要没事儿我就走了。秋月还一再地说，这钱你们还是拿走吧，肖老大瞪起了大眼睛很是吓人。秋月吓得哆哆嗦嗦地说，那好吧，那好吧，听大侠的。秋月分文没敢动这笔钱，就把这二十万块钱存到了农村信用社自己名的账户上。福生子的工友来秋月家唠咕这事该咋办，多数人说，肖老大真的惹不起，给的钱也不少，再说事已经出了，人死不能复生，就此拉倒算了。大家说，福生子和秋月年岁轻，过几年再要个孩子呗。可是，秋月却不这么想，活蹦乱跳的毛毛说没就没了呢？怎么也得讨个说法。

四

一晃又过去了一个月，这时，有人给秋月出主意，你到县里告去。

秋月问，那我能说明白吗？出主意人说，告状你得写个上访信，递给县领导，县领导在上面签了字，县公安局就得按照县领导意见办。人家县交警大队都说了，不让乱找乱告。出主意人说，还不是官向官，吏向吏，你不找，毛毛的事没个时候出头。

于是，秋月请人写了份上访信，还拟个题目：我要讨个说法儿。

我的孩子叫毛毛，今年刚满五岁，还是个男孩。在 2014 年 8 月 10 日晚 6 点 10 分，毛毛在我家附近玩皮球，皮球滚落到大街上，毛毛到街上去捡皮球时，被一辆高速行驶的没挂牌照的小汽车撞死。有目击者说，这辆车当时时速至少达到了一百迈，该路是镇内商业区，限速为三十迈。该车撞人后，虽然知道撞人了，可是这辆肇事车却没有停下来救治受伤者，反而加速逃逸。自古杀人者偿命，请求政府主持公道，将制造这起交通肇事的司机给予法律制裁。我要讨个说法，让我家毛毛在天之灵得以安息。

上访人：秋月

2014 年 11 月 25 日

秋月带着这封上访信到县政府门口喊冤屈，被大门口保安拦下，让秋月到离政府很远的县信访办去上访，门卫还用电话把秋月上访的事告诉了榛柴岗镇领导，镇领导派车，还有民警大黑子把秋月接了回来。镇领导说，你孩子的交通肇事案件人家公安局正在全力地破案，什么事不得有个过程吗？你以为那破案是小事啊？肇事车辆所经过的地方，目睹的人员都得一个一个地排查，一个一个地录取证据，全县交通肇事案件多着呢。镇领导就跟公安局破案专家似的讲给秋月听，最后还打诨说，真是的，养孩子不等毛干，着急逗要行吗？秋月说，那都一个多月了。领导不满意了，破案像你做棉袄，说啥时完成就完成啊，真是的，以后别往县里跑了，你这一跑，不要紧，我们的维稳工作又添上了一道红杠杠。秋月给镇领导添了麻烦，心里感到很愧疚，这些日子，秋月夜里总是梦见毛毛，毛毛总是向她要说法。

过一段时间，肖老大开着一大溜子好车，带着十来号人又来秋月家，肖老大对福生子说，你家怎么地，敬酒不吃吃罚酒啊，我都说了，这事到此拉倒，你们怎么还往上找啊，你找死啊。说着，肖老大属下拿出明晃晃的砍刀，一下子就插在了秋月家的炕沿上。秋月说，大侠，我们去给你支钱，你那钱，我们分文没动，我们都不要。肖老大说，我不是冲钱来的，主要是你家孩子这事我答应人家了，这事必须了断。你再往上找，就是找死。说着示意手下，只见一个手下拔出来插在炕沿上的刀，一刀子下去，自己的胳膊鲜血放箭似的蹿了出来，当时就把秋月和福生子吓蒙了，肖老大说，秋月福生子你们看到没有？你们再找，就是这个结局。说完，招呼这帮小兄弟，扬长而去。

秋月又做了噩梦，毛毛哭着喊着找妈妈。

又过了一段时间，秋月仍不死心，带着上访信又上县信访办了。秋月没有别的要求，就想给毛毛找个说法，好让孩子不再给她托噩梦的。

县里信访办一个工作人员接待了秋月，工作人员看完这封上访信，连说，这世道好人受欺负啊，这么个简单案件有这么难侦破吗？我给你向上级反映反映。秋月见这位信访工作人员戴个近视眼镜，人也瞧着厚道，文质彬彬，秋月连声说，谢谢领导，你可得给我们老百姓做主啊！跟县领导说说，这明摆的案子，怎么就破不了呢？工作人员跟手下人说道，你安排上访人到指定的信访旅馆住下，我先深入到有关部门调查核实一下，工作人员说，跟你来的家人就没有必要都住县里了，因为这里有规定，只有信访者本人我们核销旅馆吃住费用的，再者说别人在这里也没啥用，家里的农活还耽误了，你这事恐怕得几天能捋出个头绪来。

秋月等了几天，还是没有等来处理意见，却等来了大黑子警官接她回榛柴岗，这次来接秋月的只有大黑子一个人，秋月不是被接回了家，而是直接被车拉到了派出所。大黑子警官说，要取证，说是秋月冲击了政府机关，干扰了政府正常办公，触犯了治安管理法，还没等秋月解释，大黑子就把门栓插上了。整个派出所就大黑子和秋月两个人，秋月被大黑子按倒在床上，秋月大声喊叫，结果被大黑子一拳就击昏了过去。

大黑子把秋月强暴了。

醒过来的秋月，只觉得脑袋昏沉沉的，看着大黑子端坐在办公桌前，秋月大声地喊道，你是一个牲畜，我要告你。

大黑子说，好啊，整个派出所里除了你我，没有第三人，谁能给你证明？弄不好，还得整你个诬告呢。

秋月说，我一定要告你，秋月说着话，就用头去撞大黑子。

大黑子根本不怕秋月的撞击，他用手推开秋月说，你还是现实点吧，你儿子的事还没弄明白，你死了也白搭，不如把你儿子的事弄明白了，你死了也值。

秋月说，你简直不是人，猪狗不如。

大黑子嘿嘿笑了说，美女，别怪我，谁让你长得太俊了呢。

一早，秋月又来到县政府门前告状，扯着一条白色条幅，上面写照：我就要讨个说法。

秋月又上县里告状了，又增加了内容，告大黑子警官强奸了她。

又过去一段时间了，毛毛的事还是没有说法，告大黑子警官的事也同样没有说法，秋月真的绝望了。

那天，福生子从地里干活回来，看见秋月在自己家的房梁上吊自尽了。旁边是秋月从医院里拉回来的毛毛遗体。因为交通肇事案件再次引发命案，案件受到多方关注。不久，县交警大队顶住重重压力侦破了毛毛这起交通肇事案，相关责任人受到了应有的法律制裁。同时，人们从县公安信息网上看到了大黑子警官被刑事拘留的消息。

秋天真的来了，一片落叶随风刮到福生子的脸上，这片叶子带着福生子的眼泪向远方飘去。

童言无忌

　　早市上有个麻花铺子，打理铺子的是一个女人，大人小孩都管她叫徐姐。人们提起徐姐就会想到麻花，提到麻花也会立马想到徐姐。来小城吃麻花，没吃过徐姐的麻花，就不算你吃过真正的麻花，徐姐的麻花在当地小吃中是响当当的主角。

　　徐姐炸出来的麻花，个大色正，里香外酥，入口微甜。每天一大早来买徐姐麻花的都排着队，要是来晚点就可能吃不到徐姐的香酥酥的大麻花了。

　　徐姐的麻花每天不多不少就做五百根，卖完就收摊。别人跟徐姐说，现在啥东西就愁销路，徐姐你麻花那么畅销，找帮工多做些呗，不愁不赚钱；也有人出主意，徐姐麻花的牌子在小城这么火这么响，你开个徐姐麻花连锁店，肯定能赚钱，说不准还能赚大钱哩。可是无论别人怎样撺掇，徐姐该怎样做，还是怎样做，这就好像往墙上钉钉子找旧眼－－照旧。

　　别人的手艺都掖着藏着，只要你去问徐姐如何炸麻花，徐姐都一五一十毫无保留地告诉你，可是别人回去照着徐姐说的去做了，却怎么也做不出来徐姐麻花那味道来。

　　徐姐说炸麻花要把好三关：一关是醒面关。徐姐每天中午给孩子做完饭，然后就搬出来她家的两个大陶泥盆，装好面，开始和面，醒面，这些面正好够做五百根麻花的，然后放到阴凉处困上，说到这里还得补充一句，徐姐用的面粉那可是上好的雪花粉。二关是放料。往醒好的面里加入食用矾、蜂蜜等其他配料，这可是技术活，放多放少就看面醒到什么程度。三关是油炸。炸麻花油的热度很关键，太热太凉都不行。炸的时间长短，也有学问，炸时间长了，麻花就炸过劲了；炸不到时候，麻花不酥，口感会不好。炸麻花的油要定期更换，徐姐炸麻花的大豆油用的是小榨豆油，而且用上一两次就全部换掉了。豆油更换频率高，炸麻花的成本就上来了，所以别人家炸麻花都舍不得换豆油，反反复复地使用。徐姐说，豆油如果炸麻花炸得次数多了，时间长了，那豆油就乏了。徐姐说炸麻花是良心生意，得用心去做，面要好面，油要好油，心要好心，这样才能做出来好吃的麻花。徐姐还跟人解释说，我个人的力气做五百根麻花正好。每根麻花挣三角钱，一天下来，就能赚上一百五十多块钱。我和孩子够花够用就行了。徐姐丈夫在孩子八九岁时，在车祸中死了。徐姐怕孩子受气，始终没有迈出那一步，一直领着孩子自己过。徐姐孩子上初中时，家附近的中学被撤并了，要上中学就得到镇上，镇里离徐姐家得有三十多里地，徐姐家还是个女孩子，她不放心，就把孩子转学到城里，徐姐租房陪孩子读书，刚来时，徐姐在饭店后厨干活，挣不了几个钱，还得贪黑起早。孩子中午吃不上饭，徐姐很心疼孩子。徐姐有个表婶会炸麻花，他就跟表婶学会了这手艺，而且做出来的麻花，比她表婶做的还好吃呢。

　　徐姐麻花铺子，放了两张简易的桌凳，最多时也就能够容下八九个人坐下吃，这样大多数来吃麻花的，要不打个桌角站在那里吃，要不买了麻花豆浆，提溜着回家去吃。铺子旁边煤气罐上面支个铁锅，铁锅里面是翻滚着的黄晶晶的豆油，一张面案旁放有储存豆浆的保温桶，靠北角的架子上面是徐姐自制的免费小咸菜，咸菜品种能有三四样，用一个个小碟装着。咸菜架子旁边是装钱的匣子，这个钱匣子是用一个铁制的月饼盒子改装的，匣子里面被分开四个格：第一个格里面装的是五角一元的硬币，第二个格里面装的是一元面额的纸币，第三个格里面装的是十元五元面额的纸币，第四个格里面装的是二十元面额的纸币，钱匣子明显处写道，"零钱自找"。收工回家，徐姐从钱匣子里归拢钱，徐姐开这个麻花铺子得有几年了，钱匣子里面的钱，天天回家数，钱还从来没少过。徐姐炸麻花忙不过来，也就腾不出手来收顾客的钱，都是顾客吃完了，根据自己吃的多少，自己算账，自己往钱匣子里面放钱。多了的钱，自己到钱匣子按格里的零钱数，自己找回来。一元钱一根麻花，一碗豆浆一元钱，这些年就一直是这价。大豆涨价了，面粉涨价了，豆油涨价了，别人炸的麻花涨价了，徐姐的麻花刮来多大的风，都没吹动过，就是老价格，纹丝不动。徐姐回家查钱时有时钱要多出来，这些多出来的钱，是有些顾客算账时故意不往回找零钱造成的，他们或许不在乎那点零钱的或许看到徐姐一个寡妇带着一个孩子生活不容易，主动放弃了自己多余的零钱。如果钱匣子里面有了多余的钱，第二天徐姐准就在回答顾客付钱时，又添上一句，别忘了拿你自己余下的零钱啊。在徐姐这里吃麻花，实在是一种享受，徐姐在炸油锅前忙碌，旁边是排着长长的像蛇一样买麻花的长队，等排到前头的客人喊道，徐姐，麻花一根，浆子一碗。客人声落，徐姐声起，好哩。那语调在晨风中好不协调。不一会儿那黄澄澄的大麻花，就被徐姐从锅里挑了出来，放到给客人准备好的盘子里面。接着是下一个排队的人，前面拿走麻花的人，去保温桶自己打豆浆，接着顺手从架子上面拿碟自己喜欢吃的小咸菜。不大工夫儿客人吃完了。喊道，徐姐买单。徐姐脸不抬，头不扭。回道，好了，自己找。客人按照钱匣子里面的格子提示，投进去零钱，整个过程下来，徐姐的麻花买卖就这么简简单单地完成了。

　　早晨来吃麻花的大多数是附近的居民，上学的学生，出门赶车图个方便的过路客，还有附近工地干活的农民工，慕名而来的外地客人，他们都喜欢吃徐姐的大麻花。常来徐姐这里吃麻花的有个腿瘸背后还有个大罗锅的妇女，她带个五六岁小女孩，徐姐常常不收她们的钱，而且还炸些麻花鬏，用塑料袋给孩子装上，拿回家去吃。孩子的妈妈一来，就帮徐姐拣拣盘碗筷子，收收钱，收拾桌子干些零活，一来二去她跟徐姐处得跟亲姐妹似的，家里有啥大事小情的都跟徐姐商量商量。常来吃饭的还有一位房地产开发商领个八九岁的男孩，这个男孩长得又大又胖，孩子一吃麻花就嚷嚷不甜不甜，这样徐姐专门买了几斤白糖放着，等孩子来吃麻花好往里面放。

　　有一天，县红十字会的同志抱着募捐箱子，利用早市人多，组织募捐活动。募捐的同志介绍说，县城有位十一二岁的小学生得了白血病，家里非常贫困，治不起，动员大家捐点钱，帮助帮助他们。募捐的同志刚到徐姐小摊前，徐姐就迎了出去。徐姐说，我捐出一天的收入，给您一百五十块。募捐的同志说徐大姐您炸麻花不容易，捐一百就行了，早市商户大部分人家都捐五十块。徐姐很坚决，我就捐一百五十块，您收下吧，微薄之力，一点意思。募捐的同志很感动，他们再一次向来周围的顾客介绍女孩病情和贫困情况。一些顾客非常受感动，纷纷从兜里掏钱，你十元他五十元地掏钱捐款。那位地产开发商也慢慢腾腾地站了起来，从兜里掏出来一沓子钱，大家还以为他要很大方地捐出一笔钱来呢，可是他却从那一沓钱里面，翻腾了半天，终于找出来一张十元钱的票子，递到他的胖儿子手上，让孩子去捐款。孩子跑到捐款箱投了进去，募捐的同志说声，谢谢小朋友。孩子却随口说道，叔叔，小意思，我爸打一场麻将都得一万多块钱哪。

听到胖小子的话，徐姐和顾客相对无言，老板立身愠怒道：小鸡巴崽子，瞎说啥！

朝阳里的暮歌

香草河不变的是弯弯曲曲，变的是年复一年人们口中讲述乐天和水萍的故事。

在公社演戏剧的两个演员乐天和水萍相好，大家都知道。可偏偏公社书记的儿子刘卫东看上了水萍。水萍又不能被掰成两份嫁给两个男人。不怕没好事，就怕遇不到好人。刘卫东的表弟王大炮从中作梗，设计圈套，乐天遭到了意想不到的诬陷，锒铛入狱。出狱后的乐天，在水萍的周璇下当上公社电影放映员，深入到村屯放映电影。

今天乐天到大榆树屯放电影。放完电影，乐天握着个跟萤火虫一样亏了电的手电筒，背着放电影用的电影片箱子，跟头把式地沿着弯弯曲曲的香草河岸往回走。

大榆树屯老队长说好了，电影放完了，派人送乐天，可是乐天不肯。他说自己走惯了夜路，让人家送，还得来回白白跑一趟。乐天家住香草河屯，离放映电影的大榆树屯十来里地，顺着香草河走几里后，接着沿猴石山再走一段路程，就到香草河屯了。这条路白天走都很费劲，更不用说晚上走了。乐天今天有心事，他背着电影片箱子拐拐拉拉，别别扭扭地走着，他一会儿沿河，一会儿靠山根走；一会儿走得很急，一会儿走得很慢。乐天脑袋里里外外装得全是水萍的影子，全是跟水萍有关的事情……

乐天放完电影，正在收拾幕布、发电机、音箱、支幕杆子等放映设备的时候，水萍就过来了。水萍是从香草河屯特意过来的，乐天看得出来水萍是想跟他说个话儿。乐天心里老大不高兴，处对象那阵子你海誓山盟的，现在一抬脸儿就跟有权有势的公社书记的儿子刘卫东好上了，我以前真没看透你水萍呀，这么快你就见异思迁，忘恩负义变了心。乐天心里不高兴，水萍跟他打招呼，他就当没看见，根本没搭理水萍。乐天想，我穷，我没权没势，但是我有自尊啊！

　　其实乐天心里是放不下水萍的，毕竟两人相处了好几年，而今又分开几个月了，能不想吗？乐天在蹲监狱那阵子是掰着手指头在数着想水萍的日子，他一遍一遍地在心里念叨自己心上人水萍，对自己的那些好处。让乐天做梦没想到的是，他从监狱里出来，却听说水萍跟公社书记儿子刘卫东订了婚。这事真如晴天霹雳，把乐天震得个措手不及。乐天心里想，你水萍说变脸就变脸，说变心就变心，原来的口口声声说，只爱我一个，现在看这些纯粹是扯犊子。

　　乐天往回赶路，一边是生水萍的气，一边心里又禁不住回忆起来跟水萍在一起时的日子……

　　乐天和水萍在公社文艺宣传队演节目时，他们天天在一起，说说笑笑，有情有意，那时真好，戏里戏外他们都是好朋友、好搭档。乐天和水萍的演出全公社老少爷们都喜欢看。为了看他们的演出，有的人甚至结伴跑出一二十里地，这个屯接着那个屯地撵着，看完这场接着看下一场，就是同一个剧目人们也百看不厌。那时乐天和水萍是公社文艺宣传队的台柱子，演啥节目能缺少他们，缺了他们的戏，就跟菜里缺少了盐没了滋味。乐天和水萍戏演得好，人品也好，他们成为全公社青年男女羡慕的一对偶像，成为人们喜欢的文艺明星。

　　乐天五六岁的时候跟舅舅学唱大鼓书，舅舅在县城里可是有名的艺人，舅舅吹拉弹唱无一不精，浑身的文艺细胞。县里文工团经常找舅舅编剧本，或者给文工团演员写些歌词，谱谱曲子啥的。舅舅一到年跟前儿就带乐天走南闯北地唱大鼓书，这个屯还没唱完，那个屯子就派来接的马车早已等在说书的院外了。小乐天就帮着舅舅拿拿鼓、拎拎锣，干些小零活。乐天勤快又有悟性，带学不学地跟了舅舅几年，时不时地也能上台唱上一段，小乐天演得有板有眼，听众很喜欢这位奶声奶气的小童星，于是舅舅一有机会就让小乐天登台演出，小乐天出场次数也越来越多，这样乐天很快成了远近闻名的小小说书人。

　　乐天初中毕业回到香草河屯。在生产队里干活，一到田间地头歇气的空当儿，只要大伙有谁开头张罗说，乐天来一个节目吧。乐天也不客气，张嘴就开唱。乐天会很多革命歌曲，还会唱二人转小帽，拉场戏，单出头，样板戏，京剧等等，乐天能表演的东西多得就像满地里的垄，那满山满岗的谁能轻易数得过来，只要你愿意听什么歌曲戏剧啥的，他基本都会唱。乐天亮开嗓子就唱起了《毛主席来到咱农庄》《阿瓦人民唱新歌》《乌苏里船歌》等歌曲，那歌声就像小溪一样从乐天的嘴里轻轻地流淌出来，然后在田间里的苗呀草呀垄呀之间飘荡。于是，那些干活间隙歇气的男男女女老老少少在歌声中就十分的痛快十分的兴奋起来，这群干了一大气儿活的庄户人，就在歌声中不知不觉地解除了疲惫。有时大家觉得乐天唱一两首歌不过瘾，就逼着乐天继续给大家表演个节目。乐天稍作思考，就现场编个二人转小帽给大家唱，那浪不丢的演唱，那老李塌鼻子，老张怕老婆，小国子上趟厕所没系上前开门等诙谐幽默的贯口词，逗得大伙前仰后合，笑声不断。

　　生活苦点没有什么，可是，不能让心也苦了。

　　当时香草河的文艺人才都在公社文艺宣传队。支部书记看到乐天喜欢文艺表演，就向公社文艺宣传队推荐了他，这样乐天就进了公社文艺宣传队。公社文艺宣传队那可不是一般人能进去的，那得在全公社的文艺人才中挑又挑、选又选的，那得有真本事。那时县里市里省里群众汇演，哪个公社演得好，受欢迎的获奖剧目，公社要给获奖演员披红戴花送喜报，那时是顶顶荣誉的事。谁获得这样的荣誉，那是让全家全屯全大队甚至是全公社最高兴最光荣的事情。乐天决心要在公社文艺宣传队里干出点模样来，绝不辜负全大队人们的期望，所以乐天一到公社宣传队，就铆足劲地来施展自己的文艺才华。他还利用演出间隙，帮助宣传队干零活，乐天不管什么脏活还是累活，凡是别人不愿意干的活，他总是抢着干。宣传队里那些上了年纪的人和公社宣传队的老队长一下子就喜欢上了这个多才多艺而又勤快厚道的乐天。那时公社文艺宣传队每天都要到下面的各生产小队去表演节目，宣传队里的演员都是多面手，在前台表演结束后，你马上就得到后台打鼓敲锣，一个人不但能够在前面舞台表演节目，还要能够在后台使用弹拉吹打等各种乐器，比如，乐天拉二胡、吹唢呐那是全公社一流的乐手。乐天在老队长极力举荐下，还有那些老演员宁可减少自己的出场次数，也要让乐天出来表演，所以乐天每天都有演出任务。每场演出不但安排乐天唱大鼓书、革命歌曲，而且还安排乐天单独表演二胡独奏《赛马》，那欢快激昂优美的旋律，让听者如痴如醉。乐天演唱和演奏的乐器十分到位，人气迅速攀升，乐天一下子走红全公社。

乐天长得帅，一米八十的个头标板溜直，两只大眼睛长得格外精神，那张大嘴煞是好看，人们可以常常从他的厚厚嘴唇里听到一些让人们忍俊不禁的一些幽默笑话。乐天喜欢说笑话，不管是年长的，还是年少的，都喜欢听，他绷脸说出来一个笑话，就会让大伙捧腹大笑好大一阵子。常常带给人们笑声的乐天，在公社文艺宣传队里很有人缘。队里没有人不喜欢他的，更喜欢乐天的是队上几名小姑娘，整天围着乐天脚前脚后地转，哥哥哥哥地不停叫着。乐天在展示着自己的表演天赋，同时他脏活累活抢着干，分内分外活他主动干，在用他热爱劳动的无私奉献行动印证着自己品德。乐天终于被一个漂亮的跳忠字舞的姑娘注意到了，她就是水萍。

公社宣传队放假的时候，附近村子里赶上谁家孩子结婚又熟悉乐天的，就把乐天请去唱一场，以便增添喜庆气氛。这时乐天就从家里搬出来舅舅给他的那套说大鼓书的行头，摆在办事人家的院子里，唱上一阵子大鼓书。乐天支上鼓架，左手打着竹板，右手挥着鼓槌，一边有节奏地敲打，一边唱。乐天唱的段子有《杨玉娥传书》《断桥会》《大西厢》等等，这些剧目都是人们耳熟能详的传统大鼓书。乐天有时还根据办喜事人家的当时情形，顺口编上几段祝愿的歌词插入到唱词中唱出来，以此来烘托办喜事的气氛。如果结婚新人过来请求，乐天还可以唱几首那个年代的革命爱情歌曲如《庐山恋》《情深意长》《我们的生活充满阳光》等等，这些歌曲青年男女都喜欢听，刚唱完一首，那些小青年就开始吵吵巴火地喊，乐天，再来一首。没办法，乐天还得接着往下唱，直到唱得嗓子发干，他连连摆手，真的唱不了了，才作罢。

水萍知道乐天在大榆树屯放电影，她是特意赶来想跟乐天说话的，水萍想跟乐天解释一下跟刘卫东订婚的事情经过。那还不是为了你乐天能够从笆篱子里早点出来，我才不得已使用了这个苦肉计，我水萍为你做出这么大的牺牲，你还不理解人。水萍这个气呀！乐天哪知道这些事情的原委和内幕。只知道水萍跟刘卫东大张旗鼓地订了婚，他就醋意大发。水萍凑到乐天跟前想跟他说话，乐天不搭理她，弄得水萍很尴尬。放在以往乐天在文艺宣传队演出的时候，不但让水萍帮他，而且还要没话找话跟水萍唠起来没完没了，黏黏糊糊。似乎乐天一肚子的嗑怎么跟水萍说也说不完似的。那时的乐天手不闲着，眼睛也不闲着，死死地往水萍身上瞄，瞄着瞄着乐天的眼神就喷出了热辣辣的火苗子，像是要把水萍烧化了似的，水萍对着乐天这样的目光很喜欢也很受用，这样他俩的眼神就像会说话的嘴一样，只要目光一对就知道对方是什么意思了。水萍最愿意听乐天演唱的《北京颂歌》，一听乐天唱，水萍就高兴得不得了，水萍就变成了一只欢快的小兔子。

> 灿烂的朝霞
>
> 升起在金色的北京
>
> ……

乐天刚认识漂亮的水萍时，水萍是舞蹈队的队长。水萍喜欢跳舞，她的身材真是跳舞的料，伴随着优美的旋律翩翩起舞，那舞姿堪称全公社第一。乐天说大鼓书，他和水萍本来挨不上边。当时宣传队正演现代京剧《沙家浜》里《智斗》里的折子戏。演刁德一的演员病了，让乐天替他，没想到，演着演着那个演胡传魁的演员竟把词给忘了，乐天只好替他唱，这叫救场。这一救场不要紧，那个演阿庆嫂的女演员一愣神儿也忘了词，这演员在台上连续忘词，就演不下去，卡壳了，怎么办？就在这时，乐天反应快，竟模仿阿庆嫂的唱腔唱了起来，又一次救场，渡过了难关。乐天一人演三人，特别是演阿庆嫂，那味道比原来那位女演员的唱劲还足、效果还好。这场演出结束后，那俩男女演员非常感谢乐天的及时救场。这件事被老队长知道后，对乐天一顿表扬。后来老队长起高调，要乐天一个人唱，选择两位男演员和一位女演员在舞台上表演。老队长还把这个演出节目，起了个好听的名字叫"三对一双簧"，就这样，《智斗》一折成了公社文艺宣传队的主打节目。老队长选了两位男的演刁德一和胡传魁不用说了，而那位演阿庆嫂的就是水萍。

乐天出场唱刁德一，那刁钻古怪的声音就满场地飞了起来，他把一个狡猾多端，阴险刁钻的刁德一表演得淋漓尽致，入木三分，演员一亮相，台下便是哗哗啦啦的一片掌声。接着，乐天由男声马上转换成女人的声音，这时，台下没有一个人认为是男的唱的，更想不到是乐天唱的，都以为是台前表演水萍唱的，那女人味儿拉得细细的长长的柔柔的绵绵的，就像一块磁铁把所有人的目光、耳朵全部吸引到了舞台上面，把一个足智多谋，勇敢果断的阿庆嫂演得惟妙惟肖。乐天得了个满堂彩，阿庆嫂刚一唱完，礼堂里就响起来了暴风雨般的掌声和不断的叫好声。观众看到台上三个演员表演十分用心，随着演员表演到精彩的地方，观众喝彩也随着响了起来。水萍口型和乐天声音对得严丝合缝，分毫不差，举手投足，恰到好处。唱得好，大家鼓掌！不知谁喊了一嗓子。顿时会场像炸了锅似的，长时间地鼓掌声叫好声，再来一个！再来一个！演员出来谢幕，台上台下一片震动。台下观众根本不相信这是真的，都是一个人唱的吗？疑问！还是疑问！

就这样，这个"三对一双簧"就从公社演到了县里，成了公社文艺宣传队的拿手好戏。看戏的不看这出戏，觉得不过瘾，演戏的不演这出戏，觉得对不起前来看节目的观众。只要有演出，乐天他们的四人双簧戏就必演，一演就高潮迭起。这场双簧京剧一经推出，就震动了全公社乃至全县。

水萍身材颀长，皮肤白嫩，忽闪忽闪的大眼睛，就像一汪秋水，再加上她那浅浅的轻轻的甜甜一笑，高高修长的个头，就是女人见了也会喜欢的，所有跟水萍年纪相仿的男青年都喜欢上了水萍。可水萍对谁都不屑一顾，她唯独能跟乐天说到一起，唠到一堆，处到一块。水萍有事没事总是围着乐天，一口一个哥地叫着。乐天也喜欢水萍这样叫他，这样一叫，乐天心里便甜滋滋的美滋滋的，乐天也告诉水萍，我只爱你一个。公社宣传队里所有的人都认为这是一对郎才女貌，绝佳的一双。

正当乐天和水萍热恋的时候，他们演出的节目又有了创新，演出更加频繁，节目更加精彩。乐天和水萍随着不断的接触，他们的爱情也在持续地升温，公社文艺宣传队老队长专门为他俩量身定做了一出戏，水萍扮演京剧《白毛女》里的喜儿，有节段子"扎起红头绳"。乐天在后台反串唱喜儿，水萍在台前扮演喜儿，表演舞蹈。乐天亮起了他那男变女的独特歌喉，闭着眼睛听，就会让你感受到歌唱家郭兰英唱的味道。而水萍的舞蹈表演得十分出色，仿佛舞蹈家杨丽萍在载歌载舞。水萍伴随着乐天的歌声翩翩起舞，使全体观众沉醉于水萍的舞蹈中。乐天放声一唱，那优美的旋律和透亮的歌声，让人们从心底生出来天籁般的共鸣。乐天和水萍这一出双簧表演，出神入化，炉火纯青。通过一次次演出，他们在戏中配合得相当默契，举手投足都是戏，说说唱唱都是绝活，令观众耳目一新。大家笑声不断，叫好声此起彼伏。公社刘书记也几次来观看演出，连说不错，不错，真的是两个不错的人才。

　　水萍不唱，一个劲地在前台舞，就把喜儿演活了。乐天一个劲地在后台唱，就把喜儿的精气神唱出来了。大家都感觉，看到乐天和水萍演的戏就解渴就过瘾，把一天干农活的所有疲劳全部一下子释放了出去，获得了整个身心的愉悦和放松。

　　有一次，在蔡家沟屯演出刚结束，天已经黑了，老队长接到了水萍家里来的电话，说她母亲病了，让她回去一趟。水萍就火烧火燎地要走，队里只好让乐天送水萍。他们从队里借了个手电筒就急急忙忙地往回赶，谁知，刚出了蔡家沟屯，天就下起了雨，这雨是越下越大，天也越来越黑，最后黑得伸手不见五指。好在这段路乐天经常走，乐天说前面不远有个看瓜窝棚，咱们到那里躲躲雨吧。这黑灯瞎火，泥头拐杖的路也不好走，等雨小了咱们再走吧。水萍说，这破天气儿，也只好如此了。等乐天和水萍走进看瓜窝棚时才发现，这个窝棚太小了，水萍进去就没有什么多余的地方了。只听水萍，咳儿，咳儿地直打喷嚏！乐天看见水萍因为母亲生病着急上火，身上衣服已被雨水淋了个透，她在瓜窝棚里面直打哆嗦，水萍要感冒。乐天很心疼，干着急没有办法。水萍说，没关系，有你在，我什么都不怕。乐天说，等一会儿雨小了，我背你走吧。水萍说，不用了，你背过身去，我把身上的衣服拧干了披上就好了。水萍说，把你衣服也脱下来，拧拧吧，别湿了咣叽地穿着遭罪。乐天说，好吧。乐天先把自己衣服脱下来拧干后，递过去让水萍先披上。乐天自己光着膀子，脸朝外淋着雨。水萍脱下衣服，把乐天的衣服披上。水萍正拧着的时候，忽然一个闪电，紧跟着就是一个震天的响雷，把乐天吓了一大跳。心想可别吓坏了水萍。乐天本能地转过身来看到了肌肤似玉的水萍。乐天不知道是闪电击中了他的眼睛，还是水萍雪白的身子刺激了他的目光，总之他感到一阵的眩晕和从未有过的兴奋。正在全神贯注地拧衣服的水萍，也被这突如其来的惊雷吓得一激灵，她披在身上的乐天衣服不知怎么地掉在了地上，水萍手中的衣服因为让霹雷吓得也哆哆嗦嗦地没拿住。水萍似乎忘记了自己赤裸着的身子，惊慌中一下子就抱紧了光着膀子的乐天，就这样两个人在惊慌中拥抱到了一起。

雷声小了，雨也停了。乐天和水萍他们像两个受惊的小鹿，打着手电筒在深夜里，深一脚浅一脚地回到香草河屯水萍的家。

水萍见到躺在炕上的妈妈，妈妈已经在炕上躺了好几天了。妈妈知道水萍忙，就没有告诉她生病的事。可这次妈妈犯病不像往回，特别重，她不但咳嗽得越来越重，而且喘气也特别地费劲，于是水萍妈妈就想见一见姑娘。但是水萍妈妈看到水萍在这黑灯瞎火又是打雷又是下雨的夜晚赶回来，妈妈心里又心疼起姑娘来，就责怪水萍怎么非得贪黑回来不可。水萍说，白天演出也没时间，接到你的信，说你病得很重，我能不担心吗？当妈妈看到水萍是被一个憨厚朴实而且长得高大又英俊的后生乐天送回来时，水萍妈妈的担心又变成了高兴。水萍握着妈妈的手说，妈妈你都病成这个样子，怎么不早告诉我啊！妈妈说，这是几年的老病了，没时没晌地常犯，折腾你干啥。妈妈咳嗽几声，拔口气接着说，你进公社文艺宣传队不容易，工作还忙，我这病挺挺就过去了，谁知道这回比往回重啊，我就给你捎个信。你贪黑扒火地回来干啥，还顶着雨，要知道该让人多担心啊，妈这个悔呀，不如不告诉你了。水萍说，我看到你好好地就行了，我不是已经回来了，再说贪黑扒火顶风冒雨的不也没咋的吗。水萍拿起暖水壶倒了杯水递给妈妈。然后，也给乐天倒了杯递过去。说道，乐天大哥照顾我一道，他人好着哩！平时工作演出大哥都是照顾我，对我挺好的。水萍妈妈说，有人照顾，有人疼就好啊，妈就放心了。水萍妈妈说到这里，水萍哭了。乐天也插不上话，感觉到时间也太晚了，就跟水萍妈妈和爸爸打招呼告辞。水萍爸爸留乐天住下，乐天说，大叔，不了，雨已经停了，再说我回家还有事，明天演出的剧本还放在家里，不取回来就耽误事了。水萍爸爸见留不住乐天，就把自家的雨衣找了出来，让乐天穿上以防半道下雨用。乐天美滋滋地想着心事儿，嘴里吹着口哨往家里走。

　　香草河屯有二三百户人家，屯东到屯西哩哩啦啦得有十里来地。水萍住西头，乐天住东头。水萍就知道乐天喜欢文艺，文艺是他的命根子。乐天就知道水萍清纯可爱美丽善良，对他乐天打心眼好。

　　水萍喜欢乐天，这也就害了乐天，水萍不知道这些，乐天也不知道这些。

　　公社刘书记的儿子刘卫东，在乡中学当教师，本来跟一个女老师处对象，处得好好的。可是一次公社文艺宣传队到学校慰问演出，刘卫东看完水萍的演出后，他心里就放不下水萍了。总是有事没事往公社文艺宣传队跑，看水萍表演的节目。到后来刘卫东课也不好好教了，水萍她们走到哪里演出，他就跟到哪里，边看戏边琢磨机会跟水萍接触。后来刘卫东回家跟他妈妈说，他非娶水萍不可，别的女人他根本看不上。公社刘书记跟刘卫东他妈说，人家水萍有对象，小伙子也不错，你别瞎掺乎瞎整啊。刘书记有一次为这事儿，还伸手打了刘卫东一个大嘴巴。刘书记打完刘卫东说，你一个大男人为了一个女人什么也不顾忌，你还有出息没有？你要好好地干工作，把工作干出点样子来，那才是一个真正的男子汉。刘卫东有他妈护着，根本听不进他爸的话。他下班回家里，就闹他妈，这一闹他妈可就受不了。就对刘书记说，卫东这孩子如果继续这样地闹腾下去，时间长了，孩子还不得抑郁症啊，你还是想个法子吧，他娶不上水萍是不肯罢休的。刘书记跟他老婆说，这事你别管，他闹还不是仗着我吗，人家好好的一对，跟着掺乎什么？

　　刘卫东有个姨表弟王大炮，经常来刘卫东家。给刘书记家送来了五六十斤的粉条子，还有一百多斤本地产的六十度小烧。王大炮非要上公社文艺宣传队。王大炮名声不好，他在村子里游手好闲不干正事，公社刘书记知道王大炮这些破事，就跟刘卫东他妈说，那里是文艺人的天地，他王大炮能干啥啊？想想别的，能干点啥就干点啥去。这之后，虽然王大炮母亲领他找了多少趟，刘书记始终没有答应。

　　刘卫东想娶水萍这事，不知道怎么让王大炮知道了，王大炮就跟刘卫东说，你让姨夫给我调进公社文艺宣传队呗，那样，你娶水萍这件事，就包在我身上了。这样的交换条件，无疑是刘卫东最容易办到的。对刘卫东来说，这简直就是喜从天降。不长时间，刘卫东就跟管文教的副社长说了，说他爸爸答应让王大炮进公社文艺宣传队。其实，根本没有这回事儿，副社长哪敢怠慢，就把王大炮安排进了文艺宣传队。

王大炮到公社文艺宣传队后，在后勤工作。他的主要工作是演员从舞台上下来，在更换服装时，他拿拿衣服，道具，干些零活。

一天，没有演出，宣传队里的小青年闲不住，就到附近的供销社闲逛。王大炮扯上乐天非得让他跟着，说供销社最近新进一些回力鞋，那鞋穿在脚上才舒服呢。就这样，乐天他们嘻嘻哈哈地来到了供销社。这里布呀香皂呀自行车呀等很多东西都是凭票供应的。王大炮来到柜台前，对营业员说，你拿一双四十二号回力鞋我试试。其实王大炮早都观察好了，乐天的脚跟他的脚型大小差不多。营业员递给王大炮，王大炮却顺手给了乐天，哥你帮我试试。乐天也没多想就穿上了脚，这回力鞋可比他原先穿的布鞋强多了，柔软舒服，轻飘飘的。乐天说，真好。王大炮就怂恿乐天说，那哥你也买一双吧。乐天说，我没有钱。公社文艺宣传队平时也不开支。挣工分，到年终回到自己所在的生产队里结账分红。不过宣传队两三个月要给队员发二三十元钱补贴，这还是老队长向公社争取来的。说着话，王大炮从兜里一划拉就掏出来好几张十元钱的票子，一双回力鞋是四块六角钱。旁边人也过来劝乐天，你喜欢就买一双呗，等发了补助费再还给王大炮呗。营业员说，这回力鞋没进几双，还不要供应票，卖得可快了，明天可能就卖没了。乐天想到了家里弟弟妹妹们还穿着补丁的衣服，就说，我不买，等以后再说吧。王大炮说，乐天哥你舍不得钱，我这五块钱不要了，就算白送给你的，你买一双好鞋穿，在舞台上表演不更漂亮了吗！这也是为咱们宣传队增光添彩啊！乐天心里知道，一年挣的工分也只能领三四百元钱，这五块钱算是大钱了，咱别欠人家这份人情了。乐天说什么也没有买这双鞋。王大炮买完鞋，在剩下的钱上面还用笔记下这次都买了些啥东西花了哪些钱。大家都逗王大炮，等你再买东西把这张钱花出去不就白记了吗？王大炮说，我记性不好，回去后就把买来这些东西再抄到日记本上，我不写明白干啥花的钱，我妈下次该不给我钱花了。这次王大炮一下子花了二十多块钱，看那样子兜里还得有个百八十的。王大炮他妈是公办老师，按月开工资，王大炮花钱就比别人花钱冲，想买啥就买啥。

回到宣传队里，大家说说唱唱，欢欢笑笑，乐天和水萍天天在一起排练节目。一晃十几天过去了，忽然有一天，王大炮喊，我钱丢了。王大炮说，就是去供销社买鞋剩下的一百多块钱丢了。王大炮就把这事报告给了队长，说宣传队里有人把他的钱给偷去了。老队长年岁大，办事有拿头。说道，大炮你好好想一想，咱们队里可从来没出现过这档子事啊，你别瞎嚷嚷，冤枉了人。老队长又说道，是不是你忘哪啦，自己不小心弄丢了，或者放错什么地方了，你再找找。老队长就发动全宣传队的人帮他找，但没有找到。

王大炮不容，非要弄个究竟，老队长只好把这事向公社主管文教的副社长报告了，副社长就领着派出所民警到了宣传队。王大炮看派出所民警和公社领导来了，就说，我看搜兜，准能找到。老队长向公社领导和派出所民警汇报了情况，也感到没有什么更好的办法，就把文艺宣传队所有人集中在一个屋子里挨个搜兜。排练的乐天和水萍也被喊了回来，加入搜查的行列。

乐天笑呵呵地拎着自己平时穿的外罩，一甩达，你们搜吧。这一搜，不要紧，从乐天的衣兜里就把王大炮写上字的钱搜了出来，那一百多元钱连零头分文都不差。乐天当时就懵了，这钱不是我偷的，这钱可真的不是我偷的。王大炮跟乐天急头白脸地说，你没偷，这钱怎么会在你兜里啊。王大炮不放过乐天，接着又说，你真能装，你不就是看上那双回力鞋了吗，想买，还没有钱，我借给你，你说不借，我说那就白给你，你装不要。可是你却偷我的，这多好啊，借了还得还，白要人家还欠人情，偷了人家就什么都不用了。王大炮说话像连珠炮，这一轰把个乐天给造懵瞪了。水萍这时接过王大炮的话头说道，你凭啥就认准乐天拿的，在他兜里搜出来不假，就不能是别人栽赃陷害，没安好心的人，什么损招想不出来啊。

王大炮可不是好惹的，接水萍的话说，那说我陷害呗，我丢了钱，就为了陷害人呗，有这样的道理么？

公社副社长和派出所民警见到这样吵下去也没有什么结果，就说，这样吧，王大炮和乐天跟我们一起回公社做进一步调查。

其实，还有一个人亲眼看见了王大炮往乐天衣服兜里偷偷地塞了钱，来栽赃乐天的。这个人就是刘先进。刘先进到后台取二胡，刚走到门口，从门缝里看到王大炮正鬼鬼祟祟往一个人的上衣兜里装东西。刘先进原以为他王大炮要偷别人家的钱呢，可当刘先进仔细一看，那衣服不是乐天的吗，乐天哪有那些钱啊！他刘先进知道这是王大炮想栽赃乐天，所以，从一开始王大炮张罗搜兜，刘先进就为乐天紧张得要命，他在旁边手捏一把冷汗。当时王大炮那眼神像刀子一样刮着刘先进的眼睛时，生怕他张口为乐天作证。那样他王大炮就会弄得个鸡飞蛋打，屎盆子没扣住别人，反过来弄得自己一身脏。王大炮就像钻到他刘先进的心里似的，虽然知道他晓得这个秘密，但是王大炮认为他肯定不敢往出说的。刘先进被王大炮的眼神这一刮搭不要紧，吓得刘先进好像是自己偷了钱似的，心里直打怵。

刘先进和水萍一起进的公社宣传队，水萍不喜欢他，可是他却非常喜欢水萍，而且喜欢得要命，有时饭不想吃，觉不想睡，时时刻刻都在想水萍。这单相思可要命，男人在爱的方面是自私的，见不得别人喜欢自己爱的女人，妒火烧心，刘先进便丧失了良知。刘先进越是爱水萍，他就越妒恨乐天。刘先进天生胆小怕事，而且还好喝两口小酒。王大炮发现了刘先进这个弱点。到宣传队后，就常常请刘先进到小酒馆喝上两盅。这时，王大炮就云山雾罩地吹嘘他跟公社书记是什么亲属关系，自己将来还要到公社里干什么。可事实上，王大炮能拿住刘先进的杀手锏是刘先进欠了他一笔赌资。一次刘先进被王大炮扯去耍钱，刘先进输掉了两百多元，是王大炮给他垫上的。刘先进说，那次真邪性，他推天九，刚开始手气很顺，一气就赢了一百多。没想到后来加大了筹码却输了，本来想翻本又加了些筹码，这一下输得更惨，后来刘先进输钱的窟窿，是借王大炮的钱还上的。

刘先进最终也没有站出来为乐天说那句能够证明他没偷钱的这句要命的话。你王大炮的钱根本不是人家乐天偷得，而是你王大炮栽赃陷害人家乐天，是你自己故意放入人家乐天兜里的。那样的话，乐天就不会进监狱了，水萍也不能同乐天分手了，可是，事实不应该假设，也不能够假设。

公社副社长和派出所民警又来公社宣传队进行了调查，上了年岁的人说乐天根本不可能偷钱，乐天一贯本本分分，做事丁是丁，卯是卯。老队长也站出来说，我用人格担保，乐天肯定不会偷钱的。派出所所长说，乐天没偷，钱怎么进了他的兜里？老队长，我们现在不是讲人格的时候，得讲证据，说乐天没偷，得有人证明。

副社长他们回来，就把调查情况向公社刘书记进行了汇报，公社刘书记懒洋洋地坐在办公桌的后面，好像事先他什么事都知道，又好像他什么事都不知道，副社长他们跟刘书记汇报完了这件事，公社刘书记坐在那里，面部表情像凝固了似的很难让人理解。

王大炮是我亲戚，难道他会说假话，冤枉人不成？刘书记终于说话了。

派出所所长紧跟着说，那咋会，不可能。

刘书记知道王大炮的为人，说不准这事就是王大炮栽赃乐天呢，那时只要刘书记说上一句：钱找回来了，就不要计较什么了。乐天也就没有什么事了，可是刘书记却没有说出来这样的话。

刚刚当上派出所所长的年轻干警不依不饶，这事不能说完就完了，如果乐天主动承认偷了王大炮的钱，我们可以不追究。如果他乐天拒不承认，那就性质恶劣了，我们得一追到底！

老队长来找公社刘书记说，我担保乐天是不会偷王大炮钱的。公社刘书记反问道，证据呢？老队长说，没有证据，反正我认为那钱不是乐天偷的。刘书记黑着脸说，你是不是觉得乐天是个人才，就包庇他啊？我也觉得可惜，乐天和水萍是多好的一对演员啊！出现这等事儿，我也很痛心。你说这个事也难断，王大炮说乐天偷了他的钱，乐天说他没偷，这个官司无法掰扯清楚。

可是不管怎么说，钱是在公社领导、派出所民警和文艺宣传队员的眼皮子底下从乐天兜里明明晃晃搜查出来的，最后决定把王大炮调出公社宣传队。乐天因为偷钱的事实存在，暂时拘留。

乐天被派出所带走的那一刻，水萍哭得昏天黑地，可是乐天却劝水萍，没什么大不了的，我的事迟早会弄个水落石出的。乐天回头看着眼泪汪汪的水萍，用他那嘹亮的歌喉又唱了起来：

　　灿烂的朝霞
　　升起在金色的北京
　　……

乐天就这样不明不白地蹲了监狱，王大炮虽然离开了公社文艺宣传队，可是却进了比文艺宣传队更好的公社物资站，那是社办企业，开工资的地方，要比在文艺宣传队挣钱多得多了。

当刘卫东听到乐天被拘留的消息，一蹦多老高。刘卫东想，这回他乐天同水萍不散也得散。水萍不想跟我好也得好。乐天进了监狱，可把水萍愁坏了。一天，演出刚结束，水萍没精打采地站在一边。刘卫东走了过来，水萍一看，抬腿就走。她不愿见总跟女孩黏黏糊糊的男孩。

刘卫东忙说，水萍你别躲，我跟你说句话。

水萍说，刘卫东老师，我一个平民百姓有啥话好说的。

刘卫东说，你想不想让乐天从监狱里出来呀。

水萍一听，又折了回来，问，怎么救乐天？

刘卫东说，只要你跟我处对象，我保证把乐天救出来。

水萍说，那不可能，谁都知道我跟乐天好。

刘卫东说，好就不能散吗？死心眼。

水萍说，拿我当你呢？今天跟这好，明天又跟那个处的。

刘卫东心里乐，我就看上你这一点了，专一，女人对男人爱情的专一。

水萍说，只要你把乐天弄出来，需要多少钱，你说个数就行。

刘卫东说，你能有多少钱？多少钱我不要，只要你跟我处对象就行。

水萍坚定地说，这绝不可能。

刘卫东说，那我就没有办法了。刘卫东说完，一甩搭，走了。水萍望着刘卫东远去的背影，啐了一口。

一晃半个月过去了，正赶上宣传队放假，水萍央求宣传队的老队长找找人，到监狱里看看乐天。老队长真没让水萍失望，竟然通过熟人打通了关节，答应老队长和水萍他们可以看看乐天。于是，老队长就带着水萍还有乐天的好朋友一起进监狱来看乐天。水萍一见乐天就哭了，乐天全变了样，头发被剃了光头，人也瘦得干干巴巴的，那眼神就像好些日子没睡过觉了，一点精神头也没有。水萍心疼地把带来的一些好吃的递给了乐天，让他吃，乐天这个时候怎能吃得下，见了心上人水萍，乐天心里更不好受了。乐天对老队长说，我冤枉，我真没有偷王大炮的钱。老队长说，我心里也有数，我相信你，没准是那小子使的坏，可是咱们没有证据。哎，我回去想想办法，看能不能把你从里面弄出来。

看过乐天，水萍就更伤心了。一想到乐天在监狱里遭罪，水萍就抓心挠肝地难受，她整天想着如何救乐天的事。于是又想到了刘卫东，因为刘卫东说他能救乐天，水萍就想到一个人，她在中学读书时的同学小燕子。小燕子同刘卫东在中学一起教学，水萍让人捎信给小燕子，让小燕子抽空来公社宣传队一趟，有事找她。

一个星期天，小燕子来到公社宣传队。小燕子上学时跟水萍要好，谁带了点什么好吃的，从来都不会忘记跟对方一起吃。放寒暑假，水萍和小燕子到对方家一呆就是半个来月，两人好得跟一个人似的。小燕子学习好，考上了师范，回来教学。水萍舞跳得好，就到公社文艺宣传队了。水萍见到了小燕子，就前前后后把乐天被冤枉的事儿跟她讲了，也把刘卫东逼她处对象的事跟小燕子说了。水萍让小燕子帮助出出主意。

小燕子说，只有你暂时答应跟刘卫东处对象诳住他，让他把乐天救出来再说呗。处对象就非得跟他结婚呀？等乐天出来，你跟乐天讲明白，过段时间你不会跟刘卫东吹吗！水萍说，燕子姐，这能行吗？

小燕子回答道，不求刘卫东，恐怕别人也救不出来乐天，因为好人死在证人手。水萍一想到乐天在监狱里遭的罪，恨不得自己去替他蹲监狱。水萍就狠狠心，让小燕子给刘卫东捎信，说她同意跟刘卫东处对象了。

刘卫东他妈可没这么简单。他妈听说水萍答应处对象了，觉得这事有些蹊跷，要是把乐天弄出来，水萍反悔了怎么办？刘卫东他妈很坚决，你告诉水萍，要订婚就得大张旗鼓地过彩礼摆酒席，邀老亲少友参加，同时水萍的父母老亲少友也要到场。

水萍一听刘卫东他妈说这话，真是进退两难，水萍回到宣传队就在宿舍里就哭上了。老队长过来问水萍怎么回事？水萍就把如何救乐天的事全端出来了。老队长说，我最近也找了好多人，也没好使，要想救出乐天，我看只有刘书记说话。孩子，这个事可难办，这得你自己拿主意。不救乐天吧，证据确凿，恐怕被判刑，这就毁了乐天一辈子。你答应他们吧，刘卫东家一张罗订婚，这事满公社的人都知道了，要说悔婚，那可不是一件容易的事。孩子，真是左也不是，右也不是，难啊！水萍说，咋难也得把乐天救出来呀，不能让他在那监狱里呆着受罪呀。水萍咬咬牙，答应他们。

水萍回家跟父母商量，父母都是农民，姑娘嫁给公社书记儿子能有什么说的，再者说，还是人家主动提出来的。只不过水萍妈妈问女儿，你不是处个对象吗，怎么吹了？

水萍说，妈！你别问了好不好，我正闹心呢。女儿同意的事，父母还能说什么。刘卫东和水萍两家没过几天，就吃了订婚宴，过了彩礼。

婚宴一吃，礼一过，这在农村就证明水萍找到了婆家，两人可以光明正大地到对方家来往了。刘卫东几次邀请水萍到他们家吃饭，都被水萍搪塞过去。水萍和刘卫东在一起，不管刘卫东对她怎么样好，她对刘卫东就是不冷不热，不远不近。

一天水萍主动来找刘卫东，还跟刘卫东说起了笑话，这可把刘卫东乐坏了。刘卫东说，快说吧，什么事求我？水萍也就直说了，找你父亲赶紧把乐天从监狱里救出来呀。刘卫东说，这还用你瞎操心吗，我答应你的一定会做到。但是你答应我的，我希望救出乐天之后也要做到。水萍说，定亲饭都吃了，你还信不过？刘卫东接话说，都已经跟我爸爸说了，最近这几天就差不多，不过乐天回来，不能回公社文艺宣传队了。水萍问刘卫东，那把他弄哪去？刘卫东说，你说吧？水萍说，他喜欢文艺，你就让他留在公社文化站吧。刘卫东说，这个我回去得跟我爸说，要上公社文化站就得下乡放电影，那活走村串屯的很辛苦。水萍知道乐天就喜欢唱呀舞呀的，他一鼓弄这些，就来了精神，干别的事儿他不喜欢。水萍最后说，那就让乐天暂时回来放电影吧。

乐天出狱那天，接乐天去了很多亲戚，水萍只是简单问候关心一下乐天。水萍怕跟刘卫东订婚的事一句话两句话说不清楚，反倒成了误会。因为去接乐天还有老队长和队友，水萍也没好意思跟乐天多说话。

第二天乐天就到公社文化站上班了。宣传队忙，水萍这个主角更忙了，她抽不开身去看望乐天。

自从乐天回来后，他们俩都很忙，那时打电话也不方便，就一直没联系上。水萍想这事往后拖拖，等她把刘卫东的彩礼退回去，然后再把话跟乐天哥说开了，水萍想乐天一定会理解她的。

乐天回来一晃就是一个月了，水萍总想找机会见到乐天。但是，他们分头在忙，始终没有机会到一起。前天水萍得知乐天要来大榆树屯放电影，这里离香草河屯又近，她就想借看电影的机会，同乐天好好解释一下。可是乐天已经知道水萍订婚的事了，根本不搭理水萍。水萍不得不因天太晚了和同去看电影的小姐妹回了家。

乐天的不理解，让水萍陷入了痛苦的矛盾之中，回到家的水萍一下子病倒了，这一病就躺在炕上十来天。那天，水萍好不容易挣扎起来，想出去散散心，她便一个人沿着村南小柳河岸慢慢地往上游走。不知水萍走了多长时间，看到一个鱼塘，公社水利站长的儿子王军正在那里钓鱼。一看到水萍过来，王军站起来同水萍打招呼，这不是文艺宣传队的大美人吗？什么风把你刮过来啦。水萍一见是王军，转身就往回走。听屯里人说，王军前不久借看电影黑灯瞎火的场面，要祸害人家小媳妇，不料被小媳妇的丈夫发现了，王军挨了一顿暴打。

王军借他爸爸当水利站长的势力，经常到队里鱼塘钓鱼，然后拿出去卖。鱼塘看鱼的没法管他，一见到王军来钓鱼，看鱼的借故回村子里就躲了出去。要不然让村里人看见，王军来钓鱼，看鱼的不管，传出去不好说。你管王军钓鱼，他老子是水利站站长还管着看鱼的，除非是看鱼的不想干了。水萍很害怕，想跑，本来就很虚弱的身体，这时吓得腿肚子抽了筋，水萍想跑也跑不了。王军像饿狼似的扑了过来。水萍说，王军你别，你别，你别过来。王军哪还理会水萍说话，一下子把水萍按倒在地……水萍不断地喊叫，近前根本没有人，只有宽阔的鱼塘，空旷的大地，茂密的柳条通。王军挥起了拳头，水萍就昏过去了。一望无际的碧野里把水萍的喊叫声淹没得无影无踪。水萍被强暴了，鲜红的血滴留在身下的泥土上。

昏过去的水萍，不知道自己什么时候回的家，也不知道自己是怎样回的家。

水萍衣服被撕扯得很凌乱，眼睛无神无光，浑身是泥，父母知道发生了什么。妈妈心疼女儿，何况女儿正在病中，这事也不能问了。女儿还没出嫁，这事传出去怎么能说清楚？老父亲气得大骂王军，这个牲口啊！老天你替好人出口恶气吧，用五雷劈死他吧！给人间除害啊！

水萍病上加病，没过几天，水萍瘦得像根麻杆似的，风一吹都能打晃。

水萍借看电影的机会想见乐天，乐天不见她，这事被小燕子知道了。有一天，小燕子找到了乐天。乐天也是刚好收拾完电影放映什物，小燕子就把水萍为救他，才不得已答应同刘卫东订婚的事，前前后后都对乐天说了，这时乐天才恍然大悟。小燕子又说现在水萍因为看不见你，你不理解她，都病了好多天了。乐天想起了那天晚上的事儿，水萍如何转转磨磨地想跟他说话的情景，乐天这个后悔啊！他立马放下手里的活，就想立刻就飞到水萍家里去。跟水萍说说话，道个歉。小燕子说，乐天，听说今天天气预报有雷阵雨，明天白天再去水萍家吧。

乐天心里急，他见不到水萍，心里根本受不了，还哪管天气雨不雨的。乐天想立马飞到水萍身边，跟水萍解释清楚。晚上放完电影都快九点了，乐天借个伞，握着手电筒往香草河屯走去。

乐天就像跟水萍那天晚上一样，急急地往回赶。这雨越下越大，好在乐天很快就到了香草河，趟过了香草河上了岸就到家了。乐天卷起裤腿趟河，这河水一下子就到裤腰了，乐天赶紧又退回岸来，捡个石头扔进水里，测一下深度，觉得水不是太深。于是，他脱去了裤子，一只手拿电筒，一只用手拎着裤子，慢慢地趟着过河。乐天眼瞧着快到对岸了，迎面用手电一晃，上游横着冲下来一根大树杈子。这还了得，乐天想要躲开那根树杈子，就得赶紧上岸。他目测一下，距离对岸也就一两米远，乐天一跃而起，用手去抓岸上长的蒿子，这样好借蒿子的劲儿跃上岸去。可是，乐天万万没想到，这一大缕子蒿子虽被乐天抓在了手里，可是它根本没起到支撑的作用，雨水把岸坡击打得酥松起了裂缝子，那蒿子被乐天连根拔了出来，蒿草不但没起到借力的作用，反过来给乐天造了一个大仰八叉，乐天一下子掉进了急流里。

躺在炕上的水萍忽然对她妈妈说，我听到了乐天的喊声。妈妈说傻孩子，这两天我看你都烧糊涂了。水萍说，妈妈，我真的听见了，是乐天的喊声。妈妈说他喊啥了，水萍对妈妈说，他喊，水萍，救我……

不知道乐天在被卷入激流中时是否真的喊了，就算是乐天喊了，毕竟离得那么远，水萍能听到吗？是否真的被水萍听到了，这已无关紧要，就权当作水萍和乐天在冥冥之中的感应吧。

第二天，有人发现已经淹死了的乐天。随即水萍就知道了，水萍的病更重了，已经是奄奄一息了。

水萍跟父母说，看看能不能跟乐天家里商量一下，让她死后能跟乐天合葬在一起。乐天父母很开明，知道乐天和水萍好，二话没说就答应了。水萍听到信后，就慢慢地闭上了眼睛。

转年的春天，在乐天和水萍的坟茔上，人们发现长出来的一对小榆树，微风袭来，随风起舞，缠缠绵绵，相依相偎。

这个故事是我听父辈们讲过的，刚听到时很震撼——一对相爱的人想走到一起，你情我愿，应该是件很容易的事，怎么会被别人的一句话给拆散了呢？可悲的是又被一个无赖残忍地践踏了？父辈们说，那时候就那样。

故事中的刘卫东后来当上了乡长，王大炮仍然自由自在地活着，只有王军，旧习不改，劣迹斑斑，进了班房，被判了三年徒刑。刘先进的良心遭没遭到谴责没人知道？在我看来这些事，都很令人愤懑和不可容忍，可是这些，在父辈们的眼里，是再正常不过的事了，极其自然。

父辈们时不时说起这个故事，有时还为一个细节反复较真，争论得面红耳赤。

我有幸看到乐天和水萍的照片，是早些年的黑白照。我惊呆了，乐天太帅了，真是个漂亮的俊小伙。水萍太美了，美得无法形容。倘使他们生活在今天的这个时代，说不准就会成为大牌明星的，一切皆有可能。

如今，我走在香草河的岸上，听老辈人继续讲述他们的爱情故事，看着那对小榆树渐渐长大，只能这样。

采呀 采山珍

秋天漫山遍野枫叶红了的时候，榛子就熟了，采山珍的人们也要进山了。麦芽就像藏在草丛中的山珍，不但铜锁喜欢，村里的半大小伙子们也喜欢。外出打工的铜锁把麦芽扔在家里。麦芽孤单单一个人睡在热炕上，她翻来覆去睡不着觉，麦芽在想心事：想她第一次躺在热乎乎铜锁的怀里那种感觉，想跟村里姐妹一起采山珍钻进大山里的情形，想她们在清凉凉的小河里洗衣服的嬉笑声……这事儿像过电影，可是差七差八绕来绕去地又回到了黢黑黢黑的铜锁身上，一翻身，梦中惊醒的麦芽想到了自己家责任田里的庄稼到了该起镰收获的时候了。

北方的五花山是迷人的，成熟了的庄稼是迷人的，长得漂漂亮亮的麦芽更是迷人的。麦芽在整个秋天里，不但愁见不到外出打工的丈夫铜锁，更愁的是那些在地里的带粒庄稼，她不能像左右邻居劳力多车多那样，能够立马追急收回家来。

俗话说，"三春不如一秋忙"，一到老秋，村里边家家户户就开始忙碌起来。麦芽急得火烧火燎，她打电话跟在外地打工的铜锁商量收秋的事儿。

铜锁刚一听麦芽提起收秋的话头儿就急了眼，这么丁丁点儿小事你在家思量着办呗，找谁帮把手都行。

麦芽立时不乐意了，跟着电话的尾巴喊道，你说的，找谁都行啊，是吧？

铜锁忙不迭地拉回话来，谁都行，就是不能找山子，用谁也好，花多少钱也好，那个山子是绝对不行，铜锁的话说得叫人没个商量。

麦芽磨磨唧唧地说，村子里的老爷们都出去打工，走光了，背背扛扛的活计，我哪能干得了，这个不行，那个不行，你还让我找谁呀。

秋来活计忙得很，也急得很。人家的庄稼都收回仓里了，麦芽的庄稼却还长在地里，麦芽眼睛看着，心里不免烧起了大火。铜锁不在家，麦芽急得犯了阑尾炎，秋收没开始，麦芽却病倒了，家里人急得乱成了一团。婆婆正在到处求人的时候，遇到了山子。山子二话没说，啥忙事儿都撂下了，开车把麦芽送到了医院。山子的车，开得又快又平稳，山子额头上不停地流汗。医生说，再晚来一步，麦芽盲肠就得穿孔，弄不好就得成为腹膜炎，那可就麻烦大了。

治愈的麦芽非常感谢山子，医院去得及时不说，她这边住院，山子那边还代替麦芽往回收拾庄稼。

一提到山子，麦芽心里总是热乎乎的，山子可是个憨厚热心的好人啊，哪里能找得到啊？

山子的媳妇巧珍，以前和铜锁处过对象，这事儿在铜锁跟前是万万不能提到山子的，麦芽知道这事，麦芽知道山子也必定会知道。山子知道了他还能帮麦芽忙这忙那的，那山子的心眼儿该是多么地好使啊。

麦芽着急的还不只是在地里的庄稼快点收回来，她心里还惦记着跟村里的女人们去采山呢。

五彩的树叶儿把个榛柴岗染得花花红红，采山的人们成群结队，满筐满篮地把山珍摘运回家来，谁不眼热啊。

秋天山里的山珍，格外吸引着女人惊羡的目光，那山里面藏着榛蘑、山核桃、榛子、松子、五味子等等好多山珍呢，它们等着山里人去采。山里人是个顶个采山珍的能手，成群结队去采山是这里秋天最靓丽的风景，等着开山的日子是山里人最大的盼星。

秋天里不但人忙，就连田间的老鼠也忙得不亦乐乎。几个小孩子在田垄里用小铁锹挖着老鼠洞，不一会儿，一堆湿乎乎的土里掺杂的黄澄澄大豆，就被孩子们从洞里挖了出来。

刚收秋时，麦芽的阑尾炎病还没发生，但女人干体力活毕竟赶不上男人，麦芽吃力地往车上装着刚刚起出来的土豆袋子，多半天儿她也弄不上车顶上一个。从这里路过的山子，看见了汗流浃背非常吃力干活的麦芽。人未说话，山子的笑声就到了，嫂子往回拉粮食啊？麦芽擦把汗，抬头看着山子，麦芽答应一声，嗯那。

嫂子忙不过来，就喊我一声，过去搭把手，不就帮你解决了吗，山子边帮麦芽往车上装袋子边说道。

麦芽说，你哥铜锁说，最近几天回来，今年也就没有外雇人。

山子说，嫂子，你不是外道了吗，乡里乡亲谁用不到谁啊，只要嫂子你唤俺一声，随用随到。

麦芽嗔怪地说，别贫你这张嘴皮子了，歇歇儿吧。

山子说笑着帮麦芽装好车，说嫂子，你再有背背扛扛的事儿，招呼一声让我来，我顺路就帮你拉了回去，也不费啥事儿。

这次从医院回来在家里养病的麦芽，站在院子里看山子干活。生病的麦芽只好靠山子帮助往回收秋了，麦芽家的院子一堆一堆地放着刚刚收回来的各种庄稼。

就在山子给麦芽卸麻袋的时候，一张大大的丑脸，从西院里伸了过来，阿福用怪怪的眼神看着山子干活，那眼神就像是发现麦芽偷了野汉子似的。身子还虚弱的麦芽感激地看着山子卸完车说，山子进屋喝口水吧，山子说，不了，我还有别的事，再说，别让我这条腥鱼儿，把你这干干净净的屋子给弄脏了。山子说完，示意麦芽，麦芽这才发现正在偷窥他们干活的邻居阿福。

麦芽转身看见了脏兮兮的阿福，麦芽说，一泡臭狗屎，管他呢！身正不怕影子斜。麦芽说完，一脚就把身边趴着的大黄狗踢得嗷嗷叫唤着跑向远处。这条忠实的狗不知道主人为什么发怒，不知道人们之间发生的事为什么迁怒于它，即使迁怒于它这个哑巴牲口，它也会心甘情愿地接受。麦芽还大声骂了一句，没良心的铜锁，也不惦记回来照把眼神。

铜锁在外地干的是架子工活，他带着十几个人整天楼上楼下爬得很是辛苦，一到收工就是满身臭汗。工地旁边有一个简易的浴池，铜锁就和工友们去那里花上五六块钱洗一洗。浴池打扫卫生的马丫，看中了这个全身被晒得黢红黢红的有架子工技术的铜锁。铜锁一来，马丫就立刻兴奋起来，颠儿颠儿地跑出去给铜锁买雪糕。有时铜锁过意不去，就推说刚刚吃过。马丫说，我看你出了这么多热汗，吃过就再吃一个呗。工地一到休息儿，工友们就纷纷地调侃起铜锁来，你的雪糕妹儿，想你想得都快忍不住了，你还不赶快去呀，你不吃她的，她都快要化成水了呀！

铜锁不喜欢马丫。不止一次告诉她，我都结婚啦，是有家有口的人，你以后就别惦记我这副行头了。可是马丫就是不管这些，她该买雪糕还买雪糕，该给铜锁洗衣服还是洗衣服。实在把铜锁黏糊急了，铜锁就悄悄地到别的浴池洗澡去。没过多久，马丫就撵到了工地找上了工长。没办法，这个工地没完工，铜锁的澡还得洗，还得硬着头皮去见这个雪糕妹。铜锁眼里看着雪糕妹，可是铜锁心里却想到的不是麦芽，而是巧珍。

山子媳妇巧珍长得高挑的个子，一笑就露出了两只小虎牙儿，脸盘和身形都十分招惹男人目光。山子家里有个养鹿场，山子让巧珍到城里学一学鹿场里急需的养殖技术。巧珍在暖暖的教室里，太阳晒不着，大风刮不着，把她的皮肤保养得像白玉一样，温润可爱。巧珍走在大街上，你要是见到她根本让你想象不到她是来自大深山沟里的农家妹子。巧珍本来和丈夫山子在家种点地养些猪，可是去年山子的父亲，这个香草河村的村长，通过关系把林场的鹿场包了下来。读过畜牧职业技校的巧珍，在学校学的是家畜养殖防疫专业，家里开始养鹿，这样以前巧珍学的知识就不够用了，巧珍跟山子商量回母校充充电增加些养鹿方面的知识，所以，几个月前巧珍又回到学校跟她的指导老师进修特种养殖，特别是鹿的养殖技术的学习。

巧珍和铜锁他们都从大山里走出来的青年，他们都是大山里的孩子，脾气秉性兴趣相投，又都是榛柴岗的，都在职业技校念书，巧珍学的是养殖专业，铜锁学的是建筑专业，所以，他们一起入的学，一块毕的业。铜锁和巧珍在三年多的学习生活中，他们互相帮助，互相鼓励，互为知己，于是，他们就成为了一对恋人。

巧珍跟铜锁的婚事，巧珍家里人不反对，但是巧珍家里拿不出来哥哥娶媳妇的聘礼。这些年来巧珍家本来不富裕，又供巧珍读高中和职业技校，家里给哥哥办婚事就根本没有钱了。农村娶一个媳妇仅聘礼就得十万、八万的，指望种点地，养点猪，谁家能积攒下十万、八万块钱那是很困难的事情，这样巧珍家只有靠巧珍的聘礼，来给哥哥娶媳妇了，再没有别的更好的办法了，这是巧珍家唯一的办法。

铜锁家跟巧珍家经济情况差不哪去，铜锁家里因为他父亲常年有病，他家的经济情况比起巧珍来更糟糕，基本上铜锁拿到毕业证了，他家也就一贫如洗了。铜锁家里是绝对拿不出十万八万，哪怕三万五万那样的聘礼来迎娶巧珍的，铜锁也是拿不出来的。

巧珍家眼瞧着哥哥已经成了大龄青年，巧珍家里又拿不出来聘礼，使巧珍哥哥的婚约一次又一次失败。父母为哥哥的婚事愁得哭天抹泪，唉声叹气啊。这样，巧珍不得不由父母做主嫁给了能够拿出聘礼的村长的儿子山子。山子读到初中就回家跟父亲养猪。山子家养猪有贷款扶持，加上山子精心饲养，使得他家的养猪规模不断扩大，家里是一茬一茬地往外出售商品猪，山子家的收入也在年年增长。山子家里日子过得很殷实，房子是全村最好的，新盖的五间大砖房，有客厅，有专门卧室，有浴室，还有全村唯一可以在室内上厕所的洗手间，家用电器是全村最全最时髦的。山子可不像农村有钱有势人家的孩子，他是个朴实憨厚勤劳肯干的后生，全村子里的人都喜欢他，村子里喜欢山子的小姑娘也不在少数，家人都托着媒人来山子家给山子介绍，山子就是不答应，山子独独喜欢巧珍。山子说，我就喜欢巧珍的秀气和内在素质，还有巧珍的端庄大气，敬业能干。

巧珍结婚后，铜锁来到城里打工。铜锁攒下一笔钱后，也娶麦芽成家。铜锁娶麦芽，巧珍知道。

巧珍自打张罗跟山子结婚，就没有再见到铜锁的面。因为铜锁发誓要干出点样子挣到钱，他要跟山子一比高低。巧珍在结婚前，通过小姐妹跟铜锁联系说，巧珍说要见上铜锁一面，铜锁根本不搭理巧珍，说你等着吧，多暂我挣了上大钱，咱们再见面吧。

巧珍把她和铜锁的爱情诗写在了日记里。

> 你是我爱的手腕
> 我是你情的港湾
> 我们一起来自大山
> 小溪里留下了开心的笑颜
> 麦秸堆旁悄悄话拨动心弦
> 采山菜时我摸过你的脸
> 余晖中你亲吻时赛蜜甜

往事如流星脑海中瞬间

今晨朝霞更加无比灿烂

这世间有太多恩怨

滚滚红尘都化云烟

念着想着那过时的初恋

让它变成我们永远的祝愿

巧珍和铜锁他们分手后，两家日子都过得挺好的。巧珍结婚后山子对她很好，凡事都依着她的性子来，巧珍也适应了山子家的生活，日子过得挺充实挺开心的。巧珍和山子他们两个经管鹿场，经营得不错，收入也很可观。

铜锁和麦芽一个外出打工，一个在家伺候公婆。村子里的人都夸麦芽敬老爱幼，贤惠和气，漂亮能干，麦芽把家里整理得里里外外干干净净整整齐齐，成为让人羡慕的好人家。

巧珍想跟铜锁把她订婚前前后后的事儿说一说，毕竟两人在一起好了好几年，要不然都住在榛柴岗低头不见抬头见的。目前巧珍和铜锁都转不过来这个弯，他们心里都很纠结，所以，巧珍想趁这次在城里学习的机会见见铜锁，把他俩的事儿做以了断。

虽然巧珍和铜锁他们俩在同一座城市干活学习，但是，他们之间没有联系方式，这犹如大海捞针，相聚在一起很不容易，这就是巧珍常常对着高高脚手架发呆的原因。巧珍想见到铜锁，就是一心想要将她被迫嫁给山子的事儿说一说，并非她背信弃义，而是事出无奈。

巧珍赶到中午休息的时候，她就到处逛逛，到处走走，她有信心在这个城市里见到铜锁。只要看到有架子工干活的地方，巧珍的眼光就禁不住地要往上多瞄儿眼，巧珍的目光就像点击到百度上的光标全力地搜索着她所寻找的对象。终于在一天中午，巧珍在一个建筑工地发现了她期待已久的身影，高高的楼宇外面脚手架就像蛛网一样编织着，在上面攀爬着的几个干活的人，随着他们的爬行脚手架在不断地长高，忽然，她发现了一个再熟悉不过的身影，那不是铜锁吗。

铜锁下午刚收工，巧珍就在工地门前等着铜锁呢。铜锁见到突然到来的巧珍，铜锁很惊讶说道，巧珍你什么时候来的呀？巧珍说，我都来好几个月了。铜锁说，你干啥来了？巧珍说，我家不是有个鹿场吗，过来学习学习。铜锁木呆呆地竟然不知道往下自己该说些什么了，巧珍凄苦而泣。铜锁赶忙劝慰，都过去了，我们现在都很好的，还想过去那些事干啥。

工地活忙，虽然下班了但来来往往的工地干活的人仍然很多。铜锁说，巧珍，我下班了，走吧，跟我出去吃顿饭吧。巧珍点点头，跟着铜锁走出工地。

铜锁和巧珍的晚饭是在工地旁边的一个比较安静的小饭店吃的，点了他们最爱吃的锅包肉、红烧鸡翅、清蒸鲤鱼、松仁玉米。铜锁很少说话，巧珍也不言语，只是巧珍总在给铜锁一个劲儿地往杯里倒酒，铜锁一个劲地给巧珍往碗里夹菜。巧珍边倒酒，还边陪着不是。铜锁说，也不怨你，只怪我家穷，所以，我今后必须多挣钱，让那些人好好瞧瞧我铜锁。巧珍只要给铜锁倒了酒，铜锁就端起来一口撖了进去。

铜锁和巧珍两人虽然不怎么说话，可是也是心照不宣，他们正吃着饭哩，被跟踪铜锁的马丫发现。马丫错把巧珍当成了铜锁的媳妇麦芽，马丫闯进饭店也不容铜锁介绍，拉把凳子就坐在了巧珍的对面。

马丫说，我看这位是嫂子吧？

铜锁有点急眼儿，马丫你瞎说什么呀。

马丫根本没理铜锁那茬，也没让铜锁插上话，她的话就像机关枪，说，我是铜锁相好的，我已经怀上铜锁的孩子，你看咋办吧。

铜锁真的急眼了，脸红脖子粗地站了起来，马丫，你别胡说好不？谁是你相好的，谁给你怀上了孩子？这位不是你家大嫂！你不瞎说行不！

巧珍有点发蒙，咋也不能出来一个平白无故的人跟你铜锁认亲是吧？还是你铜锁有问题。巧珍站了起来大声地喊道，你个铜锁真的臭不要脸，原来你是这样人，我看错人了，你来城里没几年，怎么能干出这种事来，说完巧珍愤然离去。

这下可苦了铜锁，他是跳进黄河也洗不清的冤屈了。铜锁追出饭店，巧珍很快就不见了人影儿。

铜锁回来质问马丫，马丫，你怎么跟到我这里来了？马丫说，我看你今天晚上没去洗澡，一打听，说你跟一个女人出去吃饭，我心里搁不下，就跟了出来。不过，我刚才说的都是气话呀，什么相好的，什么怀上孩子，都是我瞎编的。

铜锁说，你这不坑人吗？你埋汰人，还有这么整的吗？

马丫说，哥，你别生气，那个女人不要你，你跟我吧。我比那个女人对你好的。铜锁哪里听得下马丫的唠叨，赶紧结完账，想再去追巧珍，结果铜锁怎么打电话巧珍也不接。

铜锁赌气挠心地打个车，把马丫撇下，独自一人回了工地宿舍。

那一夜，家里便来了电话，是老娘打来的，说麦芽病了，去医院做手术，山子帮咱家收地呢，你是不是该回来看看？

铜锁一听山子，便没了好心情，问了句，啥病？

老娘说，阑尾炎，险些穿孔呢，手术做了，好好的呢。

铜锁说，做了就好，我忙着呢，没法撂下手里的活，你告诉麦芽自己挺一挺吧，我只有完工才能回家。

麦芽收拾秋要比左邻右舍多费得些力气，好在有山子来帮忙，没过几天就把该收的都收拾了回来。

今年秋天，风调雨顺，正赶上收山的大年。一进秋，村里的妇女们就开始坐在一起张罗着采山的事来，特别是麦芽张罗得更欢实。

麦芽给铜锁一遍又一遍地打电话，问他，能回来不？我想出去采山。

铜锁回答麦芽说，有啥好采的？我打一天工三四百块钱不止，谁舍得耽误工。

麦芽矜持地说，那我还是想你回来，人家男人都常常回来，唯独你咋不回来？

铜锁嬉笑地说，咋了！是不是那儿刺挠了，忍几天吧，等我回去，好好伺候伺候你。

麦芽噘着嘴狠狠地关掉电话，骂了句，死德性。

麦芽要出去采山，出去之前，她要把身上穿的那件最好衣裳换下来，脱去水粉色的外衣，里面的毛衬衫也应该换一下，刮了蹭了会起些毛球球怪心疼的，就在麦芽脱去毛衬衫之后，发现自己的胸罩带子断了一撇，就飞快地拿起针线麻利地缝了起来。在她缝带子的当儿，如玉的肌肤，如峰的双乳，被窗子投进的阳光足足地洒照着，就像成熟的梨子躲过了层层树叶，迎来了斑驳的阳光。麦芽的这一举动前后也不过是三两分钟的事儿，待她换完衣服之后，突然发现隔壁阿福那张丑陋的大脸，躲在窗帘缝隙的一个犄角处正瞧着她哩。麦芽穿好衣服，顺手在堂屋地上抄起了烧火棍，她发疯似的冲了出去，麦芽要狠狠地教训教训这只馋嘴的野猫。

阿福的腿脚很麻利，跑得飞快。边跑边喊，啥都没看见啊，啥都没看见啊！我就是想借你家的铁锹使使。麦芽心里好生怨恨，死男人儿，咋都这个德行！

在炫如霓彩的秋阳里，美丽的麦芽挎着篮子去采山。麦芽回想起了春天来采山菜时，山间的花香让麦芽感到格外的温馨和喜欢。

春天的时候，那成片成片的榛子林把榛柴岗围个水泄不通，这时的榛柴岗就像香草河里的船，浮在碧波绿浪上了。这时候的女人们就带着满身的榛子花香四处飘溢，走到哪里都是芳香，如果你刚刚从榛柴岗的女人们身边走过，那浑身透着股榛子花的清香，会令你心醉神怡，也让你染上花的清香，麦芽是众多花里的最清香的那朵。

到了秋天，到了采山珍的季节，是榛柴岗妇女们最快乐的时候，她们穿得花枝招展，结队到山里采山珍，采上一个秋天，就可以换来自己孩子那巴望着小眼睛的期待，为他们买来一些心爱的玩具或时髦的衣服，姑娘们可以用卖山珍的钱，置办一身漂亮的衣服，有些采山的妇女还可以购进点家里急需的家什儿。

麦芽十分沮丧，心里空荡荡的，明知道城里打工的铜锁回不来，仍然倚着门框向公路那边眺望，她幻想着铜锁突然飞回来，铜锁答应下次回来给她买一件特殊的礼物哩。

丰硕的秋天，带给人们的不只是欲望，还有梦想。麦芽不想采来多少藏在草丛里的山珍，她只是想采山这是一件极有瘾的事情。麦芽倒是没有想到要用采来的山货换些啥回来，就是想采回家来看着舒心，漫长的冬天里，麦芽打发无聊的日子就靠着磕山榛子，她坐在沙发里看着左一集又一集的电视连续剧就更过瘾了。

东院丑陋的阿福每每一瞥见麦芽依门站着的时候，就会隔着板杖子同麦芽主动搭讪几句，之后阿福还要用毒毒的眼光在麦芽胸前狠狠地扫上一扫，想着他那天万幸睹到的麦芽身体的光芒。这时阿福屋里的病老婆就有几声明显的咳喘传了出来，来啦！阿福应声而去，随后，就听到他老婆的一顿数落。

秋天最美的是山坡，那枫林一片一片燃烧着，山葡萄一嘟噜一嘟噜地挂在藤蔓上，那山里的奇珍异宝就像明摆在桌子上的甜点，逗引着采山人的眼球。麦芽和村里的女人们一样，眼睛一刻不离地盯着山里的秋色，秋天的成熟像图画里的水彩，一笔一笔地涂着抹着，成熟的颜色浓重到了最好的时候，麦芽就再也忍不住摇摆着秀美的腰身，随着采山的女人们走进了山里。

山里人特意捡了个大早，挑了个亮瓦晴天，秋风不紧不慢地吹着的日子。

开山仪式很庄重，人们请村里最有名望的六爷爷来主持，人们特意为他缝制了黑色麻布风衫，编织了用榛叶制成的草帽。精心购置了黑猪头，黑猪手，黑猪尾巴，还有瓜果梨桃，香烟白酒，西式点心，供桌上摆满了贡品，有三只碗里装满了五谷杂粮，每碗中插上三捆点燃了的香。女人们从自己家里穿出来最漂亮的衣服，这样才是向山神最好的敬重，她们才能够采到最多最好的山珍。六爷爷手提一只公鸡，沿着供桌一圈一圈地走着，就听他边走边唱道：

　　　　山珍山珍藏山坡
　　　　天上星星没你多
　　　　如今六爷把山开
　　　　百家仙女把你采

　　　　山珍山珍满山坡
　　　　人想把你装满箩
　　　　采山的路儿弯又弯
　　　　采山的姑娘过山坡

　　山珍山珍落山坡

　　草丛林间四处躲

　　敬你是个仙来客

　　采到农家笑呵呵

　　……

　　唱着唱着，忽见六爷爷手疾眼快，一回身儿鸡脖子就抽刀见血，然后把鸡血洒在贡品上少许，这时，六爷爷大喊一声，开山啰！开山啰！众人齐和。

　　麦芽很认真地打扮了一番，她没有像其他姐妹那样把自己穿得大红大绿，而是上身穿一件印有青花瓷图案的紧衫，下身配一件淡黄色裤子，使她在这群赶山人中鹤立鸡群，这一身素淡雅装，再配上她那中等的个头，俏俏的脸蛋，细细的腰身，圆圆的臀部，伴着她那甜美的铃声，不用说是男人碰到，就是女人遇到也要多瞅上几眼。

　　马大嫂挤咕着眼睛，轻佻地和麦芽开着玩笑，你家那铜锁用什么法子把你滋润得那么漂亮啊？

　　麦芽也不示弱，不告诉你，你需要的话，可以让我们家铜锁帮帮你呀。大家一阵哄笑。

　　一阵欢笑，一路歌声。采山人来到山脚下，嗓门大的马大嫂发挥了她的长项，帮大家分伙，两三个人为一组。大家不聚在一起采山，分开来采，目的就是每个人都能够采到更多更好的山珍。麦芽同东院梅子分到一起。最后，马大嫂说，中午一点半，在山上鹿场聚齐，吃自带的午饭，然后，大家再商量下午采山的事情。

　　马大嫂将大伙分配完之后，大家就开始分头进山。麦芽同梅子往仙人桥方向走去。要想采摘到更多的山珍，那就得往远处走。

　　仙人桥是两座山之间的连接地带，位于南屏山和北屏山之间，这实际上是连接两座山的一条通道，这条山路宽不足十米，近百米长的山间道路，两边壑奇谷深，山高林密，走到这里就像是过桥一样，所以人们就管这里叫仙人桥。传说很久以前，南屏山原本同北屏山不相连，每到夏季的夜晚，月亮升起来的时候，人们偶尔会发现一个英俊的小伙子从南屏山上出来站在山上，演奏行云流水，激昂高亢的长笛，随着那优美的笛音，不一会儿，北屏山就会走来一个美丽漂亮的姑娘，她那婉转动人的歌声，催人泪下，就像山间小溪不是流入沟谷而是叮叮咚咚流入人们心田。如果榛柴岗村哪个没有结婚的小伙子或者姑娘幸运地听到他们的歌唱，那么这些人就会很快找到漂亮如意的另一半，并且能够白头到老，相爱相伴一生。所以，在榛柴岗未结婚的青年男女，一到夏季来临，就喜欢趁着月色，成群结队地来爬山。有一年，玉皇大帝知道此事，派太白金星打探虚实，正赶上小伙子和姑娘在演唱，唱的内容很凄凉很悲苦，虽近在咫尺可是他们却不能相见，相思之苦，令人动容，太白金星深受感动，手挥羽扇，为他们架起了一座仙桥，在七夕节的夜晚，月亮升起来的时候，有人听到过他们的歌声和演奏。

麦芽和梅子，正在聚精会神地从榛子树上摘榛子。只听妈呀一声。麦芽的叫声又尖又细，这声音在山谷里随着秋风被传出去很远很远。麦芽不小心踩到了割掉的榛柴茬子上面，梅子急忙过来，就看见坐在地上的麦芽脚下鲜血直流。梅子感到正在流血的麦芽一定是很疼很难受，她看到麦芽脚扎坏了急忙把麦芽扶起来，问道严重不？麦芽疼得呲牙咧嘴，不知道啊。正当她们手忙脚乱不知所措的时候，在附近找鹿的山子听到了麦芽的喊声赶了过来，山子弯下腰搬起麦芽受伤的脚，给她轻轻地脱去鞋和袜子，然后把麦芽精巧的脚捧在手心，山子就像自己亲人受了伤似的，他毫不客气地指挥着梅子，你抱住麦芽的肩膀让她坐在那截树桩子上歇歇气儿缓缓劲儿；你扳住她的双肩不要让她动啊看伤口动大劲了再往出血流啊。麦芽扎了脚，倒像是山子挨了榛柴茬子扎了一样，让山子心疼不已。

这段时间山子媳妇巧珍小在家，可把山了忙坏了，他又是上山采摘鲜树叶子又是管理鹿场，有时小鹿还会趁人不注意跟随来场子的人跑出去，每天山子都忙得焦头烂额。今天山子给鹿填料时，又发现走失了一只小鹿，他正在寻找鹿的当空，听到麦芽的喊声，便跑了过来。山子看见麦芽受伤，就毫不顾忌地忙开了。山子掏出来自己的洁白手帕给麦芽包扎伤口。山子在给麦芽从脚心的伤口处往外挤污血的时候，不小心弄痒了麦芽，这使含着眼泪的麦芽，竟然发出了咯咯的笑声。麦芽心存感激地问，山子，咋会是你呀？山子一笑，你们跑到仙人桥来，咋会遇不到我呀。麦芽说，哪有那么巧啊！山子说，无巧不成书吗。说完他们几个都呵呵地笑了起来。

山子看麦芽的鞋已经扎透了，人也站立不稳，很是心疼。山子检查完麦芽伤口后，感到麦芽那伤口扎得不深，伤势不算太严重，就再次把手绢狠劲地绑紧伤口，以防止过多流血或感染。正在山子他们忙活的时候，马大嫂她们这伙人听到喊声也赶了过来。

大家说，麦芽伤着了，也不能采山了，咱们把麦芽护送回去吧，麦芽说什么也不肯。麦芽说，你们刚来，不要因为我而耽误了大家的采山啊，这样吧，我拄个棍子慢慢往山下走好了。

山子说，我看这样吧，你们该采山采山，我那鹿早找晚找都没有关系，现在山里只有我们一家养鹿，反正在山上也跑不丢。我先把麦芽送回鹿场，赶上有方便车就让麦芽坐车回去了。大家觉得山子的话有道理，加之麦芽一再坚持，因为怕自己受点伤而影响大家采山。马大嫂说，好吧，就这么定吧。中午反正我们都回鹿场。说完嘱咐山子要照顾好麦芽，便和梅子她们又钻回了山里。

山子扶着麦芽趔趔趄趄地走了很长时间，也没走出多远，麦芽脚疼得很厉害。于是，山子试探着说，我们这样走恐怕天黑也到不了场子，要不然我背你吧。麦芽没有言语，只是用眼神很无奈地瞟了一眼山子。山子也不管三七二十一了，蹲下身就背起来了麦芽。

山子刚才只管忙活给麦芽包扎伤口了，一时还没有什么特别的感觉来，这回真的把麦芽背在了自己的身上，山子的鼻息便充斥着花一样的清香。山子身上的麦芽在行进中变得十分轻盈，那种感觉让山子感觉好奇妙好享受啊。麦芽身体的温热隔着衣服烘烤着山子，山子的额头上渗出了细腻的汗珠。麦芽的胸紧贴着山子的后身摩擦着，使山子的心里莫名地升腾起来一股激情的火焰来。

麦芽和铜锁已经好长时间不在一起了，没有铜锁的麦芽一直觉得不自在，麦芽被山子背着，这样麦芽想起了铜锁背她的情形，她就更加不自在了。山子很长时间没跟巧珍那个了，身上背着个美女，山子的心醉得热血直往头上涌，山子对背上的麦芽十分细心，他宛如背负着天仙女行走在林间，不觉着就有了许许多多花里胡哨的幻想，山子感觉麦芽不是他背上的负担，却让他感觉好似在无人到达的山巅上好不容易采来的山珍。麦芽也不是山子的累赘而是太白金星留给他的天使，山子背上的麦芽想到铜锁的胸肌发达，山子的背像山丘一样平缓坚实，让麦芽想来这两个男人背着她时竟然没了啥差别，麦芽的不自在感，在山子慢慢行进中消失了，不是麦芽想贴近山子，是她的体重很自然地压在了山子的背上。山子和麦芽两个人的体温，靠两层薄薄的衣衫已经不存在阻隔了。背上的麦芽依然散发着浓郁的芳香，灌满山子的鼻息，风吹不散，手挥不走，很长时间没接触到女人的山子，一旦背上有了女人体温这就不难勾起了他作为一个男人具备的雄性激素，山子擎着麦芽臀部的双手不安分起来，山子在行进中一会儿把麦芽轻轻地掂到肩头，不一会儿麦芽又滑下来，山子再一次轻轻地又把麦芽掂回到肩头。山子问麦芽，还行吗，得劲不？麦芽说，挺好，累着你了吧？山子乐颠颠地说，不累，不累。其实，山子好个辛苦啊！贴在背上的麦芽虽然是求之不得的享受，可是却让山子真的喘不上气来。男人和女人贴得那样近就像摩擦起火的燧木那该多烫人啊！难熬的还不在这些儿，关键是山子的手一直不敢离开麦芽的腿和臀，手里的触感传导过来的温热沸腾了他的心，更让他浮想联翩……

　　麦芽似乎感觉到了什么，忙叫山子停下来。麦芽羞涩地说，我这么沉啊，看都把你累出汗了，快停下来歇歇脚儿吧。山子不肯，仍然是加快步走着。山子背着麦芽，就想象到自己在欣赏蓝天白云啊，那白的是云，蓝的是天，这云朵，一会儿飘在自己头顶上，一会儿又飘向了远方，一会儿像花朵，一会儿像羊群，不管怎么说，这朵云对自己是十分的遥远，永远也不会得到的，但是尽管这样，他还是喜欢这美丽的云朵……

　　　　云儿你慢些飘儿

　　　　我背麦芽心里焦

　　　　山花儿你颜色好

　　　　我背麦芽快快跑

小草你轻轻摇

我背麦芽过小桥

清风你莫笑

让麦芽伤口啊

快点好 快点好

铜锁本来想和巧珍解除误会，马丫突然到来，不但把饭局给搅黄了，更加重了铜锁和巧珍的误解。铜锁赶上歇工，还想请巧珍吃饭，便一遍一遍地给巧珍打电话。巧珍电话不接，铜锁就一条又一条地发短信，巧珍还是不理铜锁的茬。人世间要想解决问题，办法总是有的。铜锁托认识巧珍的一个工友女朋友给巧珍打了一通电话。溪水绕着石头转，小溪早晚得出山间。好说歹说，巧珍终于答应再见一见铜锁。

铜锁约巧珍出来吃饭，主要想消除上次遇到马丫的误会，而巧珍也想借机掏掏铜锁的心里话。

巧珍问铜锁，假如命运再给你一次选择，你会跟谁结婚？

铜锁满脸真诚，当然是你啦！

巧珍又说，如果让你现在就选择，你会跟麦芽离婚，跟我结婚吗？

铜锁的心像石头丢进湖水里一样，仿佛感到这可能是和巧珍的最后一次幽会了。他随口坚定地说，要我现在选择的话，那我还是选择麦芽，麦芽是大山里的山珍。

巧珍不错眼珠地看着铜锁，让巧珍这样一看儿，把铜锁弄得心慌意乱。铜锁急忙对巧珍说，你也是山珍，长在山巅上很难采来的山珍。

巧珍笑了，声音好大，弄得整个餐厅的人都向这边看过来。巧珍羞红着脸，掐了一把铜锁，你还是个好男人，这样就对喽！

铜锁疼得直咧嘴。

铜锁不再去工地的浴池洗澡了，马丫也就离开浴池，到别的地方干活去了。

工地一连下了几天雨，干不了活，早早躺下的铜锁，想起了雪白雪白的麦芽。铜锁在床上翻着饼子睡不着觉，睡着了的铜锁做起了梦，梦见自己的老婆麦芽……

日头在树尖上爬行，小鸟叽叽喳喳地叫个不停，树叶把山间弯曲的小路遮挡得严严实实的，一阵微风袭来，便是各种花草掺杂的清香。

麦芽在山子搀扶下终于来到了鹿场。

鹿场在山南坡，一块缓地上，顺山盖了三栋鹿舍，鹿圈围着木栅栏，紧靠南道边有两间管理人员住的房子，整栋房子里外全是用木板做的，中间加的是土草泥，这种简易的木刻楞房子在山里随处可见。房檐下面被鸟絮了很多窝，几只大鸟见有人来，绕着鸟窝飞来飞去，那里面可能有雏鸟了。

山子同麦芽来到屋里，然后把麦芽扶到椅子上坐下，山子赶忙找来碘酒、红药、绷带给麦芽处理伤口。这些东西都是鹿场常备的，找起来不麻烦。麦芽很是感激，忙说，谢谢你山子。山子说，看你客气的，咱们俩不是有缘吗，猪八戒背媳妇，咱不是愿意吗！麦芽说，你呀，挨累还不讨人家好啊，忙完了，快去找鹿吧，要是鹿找不回来，我可赔不起。山子说，我不会拿你顶缸的。顶缸是农村土话，就是顶替的意思。山子出去找鹿了。

晌午头儿，马大嫂领着采山的女人们回来了，她们走进鹿场的院子，一遇见山子，马大嫂就扯开嗓门子喊开了，山子，你小子有这么好的艳遇啊，你遇见这么漂亮的媳妇，就没想打打尖什么的？打尖是农村土话，意思是农村正餐以外的吃饭，即过去农忙季节，干活起得很早，这样在干农活前或者干农活间隙要简单吃点饭叫打尖。这里言外之意，是顺便捡便宜的意思。山子笑着说，你呀，臭嘴，回来吃饭也堵不住。山子接着又说，大嫂啊，我想打尖啊，我看嫂子你就最合适了。马大嫂说，不行了，老了。他们在这斗口，采山的人回来听到后，弄得大家哄堂大笑。屋里麦芽听得一清两楚，脸唰地就红了。

榛柴岗采山有个规矩，一旦哪位采山人中途有事退出，那么其他人都要分出来一份自己采来的山货给他。这样大家你一捧，她两捧地往麦芽筐里装，麦芽的山珍反倒比别人多了许多。

麦芽感到今天来采山，收获的还远远不是这些山珍……

赶上连雨天，工地放假。铜锁看看天气预报，介绍一天半天儿也晴不了，也干不了活儿，铜锁收拾一下行李，就匆匆忙忙从城里赶了回来。

麦芽上地干活儿去了，铜锁见到了阿福，于是，铜锁就站在院子里同阿福聊了起来。这个阿福添油加醋地学舌，说山子经常来帮麦芽，两人还在一起说说笑笑，铜锁听了心里酸溜溜的，很不是滋味。

晚上白皙的麦芽仍然带着淡淡的清香儿回来了，见到麦芽的铜锁多少受到了阿福话的影响，不冷不热地说，麦芽回来啦。麦芽看到铜锁回来，那高兴劲就不用提了。铜锁对麦芽抱歉地说，这次回来急，没来得及给你买化妆品哩。麦芽娇嗔地说，我就要你，你回来我就高兴了，别的不重要呀。

几天后，麦芽脚好了，又来采山，还专程到鹿场向山子道谢。麦芽谢过山子要走，山子说今天我没有什么事儿，我常在山上转，知道那里山珍多，好采，我陪你采山珍去？麦芽说，好吧。山子带着麦芽一个人往老爷岭方向走去。走在前边的山子清清爽爽，欢快得像小溪里的游鱼，不时回头关照身后的麦芽。麦芽也兴致勃勃地紧紧跟随着山子，山子走多快她就走多快，就像天上的一片云彩追另一片云彩。麦芽和山子的距离至多没落下五步，这五步太遥远了，阳光下，山子的身影常常和麦芽的身影重叠在一起。

上山的路上，山子和麦芽看见一群鹿儿在山间上觅食，那发情的小鹿互相触动着身体，交颈勾连，蓝蓝的天，绿绿的草，清清的小溪，密密的白桦林，这五光十色的山坡，构成了一幅美丽的秋图。

麦芽和山子采着说笑着，忽然麦芽惊喊一声，虫子！一个大青虫掉进了麦芽的胸罩里边，麦芽越划拉，虫子越往里钻。那毛茸茸松软软的鬼东西，惊吓得麦芽魂不守舍。慌乱中麦芽竟把胸罩在胸前拉开了，弓着腰对山子喊道，快来呀，你快把它拿走啊。山子不害怕虫子，他本不惊慌，可是麦芽叫他用手去拿，他却惊慌了。不拿不行，那样麦芽会吓丢了魂。伸手去拿，好像也不行。麦芽还是在喊，你倒是快一些呀！山子立时就坚定了，没啥想的，还是拿吧。

山子把手伸进了麦芽的胸罩，本就是瞬间的一点儿事，可是山子却记不得自己是如何捉住了那只讨厌的虫子，以及捉虫的情形，山子自己已没啥想了，甚至不敢想了。可是山子眼里看到的是一片明晃晃的白色，晶莹剔透，万般光艳，视觉里根本就没有虫子。

山子再看麦芽，麦芽的脸如同秋天的朝霞红遍了大半个儿天空，麦芽却有了泪花已不敢正面看山子了。话也不说，独自一人，挎着篮子，快步地走开了。山子望着麦芽渐渐远去的背影，唯独留在山子的眼里的是麦芽浑身上下洁白的衣衫，她就像那一片云朵慢慢地飘走了，直至从自己视线中消失。

　　山子心一时平静不下来，和山涧的流水一样叮叮咚咚响了起来。山子独自坐在秋天的山坡上，用他五音不全的嗓门，嚎出一首不成调的曲子。

> 云彩漫卷呀
>
> 漫卷呀榛柴岗啊
>
> 岗上的榛子哟
>
> 又大又黄啊
>
> 麦芽啊提篮岗上走啊
>
> 小手啊细腰啊
>
> 采呀菜呀采山珍哪
>
> ……

　　山子破锣一样的嗓子，唱出的歌声却也似个结实的丝带牵绊着麦芽，麦芽在山坳里立住脚停留了一会儿，没见山子追上来，麦芽意志坚定地往家走去。

　　麦芽被山子搅闹得魂不守舍，觉也睡不踏实，翻来覆去地想着铜锁，该死的玩意儿，咋就不知道回家哩？家里这地要你，那地也要你，没你还能做啥嘛。麦芽有了心事，她想去见上一见铜锁。

　　麦芽再也忍不住了，只身一人去了城里。她想啊找到铜锁，说说这儿，说说那儿，再办点别的事儿更好。

　　麦芽出现在铜锁的面前。

　　铜锁正在和巧珍在一起吃饭，巧珍学习要结束了，铜锁请来吃顿饭。

　　麦芽不认识巧珍，铜锁介绍，这是我同学巧珍。

　　麦芽一听巧珍这个名字，也不自主地矜持了一下，眼前这个人就是巧珍啊！她感觉巧珍长得真好看。于是，麦芽热情地伸出手来，巧珍也赶忙把手伸了过来，同麦芽的手握在了一起。

　　麦芽情不自禁地说，你真漂亮啊，你是大学生，真了不起！

巧珍没想到麦芽这么开通，就好像山里草丛里面藏着的山珍，招人喜爱。

巧珍急忙说，你比我更精神，快坐下，一起吃吧。什么大学生不大学上的，明天回到家里咱们都是榛柴岗的老百姓。

铜锁说，巧珍明天学习就结束了，要回去了，我请吃顿饭。

麦芽说，这回你家鹿场就不用外请技术员了，即可省下一笔费用，还可以把养殖水平提高一个档次啊。

巧珍说，不就为了这些，我才出来学的嘛。

饭是吃了，麦芽感觉到不怎么顺心，心事重重，这大概是因为她见到了铜锁在和女人一起吃饭的缘故吧，尤其是漂亮的巧珍吃饭，麦芽想到了山子，心有些酸溜溜的。

吃过了饭，铜锁和麦芽送走了巧珍。

铜锁把麦芽带到了工地附近的一个旅店。人静的时候，麦芽扳住了铜锁的脖子，说话已经拿不成腔调，我来了，我找你来了……两个人激情似火地做那件事儿。麦芽很满意。

麦芽回去不到一个星期。铜锁工友就从城里打电话过来，说铜锁出事了，从脚手架上摔了下来，正在医院抢救。

麦芽赶到医院时，铜锁已经醒了过来，铜锁见到麦芽后，吃力地从挎兜里掏出一包东西递给了麦芽。麦芽打开一看，是一串精美的金项链，那上面还有标签，标价是两万八千八百八十八元。麦芽的泪水静静地流了下来。

铜锁说，不哭，本来完工的时候，我还能把轿车也开回去。往后咱们在城里买房子，安家，就住在城里了，再往后咱俩在一起永远也不分开。我不想小打小闹地找活干，我要当老板……

麦芽的心事化成了大滴大滴的眼泪，掉在了铜锁的脸上，此刻，麦芽想起来家里有好多好多她采回来的山珍，正晾晒在院子里的高粱秸秆穿的帘子上面。

高楼也许通向地狱

一、青豆一直盼望着住楼房

柳树这几天很闹心，相好小莉跟他说怀孕了，要跟丈夫离婚，非要跟柳树结婚不可。不离婚，小莉这头不答应；离婚吧，跟青豆和孩子又没法张这个嘴。

柳树思忖半个月也没找出来跟青豆离婚的理由，最让他头疼的是柳树的女儿。一看到这个小家伙活泼可爱的样子，就像拿刀子刮着柳树的心一样疼。

小城街边的树被秋霜涂染上了油彩，陪衬着晚霞分外的别致。夜晚饭口的时候，饭店门口停滞的车辆，挤胀着街道。柳树带着一家三口选个临街的房间，随后他点了几个菜。饭店里来来往往很多食客，嘈杂声吵闹声嬉笑声此起彼伏。柳树最烦青豆跟他提买楼的事，可是偏偏饭店里人们谈论的大部分话题都是楼市。青豆张罗买套楼住不是一天半天的事儿。本来柳树首付钱攒得差不多了，可是那天小莉在柳树怀里撒娇，说要开化妆品商店跟他借钱。柳树一高兴就背着青豆，把这笔钱借给小莉开化妆品商店用了。一次柳树喝多了，跟小莉提起她借钱的事，小莉说，压货底子上了。柳树心想，看来这笔钱也没啥指望了。

买楼这事在他心里蠢蠢欲动好长时间了，让他心里憋屈得很难受。住高楼大厦跟低矮的平房真的无法比，不说别的，单说楼里晚上起夜那要多方便就有多方便。住平房就不行了，特别是到了冬天，屋里放个尿盆子，骚的烘的气味难以入睡。

夜晚的小城被一个个高高矗立的吊塔上的灯光照得跟白昼一样通明瓦

亮。在小城无论是大街上走道的还是机关上班的，甚至开出租车的没有一个不谈论上涨的楼价。繁忙的吊塔也同样吊起了高高的楼价，小城不到半年的工夫，每平方楼价就涨上去六百多元啊。在这买卖楼的大潮中可苦了工薪族，他们一月开那两个干巴巴的钱，还不够随礼凑份子的，找人从银行贷点款吧，首付还交不起，就在那里眼巴巴地瞧着别人购楼抢楼存楼倒腾楼挣钱。

不识趣的青豆也跟着那些食客一起把话题扯到买楼上来了。青豆一句接一句地唠叨着，柳树连头也不抬，除了给孩子夹菜外，只顾自己埋头吃饭。等青豆再问他时，柳树只好又问一遍青豆，你刚才说什么来着？青豆的话他根本没听进去，这个时候柳树心里只想如何应付小莉，哪还顾及其他的事情。青豆十分生气，饭也没吃好。柳树心中有两个女人的影像，就像他看ＣＴ片子，不断地在他面前交错地做着对比：一个是磨磨叨叨的妻子，一个是温纯可爱的小莉。

不久前，柳树被一个好友拉去看他新装修的楼房，让他大开眼界。那新楼装得富丽堂皇，屋内高档家具豪华气派，现代化家电一应俱全。特别是那五颜六色的灯具，开关一变换，屋内就放射出各种颜色的光芒，把室内映衬得美轮美奂，耀眼夺目。站在那宽敞明亮的落地窗前，举目望去，小城风光尽收眼底。柳树心潮起伏，很不平静。柳树心想着我要住楼，我要立马住进楼里去。

柳树走出好友的新楼，摸摸自己干瘪的衣兜，想到自己一个月三千多元的工资同每平米四千多元钱的楼价很不成比例。柳树想到这里，自言自语地说道，用这几吊子工资钱来买楼的话，一百平米的房子也得攒上十几年啊。

在这个小城里，柳树是数一数二的医生，经他手治好的患者无数。只要柳树一出来遛弯，便会有很多人跟他打招呼，向他问好。可他竟有一半儿是认不出来的，这些人基本上是他治愈的患者。柳树的同事不止一次地暗示或提示他，有跟他不错的哥们，甚至当他面说：给人看病做手术时，活动活动心眼儿，千万别死挺，也弄点外快宽绰宽绰。好友偷偷地告诉他，别的医生一年下来光收红包就够买一栋楼了，你是专家，比他们手艺强多了。别人明目张胆地要，你只要把别人揣到你兜里的红包别退回去就够了，还愁买不到楼。

柳树明白，红包里装的全是真金白银硬通货——人民币啊！可是，他为什么要拒绝收受红包呢，在柳树心里，收受患者的红包有一道坎他过不了。那是十几年前的事了，柳树陪他三姑看病。柳树三姑得的是急性阑尾炎。对医生来说这是一个再简单不过的手术，可是，给柳树三姑做手术的大夫，在做手术时，却错把柳树三姑的输尿管给扎上了，术后没几天，柳树三姑尿不下来尿，憋得小肚子溜溜鼓，疼得嗷嗷直叫唤。找到做手术的大夫，大夫说做完手术哪个病人都要有生理反应，症状都是这样，尿不下来尿，这属正常。听大夫这么一说，谁也没在意，更没有想到柳树三姑做手术时出现医疗事故，只好听大夫的吧，回到家里，柳树三姑继续打点滴。

幸好赶上有个懂医的亲属，这时来看望柳树三姑，让三姑赶紧到医院拍片进行复查，这一复查不要紧，才知做手术那个大夫在给柳树三姑做阑尾炎手术时，错把她的输尿管给扎上了。这个手术做得也太荒唐离谱了，这叫什么手术，柳树三姑一家人非常气愤，来找医院。

柳树和三姑找到医院院长，院长很惊讶，真的吗。柳树说，我们刚拍完片子，这还有假。柳树顺手把片子递给院长，院长看看片子，就不言语了。之后，柳树他们去找那个做手术的大夫，那个大夫早已得到报信，躲得没了踪影。院长二话没说，就把手术定性为医疗事故，赶紧让别的医生来重新做手术，所有费用医院出，赔偿问题待做完手术后，再同病人家属商量。

事后柳树说，要不是这位亲属来看望三姑，时间再耽误下去，恐怕三姑命就保住不了。这件事过后，让人很后怕，给病人做手术的大夫不认真到如此地步，谁敢再来做手术。后来柳树一打听才知道事情的原委，给三姑做手术的大夫因为三姑家里在做手术前没有给他送红包，这样他在做手术的时候，他心里来气，老走神，所以就出了差错。打那以后，柳树一听说哪个大夫收红包就生气就恼怒，浑身的肌肉紧绷绷的要干仗似的。他就会想到了在炕上痛得汗流浃背十分难受的三姑。

柳树三姑这事发生后，他当着三姑面发过毒誓：如果我考上大学，就报医学院。如果我当上了医生，坚决不收病人红包。可没想到十几年以后，他真的当上了医生，也同样面临着收取红包的诱惑。自己想买楼，那需要钱；情人小莉也时不时地向他要钱。柳树医生的开支静悄悄地增加了起来，柳树不得不动起了收红包的念头。

眼下柳树是全县响当当的医生，不收患者红包的医生，这是满县城人都知道的事情。柳树不收患者红包，他一心想把这个名声保持下去，也是有缘由的。不收患者红包，给他带来的光环也很鲜艳，老百姓争着抢着找他看病，别的科室到了淡季基本上没有患者，而他柳树的诊疗室什么时候都得排号，甚至托关系找人，他每次比照别的医生多开不少效益工资哩。政治上每年评选劳模、先进工作者啥的他都高居榜首。他有时得意于自己的高明，不收受患者的红包，甚至为此而沾沾自喜。

一次，有个大款的亲属要做手术，给柳树送个很厚很厚的红包。柳树用手掂量一下，大约得有一二万块钱。红包里装的是钱，钱是他现在最需要的东西，这个红包在他手里有着难以抗拒的诱惑。柳树揣到自己兜里鼓鼓囊囊的红包，这么大的红包对他实在有诱惑力，他按捺不住激动的心情。他心中暗暗骂道，这年头，别人收红包我为什么收不得，又不是我要的。但是无论柳树心里如何愤愤不平，如何需要这笔钱，如何想留下这笔钱。这个红包还是没有在柳树的兜里站下来。柳树一做完手术，立马就把这个红包退还给患者家属了，这么多年了柳树就没破这个例。因为每每柳树一想到收红包的时候，他就不由自主地想到姑姑做手术时痛苦的样子，他就会放弃了收红包的念头。柳树虽然将红包还给了患者，可他心里还是在牵挂着那厚厚的红包，这红包对他有无限的吸引力，他非常喜欢这个红包，为此，他感觉自己的脑袋似乎肿胀了多少倍很疼很痛的。

人一旦产生新的欲望，就会有杂七杂八的想法。柳树自从动了买楼的心思，病人给他送红包，再往出掏时就没有以前痛快了。不收红包买楼就是遥远的梦想；收了红包一看到病人家里缺钱急得团团转的样子，柳树又不忍心。收不收红包，柳树就这样每天在矛盾中煎熬着。

柳树经常自嘲，他笑嘻嘻地跟青豆说，住什么楼啊，不就是睡觉吃饭嘛。再者说住平房不用上下楼多方便啊。没有给青豆买上楼，柳树心里总觉得是个事，很有些歉意。于是，他就在节假日别人不愿意加班时主动跟领导提出来挣那笔加班费，攒下钱来要买一个属于自己的楼，买栋楼这是柳树最大的愿望。可是，柳树好不容易攒下点钱，还被他给了小莉。

柳树是靠青豆家帮衬着才念完高中和大学学业的。读高中时，青豆长得高高的个子，亭亭玉立，浓眉大眼，白白净净。班里追求青豆大概得有六七个同学，青豆就是看不上人家，一门心思地学习。当时柳树家很穷，穷得连饭都吃不饱，每天柳树靠嚼爆米花充饥。让他这个半大小子闲半根肠子，饿得皮包骨头。青豆看柳树吃不饱饭，瘦得像刀条似的，就经常把自己的饭票给柳树，来接济他。柳树为了感激青豆，主动给青豆补习英语，两个人接触时间多了，就产生了感情。考大学时，柳树上了医学院。柳树本来要同青豆一起报考商业学院的，可是因为柳树对三姑发过誓，为此报了医学专业，上了医学院。青豆考取了商业大学。为了柳树能够顺利上大学，青豆家里把养的十几头猪卖了，才筹够柳树的学费。五年下来，青豆家为柳树读书花去了四五万元钱，青豆父母就像对待自己亲儿子那样关心柳树。

柳树和青豆大学毕业后，柳树被分到了一个偏远的榛柴岗镇卫生院工作。青豆却回到县城，原本青豆的一个女同学可以帮助她在省城留下，可是青豆为了能同心爱的人柳树在一起，青豆主动放弃了在省城工作的机会。回到县城后，在一个小化工厂里当技术员。后来，柳树同青豆结婚。青豆又辞了工作，同柳树一起来到小镇榛柴岗。在医院附近租个房住。青豆在医院干点零活，一个月也挣不了多少钱。

这个离县城一百多里地的小乡镇，临街的医院破破烂烂，没有一个大学生愿意来。柳树是医大毕业的高材生，是来这里工作的第一个大学生，柳树破了天荒。以前这里只能治个头痛脑热的，一般手术都不能做，柳树来不久就改变了这里的现状，让人们对这个小镇医院刮目相看。很多来这里看病的群众都说，还是大学生有能耐啊！你看我多午没治好的病，让柳大夫几下子就给收拾得利利索索了。

柳树精湛的医术很快发挥了辐射作用，给小镇卫生院带来了能看病的名声。一些农村患者不再鞍马劳顿驱车一二百里地去城里求医问药了。农村患者在家门口医院里就能吃到柳树开的中药，或者进了柳树的手术室几下就给拾掇好了，农村有这样好大夫哪里找去。患者一传两，两传三，柳树在当地声名鹊起，患者如云。

柳树到月底开那点工资，让举家过日子的青豆购米买菜捉襟见肘，每次到粮店青豆都要算计着掂对几个来回。比方青豆打算买一件衣服，都得思前想后。青豆正处在爱穿爱戴的年龄，见到商店里自己特别喜欢的衣服，心里十分想买来穿在身上，可是，青豆摸摸兜里没有多少钱，她只好作罢。有时患者在地里干活受伤，直接来医院看病，手头里没有钱，柳树为了患者能够及时看上病，就从自己兜里掏钱给垫付诊疗费。对柳树给农村患者垫钱青豆是支持的。她对柳树说，农村老百姓没钱来看病，也不能挺死啊！咱们没有多大能耐，能帮衬一下就帮衬一下吧。柳树的口头禅是，我是农村出来的，知道农村缺钱是啥滋味，更知道在紧要关节需要钱时，可又拿不出来钱的那种憋人的滋味，没有真正缺过钱的人，是绝对体会不到的。在榛柴岗镇柳树医生的口碑非常好，村民都把柳树医生当成救世的观世音菩萨，柳树治病救人行善做好事的名声，让青豆心里暖暖的，有了一种苦中生活下的满足感。

小镇医院简陋的医疗条件，根本满足不了很多前来看病人的需求。柳树找到老院长，要求向上争取一下医疗项目来改善医院条件，老院长很支持他。柳树通过他一个同学，现在已经当上省卫生部门的领导争取到一笔可观的资金，于是，改善了医院的医疗设备，修缮了医院的房舍。以前那破破烂烂的医院变了样，窗明几净，设备先进，一般手术都能在医院做了。当地群众高兴，为群众做点事的柳树更高兴。柳树意气风发，志在有为。

当地人患内科病的找他，外科患者也来找他，有的甚至妇科的病人也找他，反正当地人就信柳大夫，有病就找柳树来看。

在农村外伤患者同其他患病率比起来要多，因为很多农民在田间操作农机具作业时间长，极易在工作中造成机械创伤。有时这些患者带着血淋淋的伤口来找他。柳树是内科大夫，老百姓不管你啥科，你治病救人就是好科。柳树对来找他看病的外科病人干着急，伸不上手，十分尴尬，十分痛苦。人们都说柳树是个好大夫，能给他们治好病，可是，柳树看到自己医治不了患者的病，他学的是内科，对其他患者束手无策。于是，他下决心要通过自学来掌握外科技术，有的外科伤重者待送到医院，由于时间过长或因救治不及时，而不得不将伤残部位截去，造成患者不必要的伤残，甚至终生的痛苦，柳树十分痛心。还有的妇女因为难产，这里没有正确处置的妇科大夫，致使产妇和胎儿死在镇医院里。柳树看到这些，就跟老院长商量，能不能让他利用医院不太忙的季节，或者节假日回母校做跨专业跨学科进修。老院长早就有了这种想法，两个人不谋而合。这样柳树回母校去进修，通过他刻苦努力，他完全掌握了外科、皮肤科、神经科、泌尿科，甚至是妇科等一些常见病的诊疗处置。这样农村常见病在柳树手下是药到病除，柳树在小镇成了全科医生。

柳树名声在小镇不胫而走，老百姓把他都当成了神医。县里得知后，一纸调令，就把柳树从榛柴岗镇卫生院调到县人民医院，并作为全院跨科室重大急难病患者的主任医生。

二、情人小莉很难答对

饭店外汽车的鸣笛声直刺耳根，柳树对青豆喋喋不休地絮叨有些不耐烦了。催促道，快吃吧，吃完了好去广场，孩子还等着玩呢。

柳树总喜欢带着孩子去广场，去了广场一边是孩子玩，另一边是他自己的心也会随着广场变幻的色彩玩起来。玫瑰之约的那个叫小莉的也时常出现在广场。

柳树认识小莉也是一个偶然。一天，柳树值班，一个病人在一个细高挑的女人搀扶下来看病。这个病人是在一个工地上出车祸时被砸断了腿，镇里卫生院给他接的骨，快到两个月了，还没有好利索。柳树检查完后，嘱咐他们拍个片子再看看。柳树一看片子，大吃一惊，原来是折了的骨头根本没有接上，由于断裂时间过长这得开刀重新做手术。农村来看病的小两口根本没想到断了的骨头没给接上这茬事儿，他们根本没想到还要做手术。来时身上没带多少钱，做手术钱不够，得回去取钱，这一出一回一二百里地，加上村子里面不通客车，还要步行才能到家，往返一折腾，再来接骨，恐怕就耽误事了。

柳树说，你这断了的骨头得马上接上，要不然时间长了，恐怕会落下残疾。听大夫这么一说，在一旁的女人哭了。柳树原先根本没太留意病人家属，她这一哭，小莉本来清秀的面庞，就越发显得可爱了。有个小孩儿在小莉身边路过时说，妈妈，阿姨咋长得这么俊啊！像仙女。

小莉一听男人要做手术，眼泪就止不住地往下掉，就像珍珠落下，美女落泪，谁见能不动心。柳树说这样吧，我替你把做手术的钱先垫上，手术你先做着，完事你回家取钱再还给我。就这样小莉的男人顺利地完成了手术，几天后，小莉把欠柳树的钱还上了。柳树一年下来，都数不清为哪个患者垫付过了钱，事儿一过他早就忘到脑后跟啦。可小莉没忘，也不能忘，总在记着她这个大恩人。

小莉陪孩子读书，从农村来到城里租房子住着。小莉的男人依然在外面打工，一年半载回不上一次家。一到晚上，孩子睡下，小莉很失落很寂寞，心里空荡荡的，一来二去被合租房子的小姐妹，拉她出去到玫瑰之约歌厅挣外快。

第二次遇到小莉的时候，柳树根本没认出来。孩子喜欢玩碰碰车，柳树就陪孩子来广场，柳树站在旁边看着孩子欢天喜地玩碰碰车。正在这时一位穿着藕荷色连衣裙身材修长的女人领着孩子向他走了过来。那忽闪闪的双眼皮儿一双明亮亮水汪汪的大眼睛正瞧着他哩。小莉同柳树打招呼，柳大夫好！柳树回答，你好，对不起，我不记得你了。柳树接触患者多，每逢人家主动跟他打招呼，他都这样谦卑地回话。柳大夫，你忘了，我是小莉啊。柳树说，啊，对不起，我看病接触过的人多，一时忘了。小莉接着话又说道，我爱人看病的钱，还是你帮着垫付的呢。你可是我们的大恩人，一辈子都忘不了。小莉说着轻轻甜甜的话就把香风也带了过来，随即把她那像玉一般又软又滑又润的手伸向了柳树。柳树握着小莉的手，那手就像一团火烫着柳树的心，这火忽然在柳树心中开始燃了起来弄得他有些神魂颠倒了。于是，这股火由心中便升腾到了柳树的眼睛上，他的眼睛开始冒火，柳树被眼前这位漂亮的女人迷住了。

柳树爱看一位著名女电影演员主演的电影，下班没事总是打开电脑坐在电影频道，一看就是一两部，眼前这个酷似那位女电影演员的小莉，他立马有了遇到那个朝思暮想女演员的感觉。以前柳树忙着给小莉的爱人看病，根本没有仔细端详过小莉的长相。这一下子跟小莉碰到一起，又是那么近，小莉像玉一样的手被柳树攥着捏着轻轻地托着再衬托着晚上广场那五颜六色的灯光，小莉就更加楚楚动人了。小莉轻轻柔柔地问候，她身上还带着甜滋滋清爽爽的香味，这在医院是绝对没有的，医院里的女人身上，是那种浓得不能再浓的来苏水味道儿。小莉清秀的面庞就像被水洗过一样要多别致就有多别致，医院里大夫护士的面色都是失眠缺色后用脂粉涂抹后掩盖了原来的底色。妻子青豆的影子在他的脑海中不存在什么色彩了，可小莉就不同了，小莉的色彩要多绚丽就有多绚丽，可以说得上是五光十色，赏心悦目。柳树心里涌起了波澜。

柳树想了半天才醒过腔来，喔，原来是小莉呀，你也来陪孩子玩儿。

是的，小莉回答。

小莉向柳树介绍说，她已经来城里两年多了，来陪孩子读书的，孩子正上幼儿班。

农村撤乡并校后，城乡教学条件被进一步拉大。农村一个乡镇基本上设置两处学校，一处为中心小学，一处为中学，这两座学校大部分都在乡镇驻地，而那些读书的孩子却分散居住在全乡各自然屯中，特别是边远偏僻屯子里的孩子上学非常不方便。一些学生家长要交出一笔钱来搭乘学校校车或者几家合伙雇车往来接送上学的孩子。那些边远山区的小学和幼儿班因为入学的人数少也被取消，孩子们上幼儿班就不可能了，实际上因为师资等问题，一个乡镇也没几处幼儿班。

农村孩子的学习条件跟城里是没法比的，好的老师都想方设法调回城里了，现在农村学校里的设施，连城里最差的学校也赶不上。农民每天雇个车接送孩子的费用和花销也差不多等同在城里租房子陪孩子读书的费用。这样农村念书的孩子，大部分都涌进了城里来读书。城里的初中小学好一点的学校，班级班额有的都达到了八九十人，班主任老师都管不过来。可是农村就不用提了，有的学校一个班就有三四个孩子，甚至有的班里没有孩子。小莉所在的孙大院屯就有三年级的班上没有孩子，这样，农村孩子读书就一窝蜂似的全涌进了城里。有爷爷奶奶到城里陪读的，也有丈夫出外打工，媳妇在城里陪读的，就像小莉家这样丈夫在外打工，她在家陪读，等等，各式各样的陪读方式。

　　小莉坐在柳树怀里是在那个叫玫瑰之约的歌厅。这是柳树第三次见到小莉，这时的小莉就跟雕刻师傅用刀子刻到柳树的心里边了，柳树怎么抹也抹不掉了，反倒是柳树几天看不到小莉，干什么事情都静不下心来，心不在焉了。有几次需要柳树上台做手术，都让他以种种借口推迟了，怕出差错。一看到小莉，柳树就好了，精神头也上来了，干啥事也有了十足的劲头。

　　柳树嗓子好，唱起歌来就跟歌唱家蒋大为的歌声，高亢嘹亮，摄人心魄。每每几曲《牡丹之歌》《在那桃花盛开的地方》《敢问路在何方》等等就赢来一片哗啦啦的掌声。柳树会唱歌，同事家里有个大事小情就常常连拉带扯地把他弄到歌厅去，让他给活跃一下气氛，添些乐子。柳树来歌厅唱歌，必须小莉作陪。小莉陪着柳树跳舞唱歌，柳树的歌声就更加悠扬美妙了。

　　柳树太忙，患者多，他又是跨科室医生，忙得不可开交，几天不来歌厅，小莉总是左一个电话，右一个电话地催促。有一次，柳树陪省里医学院来的教授喝多了，小莉就一直体贴关心地服侍着柳树直到很晚唱歌才结束。柳树他们从歌厅出来，小莉看柳树走路里倒歪斜站立不稳，就同他一起打了个出租车。这次小莉没有把柳树送回家，却把柳树直接拉回了自己的家。夜里，柳树醒来的时候，发现自己正和小莉赤身裸体地搅缠在一起。从这以后柳树心里再也放不下小莉了，和同事去了好多次歌厅，都是由小莉来陪他。同来玩的人，还有歌厅的老板都是不肯也不能改变这样的安排，从此小莉和柳树就像两条麻绳死死地缠绕在一起了。

　　小莉知道要想抓住男人的心，先要抓住男人的胃，小莉调着法地在家里给柳树做好吃的。让柳树最有胃口的是农家酱炖江鱼，小莉用啤酒、辣椒、鲜姜来炖江鱼，把江鱼的鲜味全部炖了出来，那鱼色香味俱佳。小莉的拿手活是给柳树洗脚，柳树每天都有几个钟点的手术，手术完成后，柳树的脚都快站肿了。柳树把脚泡在不烫不热的水里，小莉用她的纤手在水盆里轻轻地往脚面上撩着水，水温一下降，小莉就把暖水瓶的热水又往里再续些，这样柳树泡上半个钟头的脚，那种舒服程度无与伦比。柳树一边享受着热水泡脚，一边同小莉唠着嗑，柳树要多舒服就有多舒服，心里像吃了蜜糖的水一样美。

　　小莉的化妆品商店开业，柳树去捧场。柳树还约去几个要好的朋友作陪，小莉能说会道，临走时小莉给柳树的朋友每个人赠送了一套化妆品，说是送给贵客的夫人试用的。小莉不仅在柳树心里生了根，在柳树的朋友那里，也留下了好印象。

　　柳树回到家里，妻子青豆正做饭哩。柳树一回来孩子就钻到他怀里让爸爸给他讲故事。吃完饭，柳树和青豆看电视，青豆提起买楼的事说，咱们以前存的那些钱交首付差不多了吧。柳树说，那笔钱我一个同学孩子有病着急用钱借出去了。青豆心里一咯噔，完了，这楼一时半会儿又住不上了。于是，青豆跟柳树讲他们单位新结婚的一对小青年，说爹妈贷款给孩子买楼的事，她跟柳树说，要不然跟亲属借点钱先交个首付，贷款买一套楼。我在外面说咱家没住楼，人家都不信，柳大夫住平房，谁信哩，糊弄谁？柳大夫那手艺全县谁不知道，不靠别的，靠做手术收红包，也早都上楼了。咂咂，老道啊！那么出名的医生住平房这叫包子有肉不在褶上，有钱装贫，低调啊。柳树跟青豆说，别人愿意咋说就咋说呗，反正嘴长在他们身上。青豆说，你们医院的大夫就你没上楼了，还是想办法交个首付买个楼吧。柳树说，你别磨叽好了。青豆说，当大夫不住楼，都被人瞧不起。你看街上人咋说你，柳大夫住平房，这大夫让他干得鸡巴毛不是，给他干瞎了。柳树对青豆说，我说过，别人说归别人说，我就是我，你今后再听到这些话就走远点，听不着，心就不烦了。不过柳树自从看了同事那富丽堂皇的新楼，心里怎么也放不下买楼的事了。

　　那天，小莉找到柳树的办公室，你啥时离婚啊？不离也行，给我点钱花，我得吃点好的，给肚子里孩子补点营养。

　　柳树从办公桌里拿出一个红包，递给了小莉，小莉打开信封，点一下钱，两千元钱，我拿走了。柳树很疲惫很累地说，你走吧。这是柳树第一次收取患者的红包。

　　柳树记得这个患者家属往他兜里揣红包时，他们推让了半天，甚至患者家属要跟他急眼似的，柳树没办法才收下的。柳树知道你不收患者家属红包，患者家属就怀疑你做手术时是不是会竭尽全力的。你接了红包，他们就安心了，会认为你一定会好好地去做手术的，因为你拿了他们的钱。

所以柳树一般情况下，在手术前，患者家属给柳树送红包，柳树自然地接过来，等到手术结束后，柳树马上还给患者家属，这些年来柳树退还给患者家属的红包不计其数。这次柳树没有把红包还给患者家属，这红包就跟一柄小刀子，一剜一剜地折磨着柳树，让他寝食难安，心里矛盾重重，就好像他自己偷了人家东西似的，干什么事也不踏实。有时，柳树拿到手的红包，还，还是不还，都得在心里掂对一番，这好像柳树心中有两个小人儿在打架似的，他们之间在斗争在较劲儿，一个小人说，这红包也不是我要的，是他们上赶子硬塞给我的，这可顶一二个月工资了；另一个小人说，这可不行，本来患者看病就花费了不少钱，自己收下红包，就等于给患者雪上加霜了，绝不能接受患者红包。最近，柳树再经过这一番折腾时，越来越感到收红包的小人在打架中占了上风，俗语说，人不得外财不富，马不吃夜草不肥，这事啊明摆着，如果不收红包，青豆啥时能住上楼啊？情人小莉要消费，没有钱不行啊！

下了坡的车，如果跑了排，这车是很难刹住的。小莉把柳树的红包拿走，柳树也没有闲钱来退还给这位患者家属。柳树打开了收取红包的这个闸门，再想关闭就难喽。以前，时不时地柳树还在心里为自己收取红包找个理由：患者家属给我的红包是他们心甘情愿的，也不是我硬要的，再说我也给他们的患者也真正负责任做了手术了，而且手术还很成功。打这以后，柳树再收患者红包时，就越来越心安理得了。

过一段时间，一个心脏病患者已经做好了手术准备工作，就等着柳树给他做手术了，这个患者十六七岁，为了给他治病，父母把耕地和房子全卖了，也不够做手术的钱。县红十字会还帮着募捐到一笔钱，才刚刚够做手术的费用。患者父亲来到柳树办公室，用信封装了一笔钱递给柳树，让柳树一定在做手术时关照关照自己孩子，患者的父亲哭着硬往柳树兜里塞，柳树只好先把这笔钱收下。这时的柳树，收取红包还是有一定界限的，凡是农村或者困难的患者家属即使他收取了人家的红包，手术后也一定要退回去的。但是，如果有钱的做买卖的当官的送的红包，柳树就心安理得地收下了。柳树对这个年轻的心脏病患者很重视，多次组织各医疗部门会诊，柳树一定要竭尽全力治好这位年轻患者的病，因为他太年轻了，柳树尽量不用好药，尽量为患者省下一笔医疗费。

小莉又来找柳树。

柳树急急忙忙回办公室，看到在办公室等候的小莉，问道，你啥时来的?

小莉说，我没钱花，不找你，找谁。边说边翻柳树的办公桌，小莉发现了办公桌里的一个红包，小莉说，这个信封归我了。

柳树说话声音很大，这个钱你不能动。那个病人家里很穷，手术费都是募捐来的，手术刚结束，明天我要亲手还给人家呢!

小莉说，这也不是你要的，还什么还，还是给我肚子里的孩子买点好吃的营养品吧。

柳树说，说不行，就不行!

小莉哭了说道，你不管我可以，你不管孩子，你有良心没?

小莉话还没说完，人跑出去了，红包也带走了。

三、柳树抵挡不住诱惑了

饭店外，伴随尖利的汽车碰撞声，紧接着便是嘈杂的人喊声，接着就有120救护车的鸣笛声。职业习惯使柳树马上意识到出车祸了,必有重伤号。就急忙跟青豆说，医院肯定要找我，你们慢慢吃吧，我回医院。

柳树和以往一样，柳树走进自己的办公室，做手术前的准备工作，他从衣服架上拿下手术服更换衣服，理一理头发沉静一下心情。

墙壁的穿衣镜上，贴着一张小海报，海报上一个俊俏的女人笑脸盈盈，一行小字分外地打眼，这是柳树写上去的：有个美丽的女孩，她的名字叫小莉。柳树轻轻地在心里唱起："小莉啊，你可知道我爱你，我的心底只有你……"

柳树忽然看见小莉在走廊里来回地走动着，一副急不可耐的样子。

柳树问小莉，你啥时来的，慌慌张张啥事儿?

小莉见柳树来了，大老远迎上去，小莉说，无事不登贵宝殿啊!

小莉用手一指身旁的人说，这是富贵湖地产商杨董事长。

柳树拿眼瞟一下，只见这个人大腹便便，一身名牌，一看就是个大老板。

柳树跟杨董事长握了一下手说，早有耳闻，你是全县第一大开发商，抱歉，我有台急诊手术，要去做手术，等会儿见。

小莉说，忙啥，大哥，一个媚眼过去，柳树看得清楚。

杨董事长说，柳树医生我很敬重你，直说吧，目前你要做的这个手术对我事关重大。手术也不差三五分钟，咱们做个交易如何？柳树有点蒙登，柳树不禁说道，交易，什么交易？柳树心里思忖，当医生做手术这是天经地义，这么多年了，还是第一次听说交易这个词，第一次遇到这种情况，柳树只好又返身，坐回到办公桌。

小莉说，今天杨董事长孩子练车不小心碰了个人，老头子，六十多了，伤得很重，你现在要做手术的就是这个人。

杨董事长挥手把提包递给柳树，这是三十万，还有富贵湖 A 区楼房一把钥匙。柳树知道，富贵湖 A 区那可是楼中之楼，复式楼，最小的面积超过二百平米，裸楼价值上百万元啊。

小莉说，只要那个老头死了，这都归你了。杨董事长不想长期养一个带死不活的人，尤其是植物人。

柳树明白了小莉带来杨董事长的意思，但是，柳树不知道小莉怎么跟杨董事长联系上的。杨董事长已经从柳树的眼里看出了端倪，他接上小莉的话说，小莉是我们富贵湖新聘的售楼处主任。

柳树说，杨董事长真是神通广大，为了保住你儿子，在这么短的时间内，你竟然知道我跟谁相好，并且让她出面来帮你的忙，不简单啊，不简单！

杨董事长说，只要柳大夫肯帮忙，你有什么要求尽管提出来。

柳树说，你让小莉当上了官，我得谢谢你。但是，作为医生，我知道这台手术应该怎么做。

小莉上前搂住柳树，把楼钥匙塞给柳树，说道，满医院的大夫，金元宝单单砸在你身上，你还说啥傻话啊！

柳大夫，我孩子撞人这个手术，说实话可以让你做，也可以不让你做。你也可拒绝做这个手术，但是，都不影响这件事情的结果。杨董事长狠狠地说道，我没这两下子能在这里开发投资几个亿的富贵湖项目吗？柳大夫我诚心请你来合作，带着诚意，说完把沉沉甸甸的一提包钱递给柳树。

　　小莉帮助柳树接过提包说，柳大哥这么好的事儿你还犹豫啥？你就按照杨董事长的意思办吧。

　　柳树六神无主地转了两圈，一脸的气愤与忧虑渐渐消退了，他咬了一下下嘴唇说，按说这个事好办，我动动手指头的事，是死，是活，瞬间的事儿。可这人命关天，你杨董事长腰缠万贯，就给这点现金，未免是小家子气了吧！我柳树做手术含金量高啊！死在我手里，伤者家属肯定没有异议，别的大夫做手术，老百姓信不过，还不得上访告状跟你打官司，柳树拿起提兜给杨董事长扔了过去。

　　柳树突然转变，让小莉和杨董事长大吃一惊。

　　杨董事长说，柳大夫识时务，明事理，在下佩服。杨董事长很轻松地舒展一下自己身体说道，柳大夫，我不差钱，你说个数。柳树伸出一个中指。

　　杨董事长，一百万就一百万。柳树说，痛快，还是做生意的，办事就是敞亮。

　　小莉有点惊呆了。一百万的钱，还有二百万的楼，这个老头值这些钱吗？小莉不懂，杨董事长为他的宝贝儿子不到监舍里受那份委屈，拿出一笔巨额资金是一点也不心疼的。

　　不一会儿，杨董事长的助手又提溜个提包过来，柳树掂量一下，好吧，咱们成交。说完柳树将两个提包锁进立柜里，又锁好办公室门，走进手术室。

　　柳树约摸半个小时从手术留置室里出来，他不但看到了杨董事长，还有几位院长。柳树心想，这杨董事长面子真大，来头不小啊！幸亏我答应了，要不然不好办啊！

　　院长说，柳大夫这个手术很重要，你一定要做，而且一定要做好。

　　柳树点点头说，病人经过初步检查和各种术前的准备工作，可以马上进行手术。

　　院长说道，那就开始，还等什么！

　　这起车祸跟其他普通的车祸一样，病人在抢救中死亡。交警介入协调处理，肇事的事情跟一阵风一样就过去了。在车祸死亡中的家属得到一笔可观的赔偿金和安葬费用，伤者家属也没感觉出来太大的痛苦来，只叹伤者命中注定，因为全县最好的医生抢救他了，他都没活过来，不怨他命薄，怨什么?

可是,柳树的事才刚刚开始。

小莉知道这事的前因后果,小莉再来要钱,口气就硬了。

小莉说,我没钱花了!有了钱的柳树,顺手从办公桌里掏出来一万块钱,扔给小莉。小莉说,小气鬼,再给点,买件衣裳。柳树又拿出一沓钱给她。

柳树下班回家,跟青豆编个理由说,上回到哈尔滨出差,买个彩票,中了个二等奖,买栋楼够了。说着话,柳树把存折拿给青豆看,青豆乐坏了,这回我们也可以上楼了。

柳树陪青豆看楼,柳树说,只要你青豆看上眼的就行。最后把楼定在了幸福人家小区,这里户型好,面积九十八平方米,小区管理也不错。接着装修等都是青豆张罗的。

小莉和柳树住进了富贵湖复式楼里面,这事青豆一点不知道。青豆就知道柳树很少很少回家,很少很少跟她像刚结婚那阵子在床上好好地疯了。

青豆病了,是柳树孩子给他打的电话,柳树才知道。

青豆住进了人民医院,医院的护士大夫才知道青豆是柳树的老婆。青豆得了不大不小的病,急性阑尾炎。

医院里的人经常看到小莉来医院找柳树,有的看到柳树跟小莉亲昵的情形,都认为小莉是柳树的妻子哩。青豆病了,来医院,大家才恍然大悟,原来青豆是柳树的媳妇啊!小莉根本不沾边的。有跟柳树要好,知道底细的人说,柳树读大学是青豆家供出来的,柳树不该变心,不该对不起人家青豆,既然选择了青豆,为何不固守这份宁静的田园呢!

青豆的手术是柳树助手做的,很成功。医院的医生家属有病很少自己亲人主刀的,据说,亲人做手术时,没办法下手,心理负担重。柳树一直陪着手术的青豆,并在手术室里跟妻子青豆说了一番安慰的话,告诉她别紧张,这只不过是一个小小的外科手术。青豆做完手术,从手术室出来,看到在手术室外面等待的孩子和亲属,青豆很欣慰。虽然因为自己做了一次手术,一家人在一起,心里就踏实。只要一家人在一起,青豆就有说不出来的幸福。

四、恐吓让柳树乱了方寸

　　小莉好几天不来富贵湖了，柳树感到很失落。富贵湖售楼处离柳树住的富贵湖楼不远。一天，柳树休班，他想到售楼处看看小莉，柳树来到售楼处，正当柳树一脚门里一脚门外的档口，他看到的一幕很让柳树尴尬，柳树只好把脚退了出来，走了。原来小莉正坐在杨董事长怀里，杨董事长正在给小莉扒香蕉吃，一块块往小莉嘴里送哩。柳树碰到这样的情形，他怎能受得了，柳树的脑袋乱成一锅粥，想想自己对小莉那么好，她还背叛自己，柳树恨恨地说，她真是婊子，她是一个白骨精。

　　女人的心就跟伏天的云，说变脸就变脸，一会儿晴一会儿阴的，说来雨就下来了。小莉她来自农村，本来是单纯清丽，过着简单的农村妇女生活，但是她一旦到了城市，便开始向往城市里五光十色的珠光宝气的阔太太生活。柳树已经满足不了她的物质生活了，所以，她才要投入杨董事长怀抱，可是痴情的柳树还对小莉一往情深，不改初衷。

　　第二天，柳树上班，赶着做手术。柳树发现小莉早早就来了，她堵在自己的办公室门口说道，柳大医生，别急着做手术，进屋跟你说点事儿。

　　柳树没好气地说，什么事，我没有空。

　　小莉顺手关上门说，别激动，你拿人家一百多万块钱哩，咋的也要分给我一份啊！

　　柳树愤愤地说，你敢敲诈我，你那块臭肉，以后你别碰我！

　　小莉说，你是不是知道了我跟杨董事长好上了，不要激动吗，这个世道，有奶就是娘，你能给我一套几十万元的房子，我照样跟你泡哇。

　　柳树说，你那臭货，今后离我远点。

　　小莉说，不给钱，想甩我，没门，我天天来闹你！

　　柳树说，我都给你多少钱了，都快十万了吧。再说我买房子花出去七十多万，又还些自己拉下的饥荒，我手里真的没钱了。

　　小莉说道，你跟我说这些没有用，反正不给钱，我就来找你。不行，我就告你。

　　柳树愤怒地说道，随你便，你愿意到哪里告，就告去！

　　柳树一摔门，走了。小莉极为尴尬地也走了。

不一会儿，一名副主任医生来找柳树说，柳大夫，你那位亲属要做心脏搭桥手术的准备工作，已经全部就绪。你看啥时开始啊，我看越快越好，病人状态不宜往后拖。

柳树说，最近我身体不好，看能不能由你来主刀？

副主任医生说，患者家属说，非得你给他做不可啊。

这位患者是柳树的恩人，是除了青豆家外帮助柳树度过艰难的高中读书生活的恩人。在柳树读高中时，给他帮助最大的一个人是孙旭德——退休的老教师。柳树以全县第六名的成绩考上了县里重点高中，柳树是靠父亲外出打工赚来的钱供他读书的。等念到高一下学期时，母亲上地干活时，遭雷击而死，就在父亲往回赶的当天，出车祸父亲受伤，这对他们家来说，这无疑是雪上加霜，晴天霹雳。柳树悄悄地打起行李卷回了家。一个星期后，青豆同学陪着班主任来看他，送来全班同学的捐款，而后在柳树父亲的大力劝说下，柳树才得以复学，父亲有伤，一下子让柳树失去了经济来源。学费虽然被学校免除了，可是他每天吃饭的钱，却是严重的不足，让柳树吃了上顿没了下顿，实在没有办法，一个大小伙子一天只能胡乱地吃上一顿饭。柳树学习成绩也一落千丈，年末统考全学年排在二百名之外。

当柳树因饥饿晕倒在学校大门外的时候、正好让值班的孙老师看到时，柳树被孙老师接回了家，像伺候自己家孩子那样给柳树做好吃的。原本就不宽绰的孙老师家凭空又多了一个能吃饭的大小伙子，家里的开支就明显地增加了。可孙老师一家人对柳树没有一点儿怨言，为了能够让柳树购买跟其他同学一样的学习资料，孙老师甚至在学校里到处捡别人丢弃的矿泉水瓶子卖钱。孙老师还通过关系帮柳树办理了低保，来帮助柳树提高生活水平，孙老师热情关心，无私帮助柳树同学的事迹还上了校刊。

一晃在孙老师家吃饭快一年了，柳树见孙老师家真的挺困难，感到实在不好意思继续在孙老师家吃饭了，就跟孙老师说，我不来你家吃饭了，再想想别的办法吧。孙老师问柳树，你有什么好办法吗？柳树晃晃脑袋，孙老师说，既然你没有别的好办法，那就继续在我家吃下去吧。柳树只好继续在孙老师家吃饭，直到考上大学。这期间好在还有青豆的帮衬，柳树的衣食才有了一定的保证。

　　在柳树的脑海中像是过电影一样，孙老师一家人对他的好处一一放映出来。

　　柳树想到了孙老师在漆黑的夜晚用自行车驮着他上医院看病的情形，想起了他感冒了孙老师老伴半夜为柳树做的那碗热面汤，想起了自己那次想离开孙老师家，不想给一个跟自己一样贫困而又善良的人家添麻烦。孙老师说的那句话，孩子只要你不嫌弃我们，我吃干的，你跟着吃干的，我们喝稀的，你跟着喝粥，你怎么也要坚持把书念下去，考上大学才有出路，这话只有自己的亲爹亲妈才说的，从此，柳树没有辍学，发愤苦读考上了医科大学。

　　每到春节，年初三，柳树都雷打不动带着青豆和孩子去看望孙老师，这些年来，不管柳树家居住在农村还是在城里，时间上从没变化过，过春节拜年从没改变过。每次去看望孙老师，妻子青豆都会准备丰盛的年货送过去，在孙老师家吃饭时，青豆都重复那句说了上百遍的话，你柳树可得有良心，这辈子不许做任何对不起孙老师的事。

　　孙老师的儿子来到医院，找到柳树，问道，柳大哥，我爹还有救吗？他心脏病能治好吗？

　　柳树说，老人家身体各项检查出来的结果都很正常，身体状况比较平稳，心脏搭桥手术应该没有太大风险。

　　孙老师儿子说，柳大哥，你是咱们县甚至咱们省的心血管专家，你能亲自给我父亲做手术吗？

　　柳树说，按常理这事我应该爽爽快快地答应，没有任何问题。可是我最近身体确实有些问题，怕给老爷做手术时耽误事儿。心脏手术是大事，一丁点也不能马虎，人的情绪对做好一场复杂的手术十分重要。我看孙老师的手术完全可以由我的助手副主任医生来做，我在旁边陪同，他做心脏搭桥手术一点也不次于我。柳树心里想，这几天他让小莉闹得六神无主，要给孙老师做心脏手术，这是万万不可以的。

　　孙老师儿子说，我爸说了，只信你，不信别人，你不做，他就不做这次心脏手术了。

　　柳树说，做手术不是开玩笑，特别是心脏手术，做手术的医生情绪对做好一次成功手术很关键。我这几天真的身体出了些问题，真怕影响到给老爷子做手术的质量，甚至我担心出问题。

柳树对副主任医生说，这次手术可以不可以往后拖拖。

副主任医生答道，往后拖对患者极为不利，做心脏搭桥手术越快越好，因为病人身体状况，还有观察时间过长，越往后拖，成功率会越低。

孙老师儿子说，柳大哥，我求求你了，明天就给老爷子做手术吧，你亲自主刀，这是老爷子交代的，老爷子说，就是死到你手里，手术不成功，他也不遗憾。

不知道什么时候，窗外的雨淅淅沥沥地下了起来。

柳树的心里真的很难受，心脏搭桥手术就是取心脏外的一段静脉或动脉，通过手术暴露出心脏，把取下的血管两端接在心脏血管上，绕过狭窄或已经堵塞的心脏血管，这种方法相当于在堵塞的道路之上架一座桥，使原本无法通行的车辆顺利通过，因此，有人形象地将这种手术称为"心脏搭桥"。

做不做手术让柳树左右为难。

柳树心想，今天小莉不来闹，明天她还得来，这台手术非我做不可了，早晚小莉都得闹，不如抓紧给孙老师手术完成得了。

柳树下定决心告诉副主任医生，孙老师的心脏搭桥手术他亲自做，而且马上做。

护士过来说道，柳大夫，患者已经麻醉完毕，手术准备工作全部结束。

柳树从容地拿起了他熟悉的手术刀，迈着沉重的脚步走进了手术室……

柳树想到了自己的女儿，在小区里陪孩子放风筝的情形。

柳树想到了孙老师对他的好处。

柳树想到了在医学院读书的那些事。

柳树按常规在进行着手术，他把取下的血管两端接在心脏血管上，可是以往一次性就完成的手术，这次进行了多少次，血管就是连接不上。

柳树想到了要告他的小莉，那刺耳的喊叫声一次又一次地强烈：柳大夫我可跟你讲好了，你不给钱，我就告你！小莉冷笑着，你不是聪明吗？

你故意制造了手术事故，这就是故意杀人，你知道后果吧！你会被判重刑，最后我让你身败名裂，让你在监狱里蹲一辈子的笆篱子！小莉扭曲变形的脸，让柳树的心里急剧地颤动起来，手也哆嗦了起来……

时间被一秒一秒地超时，最后，柳树没有完成把那两条血管连接到一起的任务，结果造成孙老师心肌梗死。接着手术人员全力对孙老师实施抢救。孙老师最终也没有救过来。

五、柳树带着悔恨走了

柳树这次手术失败了。

人出了手术室，柳树就昏倒过去了。

第二天柳树醒过来，发现了妻子青豆，还有孙老师的儿子，以及自己的同事，柳树抱头痛哭，他没有任何言语，也发不出来什么言语，孙老师儿子怎么劝柳树，他都没法听进去。孙老师儿子连说，不怨你，柳大哥，我们尽力了。

可是就在当天夜里，柳树自己注射了烈性毒药自杀。柳树在遗书上写道，自己对不起医院领导，对不起同事，对不起亲朋好友，更对不起青豆和孩子，还有孙老师一家人……

柳树自杀的事，在县城很快地传开了。整个微信朋友圈被点爆。一个县城知名医生的死，震动了整个县城，跟帖的，发议论的，一个接着一个。

在朋友圈里，人们看到一个上年纪的环卫工人师傅在评论柳树自杀时写道，还知识分子哩，一点道理都不懂，活着总比死了强嘛！有首歌不是唱得好嘛："天空飘来五个字，啥都不是事……"。

还有一个叫"力薄云天"的跟帖网友写道：人们面对着种种诱惑，如果他不能够在诱惑面前实现自己的超脱，坚决抵挡住诱惑，那他就会走向深渊……另一位叫"刚睡醒"的网友说：金钱对于某些人来说，可能是幸福的敲门砖，也可能是地狱的传票。希望许许多多的柳树，在现实生活中能够清醒自持……

柳树死后，人们在公墓中，看到青豆领着女儿在柳树的墓前摆放着一盆鲜艳的黄菊花。

不该误会

　　大牙外出打工很长时间没有回家了，媳妇苦菜很想大牙。苦菜时不时地给大牙打电话说，你咋不回家啊，大牙就是不理苦菜，电话通了，两个人没等个说上几句话，大牙那头电话就挂了，这事弄得苦菜很上火，满嘴起了燎泡。

　　大牙有一颗门牙特别大，这颗牙不但大而且长得格外突出，似乎从嘴里支楞了出来，所以大牙从不轻易张嘴，他怕露出来那颗十分难看的大牙。屯子里没有人管他叫大名，大人小孩都叫他大牙。你到屯里问张国文肯定没有几个人知道，你要说张大牙或者是大牙，那碰上的人就会指给你，屯里边老杨树旁那两间房，就是他家。

　　最近大牙跟媳妇苦菜摽上劲了，苦菜怕大牙在外面学坏，她听人家说在外打工的男人憋久了就出去找小姐。苦菜说真话，她不怕大牙去找小姐，就怕大牙染上那肮脏的病，回到家来再带给她。

　　苦菜总来电话问大牙，你咋不回家呀！其实，大牙不是没时间回家，下雨阴天，工地有时也放假，按说大牙晚上坐班车回去，第二天起早坐班车再回工地，打个来回儿也不耽误啥事儿。可是，最近大牙心里闹挺，不愿回家。但是，大牙嘴上却跟苦菜说，我工地活忙，没有时间回家呀，出来不就是为了挣钱吗，我能放下活，不挣钱，往家跑吗？苦菜想，让大牙回家释放一下，他大牙需要的，苦菜也需要的，这样大牙就不会到那洗头城或者洗浴中心干那儿事了。

　　苦菜长得水灵灵的，就跟刚从地里薅出来的一棵大葱，放到嘴里是那种难以让人忘怀的享受，这还不算，苦菜的杏花眼能把男人的魂勾走，村里半大小子，有多少惦记苦菜的都数不过来，村长水牛那是变着法子想划拉苦菜。

　　年末村子里出外打工的，从外地回来都拿回了那一大沓子的钞票，别说大牙眼红，谁见了能不眼红。到年底每个打工的收入，是一个人在家种地一年收入的几倍甚至是十几倍，有的外出打工原本是穷得叮当响的，没出两年，小洋楼忽忽悠悠就盖起来了。这几年大牙没出外打工，守着几亩薄田，他心思早已活络了起来，大牙跟苦菜商量，苦菜说，我的心早已牢牢实实地拴在了你大牙的裤腰带了，你就放心地出去打工吧，挣了钱，咱们也翻盖翻盖房子，更何况咱家的房子也确实到该翻修的程度了。

　　大牙就是这样跟村里的包工头出来进城打工的，这一晃就是大半年过去了，苦菜是左一个，右一个的电话，你咋不回家呢？

　　大牙不是没回过家，是晚上坐了一个到城里办事的捎脚车回来的，大牙往回走的时候，想把他回家的消息告诉苦菜，可转念一想，这么多天苦菜在家干啥，他全都不了解，大牙突然回家，一来检验苦菜，二来也给苦菜一个惊喜，大牙这样就没有事先打电话告诉苦菜回家的事。不过大牙这次回家他还特意到百货商厦给苦菜买了一件漂漂亮亮的衣服，还有麻花店里苦菜最爱吃的糖酥麻花。

　　令大牙没想到，刚进村子，就看到村长水牛匆匆忙忙地从大牙家里出来。大牙心里顿生疑心，怎么了？你苦菜趁我大牙不在家，到底跟村长水牛好上了。大牙想到这，心里这个难受啊！苦菜啊，我对你那么好，你怎么能这么快就变心了呢？我大牙就是牙长得丑点，别的也不缺彩啊！要说，我现在已经学会瓦匠手艺了，一年下来，我的收入要超过村长水牛的几倍哩，你跟我过的好日子在后头呢。大牙越想心里越难受，他站在自己院门口，反反复复地走着，思量着是进屋还是不进屋的事儿。

　　大牙没走院门，而是悄悄翻墙跳进了自家院子，他那真是轻车熟路，连个卓棍儿都没碰着。

　　窗帘把屋里的情形遮挡很严严实实，大牙来到窗下，就听到屋里有男人在跟苦菜说话，怎么，水牛刚走，家里又来了一个男人？这时，大牙脑袋轰的一声开了锅，于是，大牙重新翻墙出了院子，走到大天亮，赶上早班车，回到了工地。

　　苦菜的电话，一个比一个急，大牙心想这个臭娘们肯定趁我不在家，不但跟水牛勾搭上了，还有另外的男人，你苦菜，打电话催我回家，想急着跟我离婚呀，没门。

大牙心里憋成了疙瘩。

苦菜这边出的事儿，也是不大不小啊。

苦菜上地干活不小心把脚心扎了，本来瘸腿耷拉脚地往回走，一场没想到的车祸，又刮拉着她。

乡路村路像几股绳子，交织拧成的辫子，盘着崎岖的山路一直到了大牙家绿油油的田地。

乡路上的树长得跟高楼似的，一到拐弯抹角的地方，司机的视线很难辨识田间小路的出口，这些田间小路就像田间里伸出来的一只只小孩子的小脚丫，在高高的庄稼遮挡下，过往车辆根本不容易发现小路的出口。

正加油跑的三轮车，把苦菜的伤又重重茬，胳膊断了不说，还有那白白的小脚丫也刮开个口子，血淋子在滴滴嗒嗒，这时，被路过这里的村长水牛正正当当地赶上，苦菜挨了车撞，却疼得水牛直咧那满口焦黄的烟牙。

水牛对苦菜说，别怕，我帮你一把吧，水牛看到摔进壕沟里的三轮车的司机连滚带爬站了起来，水牛凑到司机跟前说，你伤着没有啊？司机说，我不碍事儿，你看看那个女的咋样了吧。

苦菜连连的惊吓，正哭得尿叽叽的坐在地上咧嘴呲牙，疼痛难忍。她看见水牛，更是言不得哭不得了。

水牛说，司机你赶紧看看车，还能不能动弹，啥也别说，救人要紧，抓紧拉苦菜到医院看病吧。

司机被刚刚的车祸吓傻了，听了水牛的话，才醒悟过劲来，和水牛一起扶着苦菜上了车，连跑带颠进了医院。苦菜一个劲地让水牛给大牙打电话，水牛心想，大牙要是听说苦菜出了车祸，还不得把他吓趴了。

水牛说，你胳膊折了，要先看病，其他事放会儿再说，我这里有钱，先给你垫上，看病要紧。苦菜说，你出去到电话亭，还是帮我给大牙打个电话吧，告诉我让车碰了，让他赶紧回家，咋忙也得回来一趟。

水牛说，我们俩谁也没带电话，你等一会儿吧，我出去再到公共电话亭打吧。谁知村长水牛帮助苦菜找医生、交款、化验、做手术等这一忙活就是一大天，到了晚上水牛又跟肇事司机把苦菜拉了回家，所以，苦菜让水牛给大牙打的电话就一直没有打成。

肇事司机留下家里电话，有事先走了。

大牙见到水牛从他家的院子出来，正是碰巧水牛刚刚送苦菜回来，水牛忙活一天了往回走的当空上。

伺候苦菜正是苦菜的亲弟弟苦苞，大牙在窗外听到的话，正是弟弟苦苞帮姐姐换药时，唠闲嗑在说话，苦苞正跟姐姐苦菜商量这事该怎么跟大牙说哩。

大牙来回这一反复，也差不多快折腾一宿了，他蔫头耷拉脑袋的，闷闷不乐地上工地干活去，忽听工长喊话，你小舅子苦苞来电话，说你媳妇昨天车祸把胳膊摔断了，让你赶紧回家。

大牙，这时才恍然大悟，想起在窗下听到的一句话，谁谁的胳膊，咋的咋的……

那只青花瓷化妆盒

　　榛柴岗顶数梅花漂亮，一米七的个头，团脸大眼睛，那小蛮腰用男人的双手都可以扣过来，她皮肤白润得用手摸来跟大豆腐似的。漂亮的女人爱打扮，梅花须臾离不开陪她的青花瓷化妆盒，她最喜欢爱人大峰送给她的这只化妆盒，就像喜欢自己嫩嫩的脸蛋。

　　那只青花瓷化妆盒里装着唇膏、眉笔、香粉、片镜等，一有时间梅花就拿起那只青花瓷化妆盒来欣赏，她就想起很多很多过往的事情，让她心里又回到了懵懂的青春岁月。

　　读初中的时候，海子是大峰的好哥们。海子是梅花和大峰他们的班长。海子个子高高的，人长得白白净净，而又文质彬彬，就像一颗长在冬天里的白桦树，让身边的女同学垂青不已。刚升初中那阵子，海子就给梅花写纸条，后来就演变成滚烫滚烫让人心动的情书了。无论海子班长用过什么样的手段：班里的劳动课他不让梅花上，轮到值日不让梅花干，甚至所有应该梅花在学校干的体力活都由海子给代劳了，有时海子从家里带来好吃的东西总是有梅花的一份，到后来，海子写给梅花的情书从每星期的一封发展到每天一封，但是，无论海子用什么招法就是打动不了梅花的心，梅花就跟那榆木疙瘩似的无动于衷，梅花说跟着海子怎么也找不着那第六感觉，海子只能是剃头挑一头热了。海子常常独自一人想啊：要不与梅花相识，何为梅花而相思，海子的单相思让他心里受到了一种无比的痛苦和情感的煎熬。

　　大峰的性格正好和海子相反，大峰用静静的眼神，独特的略带粗犷而又柔和的男子汉目光，还有任何同学无法比拟的学习成绩向梅花示爱，这样的求爱方式很快就把梅花这个全校的校花征服了。梅花表明自己很爱大峰，梅花向大峰示爱，心里最不舒服当数海子，虽然大峰和海子是好哥们，但这个事儿让海子总也拐不过来那道弯。大峰个头不高，长相也一般，就像北方房前屋后的老榆树，粗糙而又敦厚，你大峰凭什么就把一个漂漂亮亮的校花弄到手，这在海子的心里是个谜。梅花不知道自己为什么见到海子就会不由自主地躲避，反过来，梅花对待大峰就不一样，别说是见到大峰，就是别人提到大峰，梅花都难以自制的，在梅花心中大峰是那样的完美无缺，梅花总是要想着法子靠近大峰，她打心眼里喜欢大峰，她只要见到大峰，梅花就会从心底升起一种莫名的好感来，那是一种青春的躁动。

初中即将毕业的时候，海子学习不好，也不爱学，甚至不学了。他经常旷课跟一些社会青年打篮球。大峰和梅花正准备考重点高中，学习十分紧张，有时老师布置作业多了就耽搁了放学，他们常常太阳快落山了才往家里赶。大峰和梅花不在一个屯子住，两个屯子一个往南一个往北，无法一起走，有时大峰要送梅花回家，但更多的时候，是梅花的同学一个屯的珍珍陪梅花的。梅花住在榛柴岗，离学校得有五六里地，梅花和珍珍常常一起结伴骑自行车回去。有一天班主任把海子叫来让他把全班同学往毕业证粘的照片收上来，海子迷恋打篮球，回到学校时，同学们都放学了。他没精打采地往出走，忽然内急，海子急急忙忙去上厕所，他还没进去，就听到里面有几个社会小青年说，那个毕业班的梅花长得贼浪，一会儿哥几个骑自行车追上她要要好不？领头的一说，那几个随声附和。海子急忙进厕所一看，里面的三四个社会小青年都是外地的，他一个也不认识。海子赶紧把尿解决了，出来找梅花和大峰他们，没找着。一问才知道梅花和大峰他们都已经放学走了。海子没有自行车，只好抄近道去截梅花她们，海子跑得一头大汗，远远地看到刚要下山坡的梅花和珍珍正骑着自行车有说有笑地赶路呢，海子的一颗悬着的心才放下来。于是海子停下来了奔跑，这时，海子忽然看到从玉米地里窜出来了三四个小青年，他们推着自行车挡住了梅花和珍珍的去路。海子又开始拼命地跑了起来。这几个小青年边嘻嘻哈哈边对梅花珍珍动手动脚，还嬉皮笑脸地用语言来奚落刁难着梅花珍珍她们，吓得梅花和珍珍她们俩哭得怕得都不成了样子。海子赶到了，响雷一般大声喊道，我是海子，给我住手！海子除了打篮球外，还好打抱不平，在当地很有名，一些社会小青年干仗的时候，只要提到海子是我朋友的话，这仗基本上就打不起来了，海子的大名在当地小青年人中响当当的，所以，海子也是急中生智，喊了一声自己的名字，以此来震住他们，给自己腾出点赶到现场的时间。说时迟那时快，海子一个箭步就赶到了大路上，海子挥起握紧的拳头，这拳头就像一只大锤一样儿迎着小青年领头的那位，就打了过去。海子这一下可够重的，直接就把那位领头给撂倒了。旁边的两个一看这不是在厕所里看到的那个壮汉子吗，他们赶紧拽起来老大跑了。梅花和珍珍由惊吓到惊喜，海子哥从天而降给她们解了围，梅花和珍珍她俩万分感激海子出手相救。海子说，这不说外道话了吗，我跟梅花大峰，还有你珍珍不都是好朋友吗，好朋友不帮，帮谁去呀。海子跟她们学起来他如何得知这帮社会小青年要劫道事的经过，并把她们一直护送到榛柴岗屯的家门口，虽然梅花和珍珍都想请海子进屋吃了饭再走，海子还是谢过她们后，拔腿回了家。

梅花受到此次惊吓后，在家打了几天的点滴，从此梅花和珍珍都在学校住宿不回家了，直到考完中考放假。

暑假期间，梅花和大峰来到海子家，约他一起去驼峰旅游风景区游玩。海子木匠活不太忙，就跟姨夫请了假，跟梅花和大峰他们一起出去玩儿。驼峰景区内大树林立，曲径通幽，野花飞香，松鼠跳跃。主要景区是由两个高高耸起的骆驼峰组成，西峰攀登困难危险，游玩的人一般不去攀爬。来这里旅游的人们，往往以登东驼峰为主，沿着一个个人工雕琢的脚窝，向上攀登二三十米高便登上了顶峰。站在峰顶，群山连绵，心旷神怡，放眼看去，一览无余，远方的松花江像一条银色的素练，静静地流淌着，山下附近的几个村落像繁星一样点缀在碧绿的如棋盘状的田野里，这里自然风光非常优美。梅花他们三个玩得很高兴很开心，清幽静谧的小路，树间跳动的松鼠，山间柔柔的风，还有洋溢着青春芬芳的心情，这美丽景色和朦朦青春的爱潮搅拌着梅花、大峰和海子他们的情谊。

梅花高兴得像个快乐的小梅花鹿，在攀登一块山岩时，梅花没有抓住山岩上的小树，一脚蹬空了，把脚脖子崴了。大峰和海子急忙将梅花扶起，梅花那只扭伤的脚，让她疼得十分痛苦难受。海子说，你等等我跟大峰弄个担架抬你下山吧，梅花走不了路，只好听从大峰和海子的。大峰和海子找来两棵比较直溜的小树干砍成担架干，用他们带来的绳子做了个简易的担架。大峰和海子汗不流水地把梅花从驼峰景区抬到附近医院。医生处理后，大峰和海子打车又把梅花送回了家。

　　窗外一只蝴蝶瞧着窗前摆放的花盆飞来飞去，虽然隔着一层玻璃那只美丽的蝴蝶还是在窗前绕了好一会儿才姗姗地飞走，梅花拿着那只青花瓷化妆盒出神，她想起了大峰送给她这只青花瓷化妆盒时的情形。

　　乡村的黄昏慵懒黏稠的，残阳躺在香草河里，水面铺满了碎金。农家的炊烟，像条蛇儿在榛柴岗上空随着晚霞慢慢地向上升腾。学校放晚学的孩子们三三两两在乡间的土路上打闹着说笑着，快活得就像刚刚出笼的小鸟儿。临街的村头老黄牛趴在榆树下，在憋闷的空气中喘着粗气。中考不久就要到，对想要升高中继续学习的学生来说，紧张的复习和迎接着中考考试无疑是对于刚刚发育而成的青年男女的一种人生考验，对要毕业回乡的青年学生，是一段无奈地等待，但是，只要他们毕业证一拿到手，这些小青年们就都撒着脚丫子跑离了学校。

　　海子拿到毕业证时，把大峰找到一个僻静的地方，海子跟大峰说，父亲让他跟姨夫继续学手艺，他只好终止了高中学业。海子告诉大峰，虽然我们两个都喜欢梅花，但梅花更喜欢你大峰，何况大峰你和梅花都考上了重点高中，那你们俩就要好好地读书学习，争取考上个好大学。大峰点点头，我一定要照顾好梅花。海子又接着说，梅花一直把我海子当成自己的亲大哥看待，可是，对你大峰就不同了，她要选择跟你一辈子，给你当老婆，这是你大峰的福份，你大峰的造化，你可别辜负了她对你的期望啊。大峰说，海子哥你放心吧，我要对梅花一辈子好的，我也忘不了海子哥你对我们的这份情谊。海子说，我要促成你们俩这对好姻缘。海子说完话，随手就把一盒精美的青花瓷化妆盒递给了大峰。嘱咐大峰，梅花喜欢这个东西，你想办法一定送给梅花。大峰感激得眼泪都下来了，海子哥你太好了，想得太周全。海子说，梅花一定会喜欢的，但是，你千万别说是我给你买的呀。海子临走回过头还嘱咐大峰，你要按照我说的去做呀，没错的。大峰挥挥手，我知道了。

　　在校园僻静的小路上，柳丝被风轻轻地吹动，那拨动的柳丝就好像热恋中的人们弹奏着的爱情琴弦，随着夕阳西下，伴着清风在轻轻地摆动。
太阳快落山了，天边染上淡淡的霞光，这霞光不知什么时候飞到了梅花脸
上，把梅花的脸颊映衬得绯红绯红，看起来就像刚熟的苹果分外让人喜欢。
大峰在放学时找到了梅花，说有重要事情跟梅花说。这条小路是梅花经常
放学走过的，今天有大峰陪伴，梅花格外高兴，平常大峰和梅花他们之间
刻意保持着距离，那是男女青年应该保持矜持的距离，这会大峰是挨着梅
花走的，那青春男子汉的气息让梅花的感觉可就不一样了，梅花心里好受
用好舒服的，那是来自异性魅力的吸引。大峰更有感触了，这么近距离地
接触青春朝气的女孩，对大峰还是第一次，梅花那淡淡的发育成熟的青春
女人味是对大峰有超乎寻常的吸引力，让大峰内心是激情澎湃的，那种冲
动大峰是从来没有过的。大峰那粗壮男人的手接触到梅花纤细的手上，大
峰浑身就犹如一股电流被击中，这回大峰和梅花手牵手了，身子骨还挨到
了梅花，从来不主动送给梅花东西的大峰，却意外地给梅花送来一只青花
瓷化妆盒。当梅花见到那只雕刻十分精致的青花瓷图案的化妆盒时，她心
里就像怀揣个小兔子一样怦怦直跳，让梅花欢喜得不得了，梅花想啊，大
峰真是粗中有细，真会体贴关怀人，是值得一辈子托付的人。看来他买这
只化妆盒的确实动了一番脑筋，不但知道她梅花喜欢的颜色，而且还了解
她喜欢的图案和样式，这是爱的信物，这是射中她心扉的丘比特之箭。

梅花束身的高领连衣裙把梅花青春少女的特点张扬得更加明显，让坠
入爱河的大峰真真切切地有了一种冲动，他想亲吻一下梅花，可是，在那
个年代男女青年牵一次手都是很难为情的，作为大峰他只是想想，他愣就
没敢去主动亲吻梅花，大峰羞红着脸赶紧把握着梅花的手松开了。

梅花欣赏着大峰送给她的精美的青花瓷化妆盒，梅花那清澈的眸子里
有一股清泉让她难以控制，眼泪竟然悄悄地溢了出来。让梅花想不到的是，
刚刚松开握着的大峰手，他竟然还脱口说了一句，我爱你！这更让梅花激
动了，梅花高兴得真想去拥抱大峰，可这时大峰反而像木雕似的无动于衷
了，梅花只好带着遗憾作罢了。大峰在这个梅花最需要拥抱亲吻的时刻，
大峰却没有做出来，这让梅花很失望很无奈，至今结婚都一年多了，梅花
还对此事耿耿于怀。梅花说，那天晚上回家睡觉儿，梅花是抱着那只精美

的青花瓷化妆盒进入梦乡的。这以前她十分渴望着大峰能够送给他一个小礼物，或者大峰不送给她礼物也行，从大峰嘴里说出来一个"喜欢她的"的字样也好，那也会让梅花心满意足啊！可事与愿违，梅花越是这样想这样盼这样期待，越是让梅花痴心苦想，大峰就根本没有往这方面想，或者根本就没有这些想法，梅花心里恨恨地说，大峰啊，你真是个呆子，是个傻透腔的呆子。可是让梅花没有想到，大峰今天居然学会了浪漫，给她送来了精美的青花瓷化妆盒，这让她喜欢得不得了，而且梅花还从大峰嘴里听到了，"我爱你！"这三个字，对梅花来说该是多么的重要，多么的期待啊！

　　海子初中毕业回家后，一心一意地跟姨夫学习木工手艺，不出三四年，海子在十里八村有了知名度，于是，海子在乡里街面上租个商铺开起了装潢商店，做起了装修生意。海子肯吃苦，手艺好，脑筋又活络，生意开得很红火。有时趁梅花和大峰高中放假时，还特意请他们吃过饭，梅花和大峰都喊海子为大哥。

　　海子在一次装修施工中不慎从一楼掉下来摔断了腿骨，偏巧正赶上大峰和梅花放暑假，他们两个知道信后，骑自行车来到县医院看望了海子。海子依然像以前那样乐天派，啥也不在乎，让他俩不用惦记，好好用功学习，争取考个好的大学。

　　其实，梅花和大峰升学高中以后，他们背着家人处上了对象后，哪还有心思念书，在高中那三年，整天在一起卿卿我我，花间月下，形影不离，两人经常一起逃课，一起编造瞎话来对家长撒谎，大峰和梅花的学习成绩每况愈下，一落千丈，最后他们两个谁都没有考上二本以上的大学。

　　读三表大学花销大，梅花和大峰两个家庭都主要依靠种地收入，也供不起他们读大学，这样大峰读了职业技术学校，学习建筑监理，三年后获得了职业资格，在一家建筑公司做监理工作。梅花回到村里小学做了代课教师，也就在大峰职业技校毕业的那年秋天，梅花嫁给了大峰。

　　大峰已经出去半年多了，在牡丹江工地干活，昨天捎过话来，说这段时间活忙，一时半晌回不了家。村里教学的梅花，只有用思念来填充她的寂寞，时时刻刻想着大峰临走时答应回来给她买一盒高级化妆品哩，下班回来，梅花时不时地站在家的院子前，热切地望着进村里边的唯一条路，她盼望大峰的早日归来。

梅花天天起床的第一件事，就是对着镜子梳妆，精心地侍弄她那美丽的秀发，细细地给自己本来就娇嫩的脸，涂上薄薄的粉妆，这些结束之后，还一定要静静地，端详一番自己和大峰的定情之物，那个刻有青花瓷图案的精美化妆盒。

一天，梅花做了一个梦，早晨起来，脸没洗，头没梳，就慌慌张张地给大峰打电话，可是，她连续按了多少次大峰的电话就是打不通。这让梅花很着急。约莫到了晌午，牡丹江那边来了电话，说是大峰在施工工地出了车祸，人已经住进了哈尔滨医科大学附属医院，让她赶紧来哈尔滨，大峰正在医院抢救，并让她准备一些钱，好做手术。这事真如晴天霹雳，击得梅花六神无主，不知所措，她赶紧找娘家哥哥商量办法，可是因为他们村子小，大多数靠种地为生，家家都不太宽绰，找遍了所有的亲属，一时也没有筹措到多少钱，梅花只好让单位同事帮着凑了两万块钱，梅花在娘家哥哥的陪同下，急急赶往哈尔滨大峰住的医院。

在医院里她只见到了同大峰一起出去干活的老乡，却没有见到大峰干活的公司领导，老乡见到了梅花非常气愤地说，大峰是在施工现场做工程监理时，被一辆失控的运输车刮到了路边深山沟里去的。这次事故造成大峰脾破裂及多处骨折，急需做脾摘除和骨折修复手术。老板说，单位经济不景气，只甩给了五万块钱，到现在手机关机人也没踪影了。梅花的娘家哥生气地说，这是什么单位，连点人味都没有，给大峰做手术还差八万多块钱哩。梅花哭着说，在这个节骨眼上，到哪儿张罗钱去啊？本来家里就没有积蓄。结婚时欠下的债务到现在还没有还上，来时，是东挪西借地凑了三万块钱，病人躺在手术室里，没有钱就动不了手术，这可咋办好啊！梅花没等说完话，她就瘫坐在了地上。

梅花的娘家哥哥赶紧扶起了梅花，安慰说道，咱们再想想办法，天无绝人之路，咱们再求求各位亲属吧，于是，梅花给她的各家亲属又一次打求助电话，整个一下午，电话是打过去了，可是，对方一听说大峰死活难定，没有一个肯愿借给他们钱的。世态炎凉，人情寡淡，兄妹一时没了主张，正在兄妹两人陷入绝境，抱头痛哭的时候，病房的门开了，进来的人是海子。梅花看见了顺脸淌汗的海子，便止住了哭声。

海子说，听说大峰出了事，我就急三火四地赶了过来，怕你们看病着急用钱，我特地带来了五万块钱，说着，就从皮兜里往外掏钱。

梅花哭了，我们这里正愁钱呢，都借遍了，都怕大峰有个三长两短的，不借给我，不管是大峰好朋友，还是我们的亲戚，人家都找这样或那样的原因，不愿意借给我，大哥，你借钱给我，你不怕么？

海子说，我怕？我能急三火四地赶过来。

梅花说，大哥，你这钱真是救命钱啊，晚来一步，大峰的手术恐怕就做不上了，大峰的命也就难保了，不过大哥，我得说清楚，万一大峰的命真保不住，我拿什么还你啊？

海子说，你呀！现在什么时候了，怎么还这样婆婆妈妈的，兄弟之间还说这些话，这不扯远了吗，赶紧救人要紧，给你这五万块钱，不够我回去再想办法给你掂对，梅花是哭着从海子手里接过了这充满真情厚意的钱。

大峰由于及时做手术，手术很成功。几天之后，大峰苏醒过来，梅花就把借钱的经过讲给了大峰，特别借遍亲戚朋友也借不到钱的时候，更无法给大峰做手术，这时海子哥，在这个关键的时候给我们送来了五万块钱，你是海子大哥救的命，你这辈子都要记住这件事。

大峰听到这里也哭了，他说，当初我大峰海子两个都喜欢上了你梅花，可是，海子哥看到梅花更喜欢我大峰，于是，海子哥就给我大峰买了那只精美的青花瓷化妆盒，并且鼓励我送给你梅花的。

怎么，原来那只青花瓷化妆盒是海子哥给买你的？梅花惊诧着，大峰点点头说，真的。只见梅花脸上的幸福的泪滴顺着脸颊流了下来。

活法不一

　　沿着弯弯曲曲的香草河河岸，祖祖辈辈，繁衍生息着这样一群人，几代人或几十年秉持着一种传统手艺，他们不但将这些精良的工艺传承下来，而且也将经营的美德和理念传承下来，靠着这一独特独门的祖传手艺，在这赖以生存的土地上以自己的活法活着。

王豆腐匠

　　60年代初，我五六岁，体弱多病，骨瘦如柴。饥荒刚闹过去，家里实在没啥吃的，连小米粥也难喝上溜。我因为营养不良，总闹毛病。

　　有天晚上，母亲咬着牙下了很大的决心，领我去王豆腐匠家，求王豆腐匠在给生产队做豆腐时，隔三差五在点卤水之前，从熬豆腐的大锅里，挑一张豆腐皮给我吃。

　　豆腐皮儿，就是煮豆浆时上面凝固的一层薄皮儿。油光锃亮，像春饼一样，特香，能养人。

　　王豆腐匠的手艺是跟他爷爷王耀辉学的。据说，王豆腐匠闭着眼睛泼干豆腐，每张干豆腐厚度都分毫不差，出了架子的干豆腐，拿起一张，对着太阳光一晃，薄如蝉翼。用农家大酱拌大葱香菜卷张王家干豆腐，吃起来满口溢香，吃完豆腐，过了半个时辰再去咀嚼一下，口中还会留有豆花味。

　　王家豆腐在民国时，就享誉榛柴岗小镇。建国后，王家豆腐坊收归国有，他爷爷王耀辉是豆腐坊的主事。他爷爷死后，王豆腐匠成为榛柴岗镇东方红豆腐社社长，现在来说就是豆腐坊经理。镇里豆腐坊没开办几年就黄摊了，这样王豆腐匠回本屯生产队做豆腐。

做豆腐的人特能吃辛苦，每天早上要在一两点钟，就得起来泡豆子，泡早泡晚都影响豆腐的品质。泡豆子时间长短要分季节，也包括每天的气温变化。拉磨、煮豆浆、点卤水、上榨、加压等每道工序都含糊不得。

王豆腐匠不但干豆腐做得好，做出来的大豆腐，颤颤巍巍的，鲜嫩无比，大豆腐上面浮着亮黄亮黄的一层油，包浆丰满。豆腐入口似乎吃了鸡蛋羹，味道鲜美。王豆腐匠一个人从早上一点来钟到队里豆腐坊开始做豆腐，基本上要忙乎到五六点钟，两板大豆腐才做了出来，这时候他才能得闲歇一会儿。

我去队里吃豆腐皮，肯定事先母亲跟王豆腐匠约定好的，因为我去吃豆腐皮是不能公开的。那时候，不是哪个家孩子大人可以随便去生产队里吃豆腐皮的。

我记得第一次去吃豆腐皮，冬天的早晨五六点钟，正是鬼呲牙时候，格外地冷。母亲领我绕道去的，到了生产队做豆腐的屋子，我的帽子鼻子眼睛全是霜。王豆腐匠说，你来得正好，我还没点卤水呢。说话间，他那两只大手拿着一根长长的高粱秆，一下子就从大锅里挑起来一张豆腐皮，放到了事先准备好的葫芦瓢里面。跟我说，小子，你去我住的屋里吃吧。

王豆腐匠住的屋子，也就四五平方，门开一条缝，水蒸气也跟着进来了。我进小黑屋子里面吃豆腐皮的时候，隔着窗户，我发现站寒风中的母亲，整个身子在瑟瑟发抖。我知道母亲站在门外，是怕队长来了，突然发现我偷吃队里的豆腐皮，那样，王豆腐匠跟队长是没法交代的。也许王豆腐匠也看见了，临走时，跟母亲说，你以后不用送孩子来了。让他自己来吧，真要碰到人，我还好说话。

不久，我偷吃村里豆腐皮的事儿，就被队长发现了。因为队长发现王豆腐匠做的豆腐上面不那么油黄了，队长觉得跷蹊，就来查看。正好把我堵个正着。

队长急赤白脸地把王豆腐匠好一顿骂，要扣我家的工分，还要撤王豆腐匠的职。王豆腐匠说，队长，这个孩子怪可怜的，小孩子懂啥，一个人跑来吃口豆腐皮，度个活命吧。你撤我的职，行。孩子家的工分就别扣了，他家孩子多，挣工分的人少哩。

队长瞅瞅我，说，会烧火吧。我急忙答，我会、我会！队长又说，那就帮豆腐匠能干啥就干点啥。我连忙鞠躬点头。

一个月后，我脸红润了起来，浑身也有了力气。有一天，母亲捡几枚鸡蛋带我到王豆腐匠家去感谢他，并说这孩子身子骨硬了，不用再吃豆腐皮了。

可是，没过三天，王豆腐匠就来我家找我。说我不给他烧火，这豆腐就差了火候，不好吃。我知道这是借口。王豆腐匠做豆腐有真本事儿，只有跟他在一起，你才会知道。我当然知道，在你不知不觉中，香喷喷的豆腐就出锅了。

我陆陆续续地在队里吃了大半年的豆腐皮。

再后来，我长大了，上了大学，去了外地工作，就很少吃到王豆腐匠的豆腐了。

联产承包后，母亲告诉我，王家豆腐坊已经注册了自己的商标，豆腐坊上了机械设备，聘请了村里的半大小伙子十多个人，给王家做豆腐。王家豆腐已远销俄罗斯、日本等地。

酒匠老蔫

刘酒匠大名刘宝福，很少有叫他大名，也很少有人叫刘酒匠。人蔫了吧唧地不爱吱声。村里人都管他叫老蔫，连刘字都给省略了。队长说，马经官病了，你去喂几天马吧，他二话不说，就去马圈干活。隔几天队长又说，老蔫啊，队里清猪圈粪的王大个孩子结婚，你说这粪可不能积攒下来，得一天一收拾，咋整啊。老蔫，我捉摸一屯子就你合适，替几天班吧，一天多补半个工。老蔫又二话没说，起早贪黑去队里猪圈清理猪粪。事后队长多没多给老蔫那半个工，老蔫从来也没问过。

队长安排还好说，毕竟是生产队一把手，老蔫只当服从是了。你说屯子里的转业军人王老虎，也时不时地给老蔫派活，但老蔫言听计从，服服贴贴的。王老虎解放战争时期，打仗整丢一条腿，整天提溜个拐杖满村子溜达。看不惯的事儿就管，一天谁家猪没看住，把队里土豆地给拱了，王老虎气呼呼地找到他家，那家主人正在扫院子，他见到，就对人家一顿批评，你说你家啊不好好地看着猪，来回走道，那大门像敞吧道子似的，大人小孩不知道关门。我打上甘岭那阵子，全靠那炐熟的怀里揣着的几颗土豆，才打败美国鬼子的。王老虎说话没人敢顶撞他，据说是公社书记社长都得让着他三分。一天，王老虎感冒了，他在家躺着，起不来炕，就是有人知道，因为他好管闲事儿，也没人主动地去帮他。老蔫正好经过王老虎家，他家窗户开着，王老虎咳嗽声一声接一声。老蔫赶紧进屋子二话没说，背起王老虎就去了村卫生所。打这以后，老蔫就多了王老虎这个朋友。为啥老蔫就那么听队长的，据说队长救过老蔫的命，有一年，老蔫下河洗澡，掉到河的深沟里面了，眼瞧着老蔫挺不住了，那时队长年轻，一个猛子扎下去，就把老蔫给提溜上来了，自此，老蔫就欠下队长那份还不清的人情债。

　　队长听说周围的生产队用筛漏子就是没成熟的玉米粒子烧酒，发了财，村办公室和村卫生室都盖上了红砖房。队长也想把酒坊开起来。那个时候整个县里也没有几家酒坊，烧酒的师傅根本找不到。队长晚上睡不着觉，一晚上也没想出合适的人去外地酒坊学烧酒。天亮了，队长一咬牙，他定下老蔫去学这门手艺。早晨，队长组织班子开会商量，原以为其他班子成员会否定他提议老蔫去外地学烧酒。让队长没想到，这次班子意见，出奇地一致，老蔫学酒把头队务会议一致通过。

　　老蔫在村里很有人缘，谁家广播喇叭坏了，你找老蔫，他闲着时候，一捅咕就好了。谁家的收音机、缝纫机出故障了，把老蔫请去看看，然后去镇里买回来件，换上就好了。老蔫人老实厚道，不善言语，但他心灵手巧。可是这次老蔫学完烧酒回来就整不明白了。按照他学来的制作发酵酒的办法，先制作出酒曲来，然后将原料加注到发酵池，等待原料发酵好了，再烧酒。蒸馏大锅等设备都是按学习酒厂的型号、配件等采购来的，每次烧酒流程跟学的也都不差样，可是，老蔫折腾二十多次他烧出来的酒，咋整也不好喝，出酒率还非常低，老蔫这个上火呀，把老蔫整得快崩溃了。这时村里人说啥闲话的就来了，老蔫拿队里的钱游山逛景了，老蔫在外地嫖娘们了，等等一些闲话也传到了老蔫耳朵里。老蔫想，这酒烧不好也别怪人家说闲话啊！这回老蔫，真的给整蔫巴了。队长站出来力挺老蔫，啥事儿也不能一下子就成，别人愿意说啥说啥呗，我信得过你。这时，正在大街溜达的王老虎站在人群中扯个大嗓门说道，你们看老蔫学烧酒遭了多少罪，烧酒那么容易学酒把头就不值钱了，大家别跟着瞎起哄。王老虎这一喊，全村老少爷们都不嚷嚷了。

没办法，老蔫跟队长建议，花钱到县里酒厂，把酒把头请过来吧，给咱们好好看看烧酒差在哪吧。于是，队长狠狠心，出大价钱托人把县酒厂的酒把头请了过来。酒把头来到村里一查原因，是村子里大口井水不好。出料发酵，制作酒酵母，酒曲，烧酒等流程老蔫整得都对路。这个酒把头原先是县水利局打井队的技术员，后来他跟爷爷学会了烧酒的本事儿，他爷爷是哈尔滨烧锅的酒头，跟爷爷的爷爷学的烧酒，他当兵分配到水利局上班，县酒厂找他爷爷帮酒厂烧酒，这样爷爷推荐孙子去了酒厂，后来他成了县酒厂的第一烧酒师，当地人管烧酒师叫酒把头。酒把头让人把他用绳子捆住，穿上水叉，把他顺到井底下面，他到了井底，伸手抠了几把井下泥土上来。上来后，只见他用手反来复去地观看井下抠上来的井泥，跟队长说，你去县里找打井队吧，提我名，再往下打二十米深，这口井水就会进入到另一层水线，成了，这口井别说烧酒，就吃也会甘甜可口，清澈无比，全县没有几眼大口井能比得上它。至于打井花钱你提我名，还能给你们队里节省一些钱。队长寻思不开酒坊这村子里也没啥出路。再说老蔫手艺也学成了，要是另外雇酒把头也请不起。再者说往深打井对村民吃水也有好处。那就打吧，半个月后，清凉凉甜滋滋的井水冒了上来，老蔫再用这井水烧酒，出来的酒用村子人说，都赶上茅台好喝了。后来，村里因为开酒坊挣了不少钱，别说村部卫生室，就连学校幼儿园都建成亮堂堂的红砖房了。

老蔫历经万苦，烧酒成功。后来，老蔫被聘到县里酒厂当技术员跟酒把头学烧酒，一家人也搬到县城居住。再后来，老蔫自家开办酒厂，发了大财。

近几年，国家开展扶贫建设，城乡结对子扶贫。村长过来找老蔫，让老蔫帮助想点脱贫出路。于是，老蔫把自家的酒厂分厂建到了村里，还出钱为村里建起一万多平方米的养猪场，用酒厂下脚料，酒糟来喂猪，发展养殖生态猪系列产品，老蔫还让村里的贫困户到养猪场打工，他给交养老保险，每月开工资。

再后来，老蔫死了。儿子拿出来老蔫的遗书，上面有他的签名：刘宝福酒厂股份当中有一份属于榛柴岗屯全体村民的，只要户籍在榛柴岗每年每人都有分红。

村民自发地为老蔫立起一座碑，碑文上面写道：一代酒师已去，慈恩几辈承来。

刘一角

我十五六岁的时候，父亲跟我说，在农村住着，你管会干农活哪成，你还得自己学会一门手艺，往小了说，你能养活自己，往大了说，以后你娶媳妇有孩子，你得能养活你的一大家人。

这样父亲带我去邻村刘一角家学编炕席技术。刘一角家编的炕席，远近闻名，每领炕席都缺一角，炕席四角被编席人故意留下一个一公分左右的小角，缺角处编有刘家的席花，像个铜钱，放在现在，那就是刘一角炕席商标。刘家编炕席技术都传几代人了，只传男不传女，更不用说传外人了。那刘一角为什么收我当徒弟呢？据说"文化大革命"时，刘一角挨批斗，是父亲帮他过的关，没遭着罪，咋个帮法，我不得而知。刘一角家编的炕席是用高粱秆皮编织的。

上老秋，刘一角在高粱地里，不但选择成熟度好的高粱，而且还要选平川地的高粱，只见那些被选中的高粱秆，长得蜡黄，杆子非常壮实，没虫眼，就跟一个小青年他往那一站就比周围人都精神打眼就出众。刘一角告诉我这样的高粱秆是编炕席的上乘原料。

我跟刘一角先学割高粱，他跟我说，高粱秆子高，割的时候，你得抱着往胸前这边拉过来，然后半抱式往前推镰刀，使寸劲往后割，力量大小确定抓多少高粱秆子，一般一次放4条垄为一趟码堆，我还没割出去几十米远，腿就让刀碰了。刘一角说，不行你就回去吧。高粱种得少我自己一下午就割完。我用布简单包扎一下，感觉就是个小口，我说，没事儿。刀碰着我说明我割的时候有点着急，这回学刘一角一下一下，一把一把地割高粱，又过一个来小时，我也就熟悉了高粱割法。刘一角说，你看看，有进步吧，啥都得一点一点学，着急不行，摸索出经验了，就好办了。

高粱拉回来在家放几天，刘一角说，虽然把高粱割下来了，粮食归圆，你别看秆割下来了，秆没干透它，营养还往高粱头的籽粒上度。这些知识不真跟刘一角干活学，还真不知道。又过了7、8天，刘一角说，咱俩破糜子吧，他把高粱秆拿回来几捆，破席糜子是技术活，使用不好分离器，破开高粱秆的片子很容伤手。还好，我先看刘一角咋干，然后慢慢摸索，把整根截成小段的，学会了再破整个秆，破完高粱秆，就要把分开3个高粱片里的瓤子除去，这得用锋利的刀，顶住瓤子用手慢慢拉高粱皮子，这里技术含量很高，稍不慎就把高粱皮子弄断了，编炕席得用整根的，断了的席糜子就废了，所以我开始，一整就断，半天整不出来一整根的，再就不注意刺啦一下，高粱皮子就会把手划个长口子。虽然，我万分小心，还是吃了几次不小心的亏，手上的口子得有三四次，这活胆小的话干不了，特别是用手拉扯长长的高粱皮，那锋利劲要比锋利的刀刃不差啥，一般学编炕席，这步很难逾越，我咬咬牙，伤口疼是肯定的，我暗暗鼓励自己，坚持住，就这样经过反复受伤，反复坚持，终于熬过3天，学会刮席糜子，逾越了这个最不好干的活。刘一角又夸我，有个大进步，你可以直接跟我学编炕席。

破高粱米子的用具是牛角做成的，一般席糜子被破成三半，要是特殊要求的，也有破成四半的，把高粱秆子破成几半后，除去里边的瓤子，然后坐到仓房宽敞屋里一点点编炕席。编炕席有两种：一种是双层炕席的，一种是单层炕席的。单层炕席就是薄薄的一层高粱糜子，单层炕席不抗使，一般人家不用，用也是屯子里较为困难人家，大多数刘一角只要个成本价，单层席子大部分编完都卖给粮库做围粮食囤子用。大多数人家都选双层炕席的，双层炕席就是用高粱双层糜子编织的，席米子叠加一起，席糜子码与码之间密实，小孩子在炕上玩闹啥的也不会轻易弄坏，双层糜子能使用五六年。

一天晚上，刘一角喝口酒说，走，我教你编炕席。我和刘一角来到他家仓房，看到木板搭起的编席子板铺，他说，你在下面看看我咋挑糜子，咋按糜子，咋过糜子，咋编糜子，咋紧糜子，咋顿糜子。说完，刘一角演示给我，说起来容易，看起来容易，真要做起来完全不是那么码事儿，刘一角编炕席就跟画家画画似的行云如水，不一会就编完二尺来宽。我上去没整二下，手就被糜子开个口子，手划破也习惯了，收拾收拾用布缠一下，上铺子上再干。让刘一角一点点教吧，我费劲鼓揪一晚上，终于学会编席子这活了。刘一角说，人小时学点手艺，长大了饿不死你。

学会编炕席以后，刘一角教我学扎扫帚。刘一角提前把高粱割回来，先要把高粱头部分去掉，挂到晾晒杆子上，高粱头下边与主秆中间的高粱颈部位作为穿帘子用的原材料，接下来要放到阴暗处晾晒，等7、8分干了，拿去穿高粱秆帘子。高粱秆帘子美观又耐用，那时是农村包饺子、包豆包、玉米饼子，晾豆角丝、茄子干、土豆干等等都用高粱秆帘子。也有的要保留颈部和高粱头，把高粱头拿到木头滚子上粒子摔下来，剩下的高粱头樱子和颈部做扫炕、扫地、刷屋子的扫帚。高粱扫帚也是居家必用的生活品，捆扎扫帚这活比较简单，一学就会，在仓房柱脚上钉个钉子，用捆扫帚线绳一根根把高粱头樱子及颈部秆往上捆，但是要始终保持扫帚底下部分即高粱樱子部位的齐整，所以，为了保持扎的樱子部位整齐，就要捆一根稍微往下错一下位，为了扎紧扎实手把部分，把捆绳勒到自己腰间，扎一把高粱樱子的颈部秆，用脚蹬柱脚，紧一把高粱秆子，这样扫帚把子部分就捆得绷绷紧了，在使用扫帚时能坚挺耐使。往扫帚捆高粱樱子时还要注意选好高粱秆大小粗细樱子的长短一致，这样不至于出现一把扫帚高粱选材不均匀情况，粗细大小不一，樱子不一的现象。现在市场扫帚的通病就是扫帚扎得不紧高粱樱子和秆子粗细选择不一致造成的。那时，我跟刘一角学扎扫帚，手拿起一根高粱头樱子，然后一根挨着一根往上捆，根据扫帚的用途，大小，扫帚樱子的薄厚，手把的长短，来确定扎哈款式的扫帚。刘一角家的扫帚一拿到天增泉市场，不用吆喝，听说刘一角家的扫帚，放在那一会儿就卖完了。

刘一角还教我编筐篓技术。比如说装酒的酒篓，一般人不敢接的活，整不好不是漏酒，就是使用不多长时间。刘一角的酒篓，装酒十年间不淌不漏，那是真功夫，篓子条子压得紧绷绷的，连个蚂蚁都进不去，密封黄泥堵得严严实实，老鼠都嗑不坏，油桐涂上酒篓，防虫还美观。刘一角做的酒篓，不但外形好看，而且还经久耐用。仅说用料吧，那就比较讲究，选条子，只能在春天4月上山采的黄榆条子，老条子不行，小条子不行，树上边条子不行，下边的也不行，树背面不行，树尖顶得不行。岗地不行，洼地不行。能采来做酒篓的条子，实在有限；选封泥也有讲究，往酒篓里外抹的做封泥，要选三岁小马的马鬃、马粪、猪毛、石灰、老酒、醒好的黄泥等按比例做成封泥，放阴暗处醒好后，分层次往编好酒篓里里外外刷上几层；选桐油，那必须是安徽的上等货，不能隔年。再说编酒篓说道也不少，先从口沿往下编，等到酒篓底部，那是细码活。刘一角编成一个酒篓没有半个月左右的工夫编不完。我跟刘一角前前后后学了大半年，但是编篓子这活，我只学个皮毛而已。

后来，我考上大学进了城里，有单位上班，整天忙乎乎的，跟刘一角学会的编炕席、扎扫帚、编筐编篓的技术都丢掉了。但是刘一角的技术却被他大儿子我的同学刘大角给继承发扬光大了。刘一角编织有限公司产品畅销国内外，在浙江义乌小商品市场有刘一角家的精品销售处。

有一年，我特意回来看望师傅刘一角，快近80岁的人了，耳不聋，眼不花，满面红光，精神抖擞，瞧那面相也就六十多岁的年龄。我问老人家，缘何身体健康，保持得这样好啊！他回我，编炕席啊！我俩相视而笑。

王一刀

王一刀，村子的杀猪匠。穿个衣服整得油渍麻花，就跟多少天没洗似的。全村子的小孩子都怕他，小孩子撒脾气，家大人就说，王一刀来了，孩子立马不哭不闹了。

王一刀很怪，我只记得他脸整天阴沉着，走步弓个腰，见面你不跟他招呼他从来不跟你说话。在队里当仓库保管员，那时五六十年代，杀猪也只有到了过年过节才有王一刀展示本事的机会。他媳妇没生孩子，家里家外整得挺干净，他媳喜欢小孩子，经常把我们喊到她家，给我们讲瞎话（讲故事），偶尔还会给我们分糖块吃。那时我才七八岁，我最爱吃的农村菜就是杀猪菜。刚杀完猪，好大的一个大铁锅，里面炖着酸菜，汤里面一大块一大块的猪肉，还有血肠、苦肠，猪身上一些好吃的都放进了大铁锅里，一起炖上。我最爱吃大铁锅里面烩的五花肉，吃一口肉，吃一口小米饭，出奇的香，还有血肠蘸蒜泥，那味道好极了，还有第二天靠油滋啦，用油滋啦包酸菜馅饺子，香而不腻，好吃得很，这些都是东北名菜。那时家里杀猪了，小孩子才能敞开肚皮吃肉的。小时候猪肉特香，也许因为小时候家里饲养的猪时间长吧，那时猪养到一二年都属正常，现在快速育肥的猪也就几个月，所以，猪肉赶不上我小时候的猪肉好吃，再就是小时候根本吃不着猪肉，冷不丁吃炖肉肯定香。

我记得王一刀一到年关跟前，他腰里别个杀猪刀子，戴个貂皮帽子，身上穿着油渍麻花的帆布衣服，脚上穿着长筒皮靴子，村里人没有一个穿皮靴子的，更没有穿长筒的皮靴子，不知道他从哪里淘弄来的。人们只见那款三尺来长的杀猪刀子，寒光闪闪，十分瘆人。他给别人家杀猪都是提前预订的，这家杀完猪，他就急忙去下一家杀猪。给别人家杀猪，他从来不在那家吃饭，杀完猪，褪完毛，开膛破肚，灌血肠、分割猪肉，等等，凡是他应该干的活计都给你整得利利索索，干干净净的。干完活计，王一刀问东家，你还有需要我干的没有？东家说，没有了。他说结账吧。东家付完杀猪钱。他提溜个杀猪刀，钱往兜子一揣就走人，他只要现金，给猪肉啥的抵顶杀猪钱他不干。他说我把猪命索走了，不能再吃它的肉了，那样不人道。那时他杀每头猪要十元钱，在当时也是不小的数目，不给他这个数目，谁找也不去。就连队长也不给面子，也不打折。他杀猪前还念叨几句嗑："小猪小猪你别怪，你是人间一道菜，今天索命西天去，明天托成大员外。"平时不杀猪，他就跟社员一样去队里干活计。他力气大，活计干得也漂亮，打场、扬场、铲地、趟地等等活计，他拿得起放得下。平时不酗酒不赌博不爱说话。

后来市场放开了，王一刀去县城农贸市场租个杀猪摊床专门杀猪。一年听说挣好几万块钱。有钱了，他捐给敬老院，听说，后来他捐款为村里盖了个小学校。

再后来，王一刀因突发心脏病，死在去往杀猪点的路上。

牛过香草河

　　霞把山川、大地、河流染成了橘红色,静静流淌的香草河蜿蜒着伸向远方。老柏背个手,叼着旱烟袋,走在前面,身后跟着大大小小六七头黄牛往家走。牛吃饱了要归圈,老柏饿了要回家。

　　老柏的儿子铁柱在城里当公务员,一年忙得只有过年的几天才回趟家。老柏媳妇五年前得病走了,只剩下孤零零的老柏。铁柱要接老柏去城里享福,老柏说啥也不去,说扔下你妈在荒郊野地里我不放心,要守在这里好陪她。

　　老柏就守着他的三间砖房,养着几头牛,迎晨光伴夕阳经狂风沐小雨在草地与小屯间来往。可是,孙子放暑假回老屯,老柏架不住儿子、儿媳和孙子一顿劝,说爹你要嫌跟我们住在一起不方便,我们在小区里给你再买个一楼小面积的,你出来进去方便,自己愿意吃啥自己做,不愿意做就跟我们一起吃。

　　老柏怕儿子再破费,就答应了。临走时,老柏留个心眼,他怕在城里久待不了,回来没啥干的,就把他的几头老牛托付给香草河南岸的刘章一放养。刘章一跟老柏是战友,用刘章一的话说是生死弟兄,他们在中越自卫反击战中,一起上过战场,挂过红,立过功。刘章一儿子没考上学,在家跟他伺候地了。原先刘章一家在村子里也算数一数二的富裕户,后来,给儿子娶媳妇拉下了饥荒,儿子结婚时媳妇要了十万块钱财礼,在城里买楼又花了二十多万块钱,结婚时摆宴席又花去几万块钱,这样刘章一下子由富裕户变成了贫困户。家里几十亩地,一年收入个两三万元,也仅够还利息的。刘章一儿子结婚后，住进了城里，儿子和媳妇出外打工，地就扔给了他。孙子生下来三个月就抱给刘章一媳妇哄着，小孩喝奶粉啥的儿子儿媳往回快递。后来，渐渐地不递了，刘章一只好去镇里买。老柏没事就过河南岸跟刘章一喝酒。刘章一老伴孙兰芝因为外面总要欠款的，来家一要账，她就上火，一来二去就患了眼疾，几乎看不见东西。原本家里家外啥活都能干，加上她心眼好使，性格开朗，村里人缘好，还做得一手好菜，谁家有个大事小情，都请她过去帮个手，可现在兰芝成了废人。兰芝害了眼疾啥都看不见了，只好用手摸索着干点儿家里小活儿，给刘章一做顿饭都费劲儿。刘章一陪兰芝到市里医院看过，医生告诉他们需要连续几次给眼睛做手术，这样的话视力才会得到缓解，但是看病得需要花几万块钱。儿子结婚欠下银行的、亲戚的、还有外面抬的款一摞子账，兰芝说啥也不同意做手术，就这样拖了下来。

老柏牵牛趟过香草河来到刘章一家，把这几头牛托付给刘章一放养，就跟铁柱来到了城里。铁柱家里经济条件还算不错，小两口儿都上班，虽说没有太多的积蓄，年吃年用还绰绰有余。老柏被铁柱接到城里，铁柱和儿媳陪他逛公园、看二人转、逛城市风景，小孙子也缠着他一口一个爷爷地叫着，老柏享受着天伦之乐，心里美滋滋的。

可时间一长，他就厌倦了。天天逛公园，公园有几棵大树、几块假山石他都知道，他觉得城里生活再好，也赶不上山沟里舒坦。老柏惦记他的牛，这些牛都跟他习惯了，他也习惯陪伴这些牛。

一晃假期就过去，孙子上幼儿园由姥爷姥姥接送，铁柱和媳妇上班忙，屋里屋外就剩他自己实在闷得慌，城里没有人能够跟他搭讪说话的，躺在床上的老柏翻来覆去睡不着觉，便说啥也不在铁柱家呆了。

铁柱就劝，爹，你还没住上多长时间哩，要不找给你找份打更的活儿，挣多挣少都没啥，好歹有份营生，省得你寂寞。老柏不同意，城里我是坚决不待了，啥活儿也不干，我离不开我那群牛。我得回榛柴岗，那多自在啊，一天放放牛，跟牛能唠到一起去，再说，一头母牛，三年五个头，那也是一笔收入，我也适应不了城里的生活。

铁柱没办法只好开车把老柏送回老屯。

　　刘章一接手给老柏放牛，他可不敢懈怠，因为这毕竟是老战友托付的事儿，他十分用心，专找牛爱吃的青草地去放。刚开始时，领头的老黄牛总跟他较劲儿，别别愣愣地不听使唤，牛一出圈，它就领着这群牛跑没影了，等刘章一喘着粗气地赶上来，它领着又跑开了。刘章一没法子，晚上回来往草里多加一些料，就是把玉米黄豆等料拌在一起粉碎的料食。牲口记吃不记打，这招儿好使，老黄牛乖乖地听从刘章一了。

　　老柏走时跟刘章一说好了，如果老柏回来，这牛他还得牵回去自己养，这段时间料钱工钱回来算账，他说亲兄弟明算账，虽然是战友不假，但是这账不能含糊。如果在铁柱家老柏住下了，不回来的话，那这些牛就赊给刘章一。等卖牛犊出了钱，再一点点把买牛的钱还给老柏，老柏的意思很明确，繁殖下来的牛犊就是刘章一的，用牛犊替老战友还还饥荒。

　　老柏在儿子家没待上多长时间就回来了，回到家的老柏，火燎屁股地过河到刘章一这儿看望他的牛。老柏带些城里的好嚼谷儿，还提两瓶玉泉方瓶，他要和刘章一好好喝一顿。刚进院子，老黄牛一瞧见老柏，就哞哞叫了起来，老黄牛这一叫不要紧，院子里的大牛小牛也一起跟着叫了起来。老柏把手里的东西递给了刘章一，也没顾得跟刘章一打招呼。就直奔老黄牛，他抱着老黄牛，这眼泪就下来，牲口通人气，老主人跟它有感情，老黄牛跟老柏十来年了，还从没有分开过，见它哪能不亲热亲热，老柏扯扯这头牛，摸摸那头牛，那些牛都是他心头宝贝。

　　老柏在刘章一家喝酒，两人都喝高了。老柏比刘章一大几岁，有时他们唠嗑一扯就扯到老柏的婚事。刘章一说，你一年比一年岁数大了，孩子那里你也不想待，身边有合适的就找个伴吧，两人相互有个照应。老柏说，我不是没想过这事儿，就是过不去死了人的坎，你嫂子活着的时候，没少跟我遭罪，日子刚好起来，人却没有了，等以后再说吧。刘章一说，老柏大哥，别等了等了的，我们拿不动腿，孩子来不了咋整啊！我看我们香草河屯的刘三妹，比你小几岁，跟你挺合适的，人品也好，性格也好，长得也不错，身边还没有孩子，你同意的话，哪天我给你问问。老柏说，拖一段再说吧，我刚从铁柱那回来，精气神还没缓过来哩。

　　老柏把牛牵回来，继续去河边放牛。

　　过些日子，刘章一给老柏打来电话，让他过河合计个事儿。老柏想正好顺便把放牛工钱和料钱也带过去。老柏早早就把牛赶了回来，把牛圈门闩好，然后就过河去了刘章一家。

　　原来刘章一儿子来电话，说媳妇要跟他离婚，让刘章一抽时间过去一趟。刘章一儿子没啥手艺，只干力工。媳妇原先跟他，他到哪里干活儿，媳妇随他就近找个饭店或工厂干点啥活儿，每年小两口儿也能收入几万块钱，但是年轻人花销大，到年终也攒不下多少钱。结婚聘的十万块钱给娘家弟弟娶媳妇花了。有时小两口儿缺钱，就跟娘家要，左一回右一回要，这十万块钱得要得也差不多了。结婚五六年儿子啥事儿都听媳妇的。媳妇长得有些姿色，总有一些小老板围她脚前脚后献殷勤，邀请她吃饭，为这事儿两口子没少干仗。刘章一好不容易给儿子娶个媳妇，眼瞧着这儿媳要飞走，刘章一两口子能不着急上火？老柏听到信儿后，马上就过来了。

　　刘章一儿子电话说，楼房已经公证给了孙子，家里有几千块钱现金，儿媳妇不要，她净身出户。听说，跟那个相好的小老板已经住在一起了，儿子在电话里呜呜地哭，这边孙子听到哭声也哭，给刘章一整蒙圈了。

　　老柏急匆匆赶过来，一看刘章一家里这个情况，就劝道，老战友啊，这世上没有过不去的山，人啊没有过不去的坎儿，你媳妇一身病，着急上火的这要有个三长两短的那可就大麻烦了。你儿子来电话，你咋也得过去看看，究竟啥情况，真是要离也没有啥办法。现在的年轻人就这样，由着性子，爹妈也管不了。但是孩子赡养费啥的，一些具体事儿你得帮孩子出出主意。让孩子树立信心，以后咱们有合适再找呗，有楼在，媳妇不愁娶。

　　刘章一跟老柏说，我这一走，这个家就交给你了。饭呢，我让我堂妹刘三妹来做。家里家外你搭把手。老柏说，你放心办你的事吧，家里的事儿你不用惦念，走时有没有钱，吱声。刘章一说，真没钱，你给我带五千吧，出门在外，别遇到啥事儿，没钱不好办，那我明天就动身。

　　刘章一到了儿子那里，跟儿子电话里说的情况差不多。儿媳听说公公来了，还见了一面。刘章一劝儿媳说，你们大人离婚不离婚我不管，可这单亲家庭对孩子成长影响特别大。再说，走一家出一家，可得好好想一想，要是你们真缺钱花，爹给你们想办法。儿媳说，你儿子唯唯诺诺我跟他实在过不下去了，不是缺不缺钱的事儿。刘章一看儿媳心思已定，没有劝回来的余地，也只好作罢，再说两人离婚证都领完了。刘章一很沮丧，跟儿子回了住处。

老柏赶着牛蹚过香草河，来到刘章一家里。见到了前来做饭的刘三妹。老柏的心居然跳得加快，五十多岁的刘三妹，长得还是那么水灵。老柏看着刘三妹锅上锅下地忙乎，坐也不是，站也不是，就趁刘三妹做饭的当口，溜出房门，将刘章一家的小鸡小鸭都喂饱了，也赶进了架里，好像把一天的喧闹都关了进去，夜就来临了，那一夜很静。

刘章一惦记老伴兰芝，在儿子那里没待上几天，就着急往回赶。到了顺口河车站转乘火车，他为了省下几块车费钱，就跟人家拼坐三轮车，车走到临江大道跟大货车会车时，一下子翻了个儿，竟把刘章一砸死了，全车就死他一个人。

刘章一老伴兰芝听到死讯，一下子昏了过去，老柏和刘三妹一顿忙活，好在刘三妹懂点医术，掐了半天人中，兰芝才缓过气儿来，整个人像从遥远的荒野跋涉一般疲惫地瘫倒在土炕上。老柏和刘三妹商量，让她留下来照看兰芝，老柏跟刘章一儿子前去顺河口处理后事。他们赶到处理事故的交警大队，办案交警告诉他们，三轮车全责，开三轮车的是进城打工的农民，五十多岁，租房子住，家里穷得叮当响要啥没啥，儿子三十好几了连媳妇都没娶上，索赔无望。只好将刘章一遗体就地到殡仪馆火化，把骨灰带回了家。

刘章一死后，儿子把刘章一孙子带走抚养。兰芝被刘三妹接到家里。从此，刘章一儿子一去就没了音信。

后来，老柏为给刘章一的老伴兰芝做眼睛复明手术，只留了两头母牛，其他的牛都让老柏卖了。兰芝手术很成功，拆开绷带那一刻，她眼睛啥都能看清楚了。

再后来，刘三妹问老柏你愿意搬到香草河吗？老柏一时没反应过来问，搬到香草河干啥？刘三妹看着木讷的老柏，羞涩地说，瞅你那傻样！老柏终于明白了，说我乐意！

几天后，老柏牵着仅剩的两头老黄牛蹚过了香草河，河岸上水草丰盈碧绿。老柏觉得草是香的，他心里是甜甜的。跟在后面的老黄牛一唱一和地又哞哞地叫了起来，不过这回老柏听得真切，老黄牛的叫声跟往常是不一样的，有一种莫名的情绪在里面。

HUOFABUYI

作家评述

罗永春的乡村帝国

陈　明

　　之所以给文章起了这么一个有点"扎眼"的名字，是有我亲身感受的。这么些年，多次担任"哈尔滨天鹅文艺大奖"的评委，在那些报送来的厚厚的文学作品中，总会有一个熟悉的名字"罗永春"出现。罗永春是哈尔滨市的一个高产作家，在业余作家中有一定的影响，按说当了大半辈子编辑的我，对他和他的作品肯定不陌生。但是既然是担任评委，而不是站在一般的读者或者审稿编辑的角度，又深知既然敢举自己代表作问鼎天鹅大奖，且又经过了粗粗筛选，证明了都不是等闲之辈，所以每每对案头的这些备选作品先就存有了几分敬畏之心，自然是不敢有丝毫怠慢和敷衍的，可以说，每一篇参选过天鹅文艺大奖的作品，不管结果是否得奖，是何种奖次，都很难忘掉。罗永春就是这样携着他的"乡村帝国"诸多作品沉淀在我的阅读记忆里。

　　今天有幸，承蒙罗永春先生的委托撰写这篇小文，得以再一次走进他苦心经营多年的文学世界。

　　阅读罗永春的作品，你能感受到他"君临天下般的野心勃勃"。

　　其实，罗永春的经历一点都不复杂，用他自己的话说，长期生活工作在农村，四十多年来，"整年整月整日地和农民泡在一起，当过林业站员、团委书记、宣传委员、人大副主席、副乡长，还兼职过几年的村党支部书记，后来又在县农委、县委宣传部、县政协、县审批中心、县民政局等部门工作过。干过不少农活，铲地、耥地、扶犁、点种、踩过格子、育过稻苗、插过秧苗，垛过柴火、割过庄稼、打过缮房草、拿过房屋脊、垛过黄豆垛、谷子垛、给生产队放过猪、给生产队割过草、扎过草、看过青……农村活计基本上让我干了个遍。"即便是到乡政府当上干部后，也主要是做"三农"工作。按常理，这样一个基层作家能经营好自己的一亩三分地也就相当不错了，但是，罗永春这一亩三分地可大了去了，他似乎立誓要把他这四十多年的经历和感受、所见所闻的故事和传奇统统收录在他的笔下。在这片广袤的黑土地上，他的"乡村帝国"人物众多，面孔各异，性格迥然，命运曲折，且异彩纷呈。比如《小儿小儿坐门墩》里的李喜贵，是榛柴岗一带远近闻名的耍钱鬼，他丢下了自己的儿子阿牛，也断了自己的血脉。而他的仇家老歪，却把只知道坐门墩的阿牛培养成人，用阿牛的话说，我是老歪的亲生儿子！耍钱鬼耍尽了自己的人生，却成全了一只眼的石老歪。在《谁说外面有人》里，减不下肥，生不了娃，被婆婆不答应的水莲，却在收获人生的意外。水莲和泥鳅离了婚。胖头鱼在河边转悠着，他期望着在这里能偶然地遇到水莲……水莲外面有没有人，是水莲的命运，水莲的命运水莲自己做主。《借几个轻松的日子》里的豆花总是觉得日子不轻松，就是因为抬人家的钱，他们觉得日子压住了胸口。但是，真正到了捎节儿上，豆花交待大勇小勇把赵老倔子所有欠工资款的农民工都找到他们家，豆花告诉大伙，虽然赵老倔子死了，但是豆花她分文不欠大家的工资，今天，豆花她要把赵老倔子欠下的所有工资，都开透开齐整了。农妇豆花的轻松日子不受金钱的左右，靠的是农妇的品格。良心轻松了，豆花真正的轻松日子才来到了。《我家的东西不能动》里的短子说，土地是咱们的命根子，我们没了地咋活呀？我们的土地就得我们来给它当家作主，别人想动它一根汗毛，也让他没门。短子知道国家政策，"我的土地承包书上明明写着，国家依法保护农民的承包耕地，这是我的地，受法律保护，你就不能动"。农民短子拿命守护着自己的土地，就像守护着自己的女人。这都是我家的东西，我家的东西谁也不能动。强权没有用，这是农民的觉醒。一场车祸什么也结束不了。《采呀 采山珍》里的秋天，风调雨顺，正是收山的大年。村里的妇女们坐在一起张罗着采山的事来，没有谁比麦芽张罗得更欢实。追求幸福生活的路上充满了诱惑，麦芽在这块丰硕的土地上采撷自己的自信和幸福。她留住了自己的爱人，铜锁说，不哭，我要当老板……麦芽的山珍，此刻正晾晒在院子里的高粱秸秆穿的帘子上面……《高楼也许通向地狱》里青豆一直盼望着住楼房，而此刻她的当乡村医生的丈夫柳树也被物质和肉体的欲望压得寝食难安。柳树励志要当一个不收红包的好医生，但是现实又是难以想象的无情。欲望可以左右人的灵魂，更能左右医生的手术刀。当柳树意乱情迷误杀了本应报恩的人后，他终于承受不住现实的重压，选择了自己注射了烈性毒药自杀。柳树在遗书上写了很多的对不起，这是一个好人写给这个无情世界的最后一份情书……

　　罗永春作品很多，作品中的人物更多。众多的鲜活的文学人物在这个帝国里每天演绎着爱恨离仇的故事，在罗永春的笔下，场场精彩。

　　巴甫连柯说，作家是用手思索的。罗永春对这个乡村世界的思索，通过他笔下的众多人物一一展示出来，这里有曲折的历史，更有艰辛的现实，还有望得见摸得着的值得期待的明天

　　鲜活的语言，是这个帝国的基石。

　　这个国度里有自己的语言，罗永春是这个语言的缔造者。

　　汪曾祺说，一个作家要养成一种习惯，时时观察生活，并把自己的印象用清晰的、明确的语言表达出来。记忆里保存了这种常用语言固定住的印象多了，写作时就会从笔尖流出，不觉吃力。语言的独到，不是去杜撰一些"谁也不懂的形容词之类"，好的语言是平平常常的，人人能懂，并且也可能说得出来的语言，只是他没有说出来，人人心中所有，笔下所无。

　　先从作品中出场人物的名字，你就能读出罗永春的用心良苦。

　　乡村医生叫柳树，而他的相濡以沫的妻子叫青豆（《高楼也许通向地狱》）；自信的农妇叫麦芽（《采呀 采山珍》）；不肯向命运低头的水莲（《谁说外面有人》）；《借几个轻松的日子》里的豆花等等，他们的名字都是从青山绿水黑土地里长出来的。如果说，罗永春的作品像一幅幅乡村水墨画，那作品中人物的名字无疑是极清淡而又起点睛作用的手笔，展卷伊始，乡土之风扑面而来，读来很是亲切。

　　再看作品中的叙述语言，处处彰显"罗氏风格"。

　　"小儿小儿妈命根，爷不亲来娘要亲。你是娘的亲骨肉，你是娘的

牵挂人。"在《小儿小儿坐门墩》作品中，这段语言作为儿歌出现。但是，谁都不可否认，只有榛柴岗子之地有这样的儿歌，作者把这土得掉渣的民间语言慧眼识珠地用到自家的作品里，为刻画人物烘托乡间气息起着不可替代的作用。再比如，"这时，阿牛妈妈弓着已经弯成虾米状的腰，她伸出来的手背让岁月打磨得青筋暴露，手指头被风湿折磨得已经弯曲得伸不直了"。这一腰一手的精致雕刻，把榛柴岗子的连年风雨，把榛柴岗子人的苦辣辛酸，生活的不易，都叙述出来了。在《谁说外面有人》中写道，"没等水莲回话，婆婆从屋里出来，一脚门里，一脚门外地说，你用你那家巴什，自己舞乍一下，不就得了嘛。胖头鱼见水莲婆婆不怀好意，接上话头说，大婶啊，我那家巴什那点水不够用啊，还得劳驾你了，一句话就把水莲婆婆给造没电了，搭不上言的婆婆，滋溜一下回屋去了"。这段话里的"一脚门里一脚门外""舞乍""家巴什""造没电""滋溜"都是地道的榛柴岗子方言土语，罗永春因为太熟悉这方水土，所以他能把土垃坷语言用到行云流水，足见作者的"君王"意识和作用。在同一篇作品中，我还读到婆婆的一种玩法：打水莲，为什么？这婆婆说，"打自家的儿媳妇，还用找理由吗？只要我不高兴，就是一个字：打！"从这段话里，你不仅能领会到作者对笔下乡情的熟悉，还能体会到作者对萧红作品的热爱和沉淀。还有《借几个轻松的日子》的豆花觉得日子不轻松，就是因为抬人家的钱，"赵钱串子平常跟他家还是很好的，就是因为欠钱，人家登门来要，一进门，脸不是脸，鼻子不是鼻子的，说话一次比一次难听"。读来似乎是简单的叙述，却因为语言的"接地气"而显得格外鲜活。透过语言，乡情乡景跃然纸上。《采呀 采山珍》里铜锁不喜欢上赶子示爱的马丫，"不止一次告诉她，我都结婚啦，是有家有口的人，你以后就别惦记我这副行头了。可是马丫就是不管这些，她该买雪糕还买雪糕，该给铜锁洗衣服还是洗衣服。实在把铜锁黏糊急了，铜锁就悄悄地到别的浴池洗澡去"。在这段话中，我认为"黏糊"二字用得出神入化，韵味十足，换任何一词都难以取代。

有人说，一个作家脚下有多少泥土，笔下就有多少温度。

如像罗永春这样，把笔尖子深深扎进泥土里，一个帝国就诞生了。

　　罗永春的乡村帝国叫榛柴岗子。

　　1982年，瑞典文学院授予马尔克斯《百年孤独》诺贝尔文学奖。他们认为马尔克斯在"创造了一个独特的天地，即围绕着马孔多的世界"，"汇聚了不可思议的奇迹和最纯粹的现实生活"。

　　榛柴岗子和马孔多的世界不可同日而语，但毕竟是一个独到的存在。

　　独到就是价值。

　　陈明：中国作家协会会员，曾任哈尔滨文艺杂志社社长、《小说林》《诗林》总编辑，从事编辑工作33年，担任哈尔滨市作家协会常务副主席兼秘书长多年，著有长篇小说《侨居者》。

以笔为枪的堂吉诃德

——罗永春的写作印象

梁　帅

　　罗永春是一位根植于北方大地上的写作者，这是我通过他的作品认识的罗永春，实际上，在进入巴彦县的行程中，道路两侧茂盛的庄稼地，散发着来自大自然的朴素气息，也让我想起这个身居这片土地的作家，永春兄貌似谦逊，但却如大地上的植被一样倔强，四季轮回，如常生长，再加上这个人的精心饲养，既有野蛮生长的态势，也有用心修剪的精致。

　　读文学作品首先读的是语言，罗永春的语言是熟练的庄稼把式的语言，像农人常喝的烈性白酒，呛鼻子，撞喉咙，灼烧食道，温暖胃肠。原生态的粗粝和山间的野气，这是一个写作者可遇而不可求的品性。

　　然而，这些写作的品性来自脚踏的这片黑土地，来自他在这片土地生活几十年的所知所感，来自他敏锐而坚忍的笔端，换句话说，永春是一个有深厚积淀的作家，可以猜想他写作的故事中的人物，就仿佛是他的邻居，他的乡亲，他从小一起玩耍的朋友，他们早上出门打招呼，问候吃了吗？晚饭后在村头的粪堆旁，互相碰见，邀请耍两把，然后拥进某一人家开设的赌局，在几个大烟鬼乌烟瘴气吞云吐雾中摸起了牌九。他们技术熟练，用手指肚一碰便知晓是对地头还是皇上尾，眼神在庄家和偏门飘过，心中胜负已分。

　　《小儿小儿坐门墩》中榛柴岗赌局，仿佛我小时候就看见过这些推牌九的人，随着后来的成长，这些人在记忆中的形象长期处于一种模糊的状态，那时候我还小，跟在大人的屁股后面，穿梭在各个牌局之间，偶尔赢家还会给打个赏，买根冰棍，舔嘴巴舌地嗦喽，现在想想那真是阳光灿烂的日子里的无忧无虑的欢乐时光。但成年之后，我们身处另一个时空的时候，那种记忆就像干净的空气一样越来越稀薄，生活在搓磨着每一个忍辱负重向前行走的人。那种叫命运的东西，在这个时候时常光顾，侵犯大脑，冒犯原本顺当的生活。

永春笔下的人物，大多数是遭到生活突如其来冒犯的人，欠债仿佛与生俱来，像基督徒说的原罪，但中国的老百姓，并不都信奉捆绑在十字架上的耶稣，而常常以苍天在上，对灯说话的泛神思想，形成如康德所言仰望星空心中的道德律。天老爷在心中的分量一点也不比耶稣作用小，千百年来形成一种在苦难中仍然保持一心向善的主流价值观。永春具有这种向善的价值观，笔下的人物无论在多么严酷的生活碾压之下，仍然要恪守自己为人的道德。在某种意义上，这种理想的人格是社会的稀缺品，也是作家的理想中的人物，但之所以稀缺，才有物以稀为贵，值得珍惜。但作家在某些时候也有一种无力感，现实中洪流一般的摧残，在万般无奈之下，作家选择了一个没有后顾之忧的处理方式，比如《高楼也许通向地狱》中的柳医生，把一手好牌打得啥也不是之后，在给恩人手术失败之后的自杀。这看起来是一个烂人的自我觉醒，但也可能是作家文本处理的狡黠之处。

这不是怀疑永春对写作这项工作的诚意，我记得永春带我去看过巴彦县城至今存留的上百年的老牌楼，它们身处闹市，车辆和人流每天环绕经过，木结构圆顶飞檐的建筑，上方的匾额榜书"德塞千古"、两侧下方是"惠及""苍生"，行楷用笔，正大气象，浑厚苍劲。永春属于被惠及的一代作家，不能忘本，心之所向，流露笔端。永春的写作不张不扬，像一首飘荡在乡间的小曲，悠扬婉转，诉说衷肠。他善于使用民间的素材，因此作品有一种田野调查的社会学样本意义，在人们被裹挟着挺进城市化的时代，乡村中诸多诗意的丧失，触动永春写作的激情。城市和乡村的世界两侧，一端险象环生，一端坚守理想。就像遥远的哥伦比亚一个叫马孔多的小镇，马尔克斯所谓的魔幻也具有现实意义，香蕉船的光临，工业时代的冲击，乡村变得更加魔幻，人心的裂变，更让人怀念那些淳朴的美好生活，这和物质的发达无关，和作家认知世界的角度有关。

　　突然想起在拉曼却山区中的那位骑着瘦马手握长矛的骑士，我曾经突发奇想，在若干年前写了一部《堂吉诃德在中国》的舞台剧脚本，现在想想，都是扯淡之作，羞于见人，但实际上，我们身边仍然有很多堂吉诃德，坚守自己的坚守，逆行者一般，凭一股无端的勇气，枪挑铁滑车。永春每天上班的时候要经过牌楼，不知道他是否在意上面的字，不知道他是否能想起一句古代经典中的那句话，德不孤，必有邻！

　　在巴彦西行十余里的壹台山，永春和亚庆兄陪同登顶，凌波兄在山下守候，亚庆兄饮酒吸烟写作，也感染身边的朋友。永春、凌波这些人常聚，形成在壹台山下的小气候，有时候互相鼓励，有时候互相打击，其乐乃是那些陷在世俗中满足物欲的俗人不能理解的幸福。

　　应该是在这个小气候的熏染之下，永春成了一个讲故事的人，可以推测，永春最初的写作是深藏意识深处的自发行为，他可以不参考任何写作的技术性动作，而老老实实地回归故事本身，就像小时候听老人在讲古一般，用放松的短句子，流畅而清晰地表达着自我。从壹台山下来之后，我再次阅读这些故事的时候，感到永春那颗执着于写作的心，那颗淳朴的心，那颗向往善意的心。所以他的故事，都要有一个善意的结局，有一个理想中的自我。

　　面对永春的大眼珠子和方脸盘子以及一脸无辜的表情，和在相处过程中的友谊，我写下的这些文字，阐述对他作品的理解和言说总是辞不达意，就像我想写一篇小说的开始直到写作完成，也总觉得和当初谋划的那个相距甚远。但愿永春一笑而已，然后拿起笔，续写他那写壹台山脚下流传的故事。

　　梁帅，中国作家协会会员，黑龙江省作家协会全委会委员，黑龙江省萧红文学院签约作家，主要作品有长篇小说《马迭尔旅馆的枪声》《补丁》以及短篇小说集《马戏团的秘密》等。

罗永春小说浅议

廉世广

　　未谋其面，先读其文。文人间的交往大致都是这样。和罗永春相识进而成为好友，也不例外。永春和我同龄，又长期生活在县域，作品大多取材于乡村，其创作经历与风格相近，这就使得我们大有一见如故的感觉。

　　说起来，我和永春也称得上江北老乡。哈尔滨松花江江北三县，巴彦、木兰、通河，俗称"巴木通"，民风相近，民间往来频繁。我在通河县担任县委办主任时，县委书记乔树江就是巴彦人。乔树江1983年毕业于牡丹江师范学院中文系，与我是同系校友，他毕业，我入学。但我对他并不陌生，当时的学校老师经常提起他，他文学功底深厚，尤其擅长书法，在通河工作期间，对我没少提携和帮助。

　　人才辈出，是我对巴彦的最初印象。

　　巴彦是一座百年古城，历史文化底蕴厚重。清朝时期，松花江中游北部、呼兰河以东的绥化和巴彦地区古称"东荒"，后设"巴彦州"和"呼兰府"。清代巴彦设考棚，中榜者高于其他市县中榜者总和数倍还多。《呼兰府志》称："江省文风，东荒称盛，巴彦尤著。"巴彦人文景观独特，自建县以来出过多位知名作家，涌现出陈玙、刘兆林等几十位全国有影响的作家和艺术家。作家陈玙的长篇小说《夜幕下的哈尔滨》、刘兆林的中篇小说《啊，索伦河谷的枪声》等曾享誉全国。就是目前，巴彦县仍然活跃着罗永春、华警喻、韩亚庆、王玉波等一批中青年作家，成为哈尔滨市乃至黑龙江省的一支重要创作力量。

　　阅读好的文学作品，使我们置身于一种意境、氛围；解读故事，品味人物，感受那些我们曾经历过或未曾经历过的情感，实在是一种美好的感觉和享受。特别是读小说，令读者随着人物命运际遇的变化，故事情节的跌宕起伏，领略喜怒哀乐等各种人生体验。作为一个文学爱好者，阅读文学作品，除了领略这种感受外，还常常设身处地地思考一下作者如何立意、构架、铺陈及其语言运用的技巧。鉴于此，针对罗永春的部分小说作品，略谈一二。

一、对当下乡村社会的思考——贯穿罗永春小说的灵魂

罗永春的小说创作以短篇小说和中篇小说为主，同时还有一些小小说。这些作品皆以农村为背景，通过讲述农民的故事，反映了当代农村的社会生活。

鲁迅曾说过："写作必须为人生"，这即是所说的作家社会责任。看过永春的小说，每一篇无不给人留下一些思考，一种启发，一点玩味。像《小儿小儿坐门墩》《谁说外面有人》《借几个轻松的日子》等篇，塑造了当下农村鲜活的人物形象，直击当下农村社会存在的问题和痛点，蕴含着深刻的社会意义。他的笔触及到改革开放后的农村，随着生产关系的改革，农民在新经济条件下人与人之间关系的变化，书写了朴实的村民们所秉持的传统美德。特别是小说《小儿小儿坐门墩》，讲述了质朴的农民石老歪收养仇人的孩子阿牛的感人故事，中华民族的传统美德、榛柴岗村民的朴实善良跃然纸上。《我家的东西不能动》《采呀 采山珍》等篇，对人性的真、善、美，在小说中给予艺术的、而又是深刻的描写。读来如一首首充满悲情的民谣，有着沉甸甸的分量。为什么小说能带给人一种震撼的力量，我想这和作者深入体察社会，冷静思考人生，写作时刻意追求作品的意蕴分不刀的。

永春近年来的小说创作，更追求一种深邃的思想蕴藉。我们在一起议论创作的话题时，他常说，写小说不能只是"跑故事"，故事说完了也就什么都没有了。他的意思，一是说只见故事不见人，没能把故事中的人物写得有血有肉而站立起来。一般初学写作者将故事情节写清楚明白是容易做到的，给人物注入感情，写出个性就不那么容易了。写作过程，实际是

投入感情的过程，感情上不来，莫不如不写。二是说，同样的故事，在成熟的作者笔下，调换角度，选择独特的切入点，赋予故事和人物以新意，有弦外之音，读后令人有所思，有所想。也就是应当赋予故事深刻的思想内涵。能做到这一点，对大多数初学写作者是一个坎儿，越过这个坎儿，只有多读多写，需要做艰苦的努力。

永春的小说《谁说外面有人》，写一位农村妇女水莲，丈夫在城里打工，自己在家辛勤操持家务，但由于结婚后越来越胖，最主要的是不生孩子，遭到婆婆的虐待。同村的单身汉胖头鱼对水莲情有独钟，但水莲一心等着丈夫泥鳅挣钱回来。为了取得丈夫和婆婆的欢心，向胖头鱼借钱减肥瘦身。可最后发现泥鳅在城里已经有了人，而且生了孩子。在这样的打击下，水莲幡然醒悟，开始了新的生活之旅。在她身上体现出人性中那种真的、善的、美的天性和对美好生活的执着追求和韧性。所有这些都不能不令读者心灵为之一震，想到生活中充满真诚与虚伪，善良与恶行各色表现。小说《借几个轻松的日子》写一对农民夫妻赵老偃子在高利贷的压迫下顽强生活，坚守诚信的故事，读后令人唏嘘。人们不禁想到，人的精神是生命的支撑，而有精神的追求，生命才活得有意义。在小说《我家的东西不能动》中，光棍短子为了保护村里的耕地，与村长扁头据理抗争，找到县里，虽保住了土地，却被来历不明的大车撞伤。读后，给人们留下很多思考。在人与人之间的矛盾冲突中，揭示了人性中的真善美与假恶丑的较量。

所有这些，都是融于妙趣横生的故事描述中，作者总是站在小说中人物平等的位置，客观、公允地、不露声色地为读者讲述故事，从不站出来说三道四。但小说所蕴藉的深刻思想，却动人心魄，发人深思。这是永春小说的魅力之一。

二、独特的韵味——形成了自己的语言风格

文学是语言的艺术，驾驭语言的能力至关重要。小说作家必须善于讲故事，而善于讲故事的不一定成为小说家。小说，是作者通过书面文字语言，做艺术的构思，人物形象塑造，环境铺陈渲染的作品。当代著名作家汪曾祺说"写小说就是写语言"。我一向认为，小说的可读性包括语言，

一篇吸引人的小说，首先是它的语言吸引人。

永春笔下流淌出或喜或悲，或悲喜兼有的很多优美故事，很大程度上要归功于他的小说语言。其特点之一，就是质朴、简洁和浓厚的生活色彩，没有强烈的辞藻、色彩，不乏诙谐和幽默。在《借几个轻松的日子》的开头，作者这样写道：

豆花张望着乡间大道，天下着雨，秋雨说大不大，说小不小，又湿又凉的天气，让日子显得很不轻松。连绵的雨滴，不是浇到地上，而是浸到豆花心里，那条大道朦朦胧胧地滞扭扭在雨中向前伸展着。

玉米成熟了，米粒子像玉石串子胀开层层苞叶，该开镰了。

豆花盼望丈夫赵老偏子在那条大道上出现，他说过，开镰的时候，我赵老偏子一定回来。

这个开头，有环境描写，更有心理描写，寥寥数语，就把故事的起源说清楚了，极省俭，质朴无华，很有画面感。在《谁说外面有人》中写道：

水莲向躲在楼旮旯的胖头鱼喊道，喂，你过来，好好看看我。胖头鱼忸忸怩怩地走了过来，就是不敢正眼看水莲。

水莲说，你看我，我能吃了你啊？

胖头鱼假装正眼看看水莲，满不在意的样子说，还行吧，钱没白花。

文字省俭，却着实地描绘出了两个青年男女的暧昧情感。

在小说的叙述和描写中，留下让读者去想象、填补的空白，不仅是永春运用语言的一个特点，也是艺术构思的技巧。《谁说外面有人》的结尾：

香草河水清清澈澈，岸上的树木高高低低，树上的鸟儿叽叽喳喳。岸上来来回回走动的人影，随着水的波纹也不断地起起伏伏，上上下下，胖头鱼在河边转悠着，他期望着在这里能偶然地遇到水莲……

在这一段叙述描写中，给读者留下了很大的空间去想象和填补，真所谓言有尽而意无穷。文字可谓洗练，却涵盖了文字之外许多值得想象的内容。

小说《小儿小儿坐门墩》，共八个章节，在每个章节的结尾处，都有一首民谣，比如第一章节，李喜贵喜不自禁地摸了一把阿牛的笑脸，半哼半唱道：

　　小儿小儿你别急

　　爹爹今天去赌局

　　赢得金钱装满袋

　　扔掉旧衣换新衣

　　读来别有韵味和情趣。

　　读永春的小说，有些章节常常令你会心一笑，带有浓厚的东北乡村气息、地道的东北方言，形象的比喻，不乏幽默，常常让人忍俊不禁。在《我家的东西不能动》中有这样两段描写：

　　老榆树那地的黑土肥得抓一把就能攥出油来，标直的田垄就跟短子额头上黝黑的纹理一样细密而均匀，这地呀一犁杖下去，那黑油油的土层，就迎着阳光泛出来亮晶晶的金光银光，有了这喧呼呼肥啦啦的地，就像短子睡在王寡妇身上一样，让他感到了幸福和满足。

　　王寡妇长得丰满漂亮，那两只奶子经常在胸前鼓鼓囊囊的，她喜欢穿白白净净的衣服，这样把人显得更加精神更加的干净，特别是王寡妇那小蛮腰，走起路来一扭搭一扭搭得能把人迷死。

　　这种纯自然状态的描写，充满诙谐的乐趣，营造一种氛围，一种意蕴。

　　罗永春的小说语言，在质朴、平实、简洁中，却显示出功力，赋予作品一种自然、恬淡的境界。小说的语言不温不火，有一种漫不经心的随意。他的这种语言特点，使他的小说有散文化的倾向。不追求那种大起大落的情节，一些抒情性的文字，释解了故事情节的密度。许多篇章都用白描的笔法，把北方农村原汁原味的民俗民风、环境，勾勒出一幅幅风景画，就在这画中引出了人物和故事，让我们感受一种生活情趣，一种生命状态，一段情感历程，读后总是有许多玩味的余地。

　　再看看永春给他的小说中人物起的名字：石老歪，泥鳅，胖头鱼，水莲，豆花，赵老倔子，赵钱串子，短子，脚片子，扁头等等，这些带着泥土芬芳的名字，是不是黑土地的儿女，是不是你的左邻右舍？

　　关于永春的小说，可说的东西还有很多，鉴于篇幅所限，就说这些。说得不一定准确，只能算一位读者的读后之感吧。

　　还是让我们走进罗永春的小说世界，去领略那些东北乡村的独特风景吧。

　　廉世广：中国作家协会会员，黑龙江省作家协会全委会委员，哈尔滨市文学创作院签约作家，出版有小说集《天要下雨》《风景》《桦树溪画廊》等。

把火热的生活装进鲜活的文字里

红　雪

　　读永春的小说，有种自然的亲近感。这仅仅因为我和永春是巴彦同乡，就够了。更何况，我们年龄相近，农村长大，所经历的酸甜苦辣、喜怒哀乐，又在一个频道上。所以读他的小说集《活法不一》，就一下子打开了我往事的闸门，那些活灵活现的风土人物，那些土得掉渣的乡村俚语，那些家长里短的人情世故，就像少陵河水，恣意流淌，就像驿马山的葱郁，拔高了神往。

　　我不知道永春笔下的榛柴岗，是真有其地，还是刻意虚构。但我相信这是他心中永远也不会逝去的浓浓乡愁和最纯净的心里故乡，正于我而言的宁小铺屯。这也是作为书写者的永春，一直往回走的精神圣地，因为那里有他的童年记忆，澄澈的初心。我们奔波半生，无论走得多远，其实最终都想回归故里。尽管我们几乎都有"近乡情更怯，不敢问来人"的窘迫。故乡也许就是一张纸，一个名字，一个卡片而已，可一听到那个名字，就身不由己，躁动不安，只因还有一层是否有颜"见江东父老"的考量……于是，在永春的笔下，就出现了短子、扁头、李喜贵、豆花、阿牛、水莲、赵老倔子、山子、麦芽、青豆、秋月、柳树……这些人物，举手投足、一笑一颦，活灵活现。他们大都追求生活的美好，有着诗与远方，有的进城打工却得不到血汗钱、有的生不出孩子遭乡邻耻笑、有的不为金钱而折腰守护土地、有的为丈夫进城打工而留守乡村、有的摈弃前嫌收养冤家弃子、有的是为车祸丈夫讨说法而抗争 ……这是社会底层的一台多幕话剧，也是一幅乡村风俗画，勾勒出现实农家的生存状态，揭示人性之恶与人性之美，固守的是乡村秩序与公序良俗，延展的是美德与善心，字里行间浸透着悲悯情怀，为弱者仗义执言，为正义呼号呐喊。"为谁书写""写什么""怎么写"，这是衡量一个作家良心和道义的坐标——在黑暗里燃起一丝光，在阐释中刮起温良的风。

巴彦苏苏，是一片英雄的土地。历史悠久，人杰地灵，东西牌坊，见证着文脉的蓊郁；点燃抗日烽火的张甲洲，不屈不挠，奋发向上；活烈士李玉安，珍藏博大之心……在这片土地上，乡贤辈出，文人雅集，用手中的笔抒写了壮美华章，《越走越亮堂》《夜幕下的哈尔滨》《啊，索伦河谷的枪声》《月亮上的篝火》……镌刻下永远的记号。兴隆、西集、万发、龙庙、洼兴、黑山、红光、华山……抗联遗址、高丽寨、皇后村、灵隐寺，这些名字，刻骨铭心，就像住进我们心里的信仰。

我之所以一直抑制不住在光阴的隧道里狂奔，就是因为我对故乡熟悉而又陌生了。毕竟离开故乡三十多年。现在好了，捧读永春即将付梓的书稿，再一次让我找回了记忆。能够通过一本书，让我们回到开着小白花的土豆地、写着狂草豆角秧的园子、翻滚着浪花的麦田、燃烧爱情的高粱地……扶犁、点种，踩格子、育稻苗、缮房子、放猪、割草、看青……多幸福呀！

我承认，永春是调动了他四十多年的农村生活和工作经验，才触摸到乡村的肌理，才有了深入精髓的疼痛，前仰后合的憨笑，才有了欲哭无泪、哀其不幸怒其不争的无奈。

巴彦有一个好的文学氛围，且不说刘兆林老师常念故土，拨冗扶持新人，故世的王立纯老师，当年也"常回家看看"，给予那方水土文学的滋养。而今，警喻、亚庆等文友，已在国内头角峥嵘，并不遗余力筹办《巴彦文学》。永春兄说，他是看着老哥几个经常在国内报刊露脸，再加上酒桌上一怂恿，他就按捺不住了，决定写小说。写着写着就找到了感觉，便一发不可收拾。是呀，文学创作需要激情，需要生活的积累，也需要灵感。永春兄万事俱备，当然出手不凡。其不凡，就表现在他的独特——就写一个地域，甚至一个村。就用属于他的语言，而绝非随帮唱影，亦步亦趋，嚼人家嚼过的馍。

"擎着文学这盏灯，你就不怕走夜路。"这是著名作家迟子建说的，窃以为是。我还以为，写诗作文，是一次修为过程，是对自己灵魂的救赎，是要让自己越来变得越好。这个好，既是文本的，也是生活的，更是精神的。

我是个业余时间主要写诗歌的人，虽然对小说也有觊觎，可有"贼心"，而没"贼技"，也就浅尝辄止了。这也好，作为一个读者，对永春的作品说几句，对与错，也就无人可来笑话了。其实，我们写出了作品，发表了或是出版了，对作者就没什么关系了。一切交给读者去裁判，是喜欢，还是嗤之以鼻，还是有提升空间，读者自有辨识力。

我是看好这部小说集的。

只愿永春兄越写越好。届时，我倒想去榛柴岗看看，没准能采摘到一缕诗意的炊烟，故土的永远不断的情种！

红雪：本名秦斧晨，黑龙江巴彦县宁小铺屯生人，现居大庆，新闻工作者，中国作家协会会员。著有诗集《散落民间的阳光》《碑不语》、散文随笔集《最近处是远方》。

书刊网络作家评论摘选

　　翻阅罗永春的书稿，发现大部分作品都是以作者家乡榛柴岗为故事背景的，无论是写当下生活的，还是回叙历史的，无论是咏歌爱情的，还是描叙生活变革的，都离不开榛柴岗这一片作者融进心血与感情的土地。《谁说外面有人》写得朴实、率真，切中当下生活某一方面的时弊，也可以看到变革中农村生活的某一个侧面；《朝阳里的暮歌》写的是发生于昔日的一段爱情悲剧，乐天与水萍的故事，自然有一点梁祝故事的余韵，但更是新社会的一段悲歌，是颇有点魅力的。罗永春正是站在榛柴岗这片土地上放歌的，因此，他的作品接地气，根基深，散发着生活的芬芳之气，有一股北国黑土地的泥土味。这种作品，是专业作家们关在书房里写不出来的。

　　——何镇邦　中国著名文学评论家 鲁迅文学院教授　摘录《放歌榛柴岗》

　　《谁说外面有人》《小儿小儿坐门墩》等篇什，叙述的是底层人物的故事，人多发生于当代农村和城市建筑工地，描写的都是农村现实生活中劳动者的喜怒哀乐，和乐观顽强的进取精神。读后都留下了故事生动，叙述活泼，描写清新流畅，思想感情健康向上，抑恶扬善爱憎分明的印象，语言是雅俗共赏的东北黑龙江味道。总的感觉，罗永春的小说，倾注着他丰富的生活体验，欢乐与疼痛，歌颂与批判，无不体现出对现实生活的严肃思考，和鲜活的时代气息，有不错的可读性。祝愿永春和诸文友携手"寻找属于自己的句子"，再接再厉，为故乡的文学画廊增添更结实饱满，更有生活新意，更受读者喜爱的人物来，以使明日星光更灿烂。

——刘兆林 中国作协主席团成员 原辽宁省作家协会主席 倡议成立并举办了多届"巴彦文学之星奖" 摘录《为故乡文学星光助彩》

文学是人学。文学作品反映人的思想感情，人的命运。罗永春的农村题材小说，反映的多是当下农民工的悲欢离合，爱情、追求、生离死别的不同命运，故事情节感人肺腑，惊心动魄。例如《活着也没讨来的说法》中，秋月对福生子的爱情，毛毛遭遇车祸致死，"黑社会背景的肖老大"，秋月遭到"大黑子"警官的强暴，她多次上访未果等原因终于酿成了秋月一家的悲剧，苦难与控诉交织，意在言外……我读罗永春农村题材的小说，他写故乡，写地域特色，地方色彩鲜明，我认为他坚持的方向很对。鲁迅先生说："越是地方色彩的，倒容易成为世界的，而为外国所注意。"我们从鲁迅写到鲁镇，沈从文写到的湘西，萧红写到呼兰河，今天的迟子建写到的中国北极，都证明了这一点，都是成功的例证，乡土文学值得学习借鉴。我读罗永春农村题材小说，还有一点感受，就是我很欣赏他朴素简约的文风。文学是语言的艺术，语言是文学的第一要素，作品语言的运用，最能体现作家的文字功底和艺术修养。小说中语言的成分是叙述和对话。叙述是作家自己的语言，对话应尽量采用客观的口语。我读罗永春的农村题材小说，被深深感动的是生活气息扑脸，乡土气息浓郁，地域特色鲜明。他在与读者零距离叙家常，谈话交心。我读罗永春的小说，就好比在黑土地上顺垄沟捡豆包那样，有一种愉快亲切的"获得感"。

——门瑞瑜　黑龙江省散文创作委员会主任 摘录《讲好百姓身边的故事》

　　我同永春先生是文友，酒友，属淡水之交。我已老年，他正壮年，也属忘年交。由于为文的同好，彼此关系又厚了一层，相知更为通透，友情更为浓醇。他为人直，为文饴；人可交，文可读。人们常说，作文先做人，比较而言，人为先，做人比作文更重要。他为人坦率，快言快语，颇有几分豪爽，一片冰心可对天。我认为选择自己最熟悉的题材来创作，是作者最明智的选择。《谁说外面有人》《借几个轻松的日子》《我家的东西不能动》等作品有故事、接地气。这些作品都是来源于农村的实际生产生活，朴实、真实、自然，这和作者的经历阅历有密切关系，这和他跟农民打交道交朋友，细致入微地观察生活有直接的关系。这部小说集是一幅文学版的乡愁，感人至深，让人领悟，题材的宽泛，故事的鲜活，人物塑造的可亲可爱，作品言有尽，而意无穷，读者心中所想到的，在他笔下尽收眼底，给人带来启迪，使人受益受教颇多。

　　——李清淮　黑龙江省作协会员　巴彦县诗词协会主席　著有《岁月留痕》等作品集

　　永春出生地与我的老家只隔一条河，那条河叫猪蹄河。我住在北岸，他住在南岸。在我的印象中，他的家乡在青顶山脚下，上山没什么大树，除了点硬杂树木，漫山坡子长满了榛柴稞子。虽然只一河之隔，我们并不熟识。结识永春，是他在县委宣传部任副部长，我筹办《巴彦文学》时认识的，从此便成为文学上的好朋友。永春的悟性很高，经过一段沉淀，他以榛柴岗为创作基地，以故乡为背景，进入创作，便产生了井喷式效应。一些充满泥土味儿，接地气的小说如《小儿小儿坐门墩》《谁说外面有人》《采呀 采山珍》《我家的东西不能动》等篇在《北方文学》《小说林》《岁月》等刊物上发表出来。永春的小说一直坚守着情节、人物和背景的传统写法，他的小说是靠故事推动的，在他笔下的新型农民既有纯朴善良，又有自私自利的本性，对爱情与性欲的模糊，非刻意地表现出人性的劣根，情节虽然不那么一波三折，跌宕起伏，但也很有情致，抓人眼球，很有嚼头。

——警喻　原名华景彧　中国著名小小说家　巴彦县作家协会主席著有《乡村往事》等作品集

古老的巴彦文脉丰盈，文风尤著，也是出产优秀作家和诗人的地方。作为一位业余作家，罗永春可谓其中的佼佼者。他的小说大多来自乡土，如沐雨露，有大野的气息，稼禾拔节的地声，流淌着天籁般的风响。犹如乡土中的歌谣，串起了读者悠远的情思，分明是一条欢快且在清唱的小溪，却让人听得见水湾的静脉深流。

在古称"巴彦苏苏"的大地上，永春根扎少陵河畔。他的民间生活很扎实，他的写实小说也是扎实的，纯粹的，有着人间烟火。无论人物还是故事，都在他的笔下立体地呈现与复活。这些天生俱来的小说佳作，平实而清纯，淡齿却回香，读来别有滋味。榛柴岗成为文学放大的东北乡，恰如萧红的呼兰河，周立波的元茂屯。如今，榛子熟了，在属于永春的榛柴岗上，这个执著赶山的人，收获了一场大野上的文学盛宴。

刘战峰：大庆市作家协会副主席，《大庆体育》杂志主编，著有长篇小说《如花似玉》《乱世情仇》等。

"底层文学"是以小人物生活范围为场景的生活再现。罗永春的小说有着明显的地域特色，通过小人物的叙写来表现明确的思想主题。他的创作始终围绕着榛柴岗，这个东北平原上的小村庄，自然也逃不脱东北地区的生活特征，风俗"哏"、行为"哏"、念想也"哏"，这就是榛柴岗。罗永春的小说创作就是有这么一股"哏"劲，从不起眼的家长里短开始，有时是小富即安的田园人家；有时是饱经辛酸的打工生涯；有时是情窦迸发的男欢女爱；有时又是暗流涌动的"（村）官场争夺"。他的作品里人物鲜活，形象各异，看似吵闹异常，实则平淡无惊。为什么读者能够记住罗永春小说里的人物形象，就是感觉到他所塑造的人物都是在家常话里走出来的，脸上略带点脂粉色的那种，谁都能区分开来。我觉得罗永春符合"在生存中写作"的那一类。他的小说是敷过脂粉的"底层文学"，不是指他刻意把手里的文字拍拍打打，让读者看到脂粉腾起的烟雾，缭绕进你的鼻息。罗永春精于用家常话把诱人的脂粉香遮了又遮，事理在，粉香就在，而且慢慢地蒸腾挥发。作家揭示底层人群的存在状况，正是文学对社会尽责任的一种表现。罗永春在他热衷的农村生活里寻觅着可以展示的素材，同时也在纷繁的世道里迷恋着文字，脑子里思想着，手里头摆弄着，态度是极端热忱的，境界是温文尔雅的，个性是不愠不怒的，给人的印象是远离市侩，摈弃功利，拒绝欺诈，以一片沉醉的心态对待他心爱的"底层文学"，可以说，他的人格以及他的作品都是难能可贵的。

——亚庆　原名韩亚庆　哈尔滨市文联全委会委员　哈尔滨市作家协会副主席，多次荣获哈尔滨天鹅文艺大奖。

　　近些年来，家乡巴彦的文学事业蓬勃发展，涌现出一大批很有影响的中青年作家，在这些人当中，永春先生是一位佼佼者。由他主编的《巴彦文史资料》（上下卷），该书囊括了巴彦百余年的政治、经济、文化、民俗等方面的文史知识，对于全面了解巴彦是十分珍贵的史料。我因书跟永春结识。永春先生的短篇小说大部分是以榛柴岗为背景，通过讲述农村的故事，反映了当下社会生活中，以农民为主的一部"农味"很浓的"农"字牌好作品，如从农民角度来阅读的话，那就是为农民伸张正义，替底层人说话的一部很好的小说。在这部小说集里，有围绕农民婚姻、家庭情感方面的，也有农民维权、创业方面的，还有反映乡村干部作风方面的，也有跨越久远的故事，歌颂了勤劳、质朴、善良、勇敢的农民，敢褒敢贬，敢爱敢恨，可谓农村天地的一个缩影，市井面相的一块镜子。小说语言朴实自然，地域特色鲜明。恰如其分地运用东北的方言、俚语，是这部小说集的一大突出特点，使人自觉不自觉地走进了一方水土，养育一方人的"东北风情"里面。永春先生在小说里，不止一次提及巴彦苏苏、少陵河、榛柴岗、二道岗、龙泉镇、洼兴桥、黑山等巴彦标志性的山和水，以及地名，地域性非常鲜明。黑子、丑蛋、老歪、泥鳅、胖头鱼、三毛愣、豆花、钱串子、老偏子、小白鞋、铁柱、大牙、福生子、王大炮、狗剩子……这些鲜活的、极具个性的名字，再现了东北农村人习惯性的称谓。俗话说，越是地方的，越是世界的。不难看出，永春先生对家乡的感恩与挚爱，一山一水总关情，一捧黑土醉他乡。作为游子的我，读到小说里这些段句时，更感到十分的亲切，一下子触动了思乡的心绪，在脑海里成为回放久远的纪录片，凝集在心灵深处的童时记忆。永春先生，善于积累，善于挖掘，善于思索，善于提炼，从平凡的生活中挖掘出不平凡的故事，方向对路，意味深长，该书是一部集思想性、艺术性、可读性为一体的小说集，也是一台好戏连连的农民故事的荟萃。

　　——孙　文　黑龙江省作家协会会员　著有《穿越心灵的步履》等作品集

　　永春的短篇小说大多是乡村题材。他写的反映农村现实的小说，在他所有的小说里面表现得最为突出，让我们看到了一个又一个善良而又不那么幸运的女性人物。如由打工者变成了小包工头的泥鳅嫌弃自己打工领回来的媳妇，将她扔在乡下家中，遭受着恶毒婆婆百般欺辱的水莲（《谁说我外面有人》）；不知道在城里打工的铜锁遇到那些事儿，留守在乡下的清纯可爱，淳朴美丽的麦芽（《采呀 采山珍》）；长得漂亮却过着艰辛日子，还能固守自己信念的王寡妇（《我家的东西不能动》）……这些女性，她们有秀美的外表和心灵，他们淳朴善良，她们有过天真而又美好的青春。但是，当有形的而在更多的情况下是无形的俗恶势力扑向她们的时候，她们总是不设防的，可能也无法设防，因为她们是善良的弱者，她们是男权下的压迫者，她们对于突如其来的厄运，她们都缺乏足够的准备、经验和勇气，她们被生活压迫，她们被命运捉弄，她们似乎不该生在这个荆棘丛生的世界上。她们的命运有起有伏，她们的结局有悲有喜。她们大都涉世不深，比较淳朴；她们多数人的悲欢离合表现在爱情、婚姻和家庭里的，这是现实生活里的一个截图，这是食人间烟火的爱情。我们从永春对这些人物的塑造上，可以看出来他的良苦用心，他为弱势群体鼓与呼，他为底层善良勤劳的女性而歌与颂，他为正义的仗义执言。永春善于用朴实的语言，构造氛围，描写人物，来叙述故事，他更擅长使用东北话，或近乎于大粗大细的群众语言，来描写人物的心理动态，永春笔下的那些善良的悲欢离合、喜怒哀乐的人物形象自有一种魅力、一种征服人心、一种以情动人的魅力，并且触及了社会生活的许多方面，也触动了千千万万善良的读者的灵魂。

　　——周独明　黑龙江省作家协会会员　出版过《微型小说里的爱情故事》等文集。

　　《我家的东西不能动》以独特的乡土式语言，讲述了一个小人物"短子"，为了守护土地，坚持不懈抗争的故事。短子是一个地地道道的农民，普普通通的小人物。短子因为他的腿短而得名。他的形象、身份都契合了这个名字。身材矮小，形似侏儒，在社会中属于弱势群体。就是这样一个小人物却因为老村长临终前的一句话，让他肩负起了一个使命，也让他开始了与权、与利的战争。当扁头用看似巨大的利益来换取土地时，短子不为眼前的利益所蒙蔽，在他头脑中没有什么"可持续发展战略"，也不知道什么是所谓"杀鸡取卵"，他只知道土地不能卖。土地是一个农民安身立命的根本，他要守住这块地。可是具体为谁守住这块土地呢？为老村长？为王寡妇？为自己？抑或是为了子子孙孙？我想，短子应该没有想过这个问题，可能他自己也很难找出答案，就像他高喊着要为子孙后代着想时惹来村人嘲笑一样：为谁的子孙？其实短子的想法很简单，只是单纯地要守住这块土地，也许是"我家的东西不能动"的想法根植到短子脑海中的原因。其实我们现实生活中不乏短子这样的人，往雅了说叫"执着"，往俗了说叫"轴"，"一根筋"。我们不能简单地说这是优点还是缺点，但正是凭着这股执着劲，短子面对扁头的软硬兼施，丝毫没有畏惧、退缩，而是抱着决战到底的心态与之抗争。可是，短子作为一个小人物，弱势群体中的一员，他的力量是微薄的，他只有通过外力才能达到自己的目的。最终短子通过层层上访，凭着他的执着，算是暂时保住了土地。可是最终短子却付出了惨重的代价。面对这样的结局我们不禁要问，在这场短子与权势的抗争中，他到底是输家还是赢家？短子的这份执着是长处，还是短处，读者一目了然。文章通过"短子"确确实实折射出我们现实生活中某个角落的短处。《我家的东西不能动》，小人物、小故事，折射出了大问题，引人深思。

　　——徐　娜　《章回小说》编辑

跋

行走在乡间的情感

——罗永春的短篇小说集《活法不一》之我见

唐飙

　　打开罗永春先生的短篇小说集《活法不一》，浓郁的乡土气息扑面而来，我仿佛嗅到了久违的烟火味。小说集共收录了作者近年创作的十几篇作品，其题材大多是描写农村生活为主，作者以独特的视角，清新的笔触描绘了乡村田园的现实生活，塑造了当下社会众多底层人物形象。读起来亲切、淳朴、真实、可信。

　　我和罗永春相识在 2005 年仲夏时节，当时哈尔滨市文联、哈尔滨市作家协会联合举办了"农村题材创作骨干作者培训班"，永春作为巴彦县小说创作代表参加了培训班，那时他在农委工作，刚刚起步写小说。几年后，他在《北方文学》《章回小说》《小说林》《辽河》《小小说大世界》等十多种期刊上发表了许多作品，再后来出版了短篇小说集《榛子熟了》。从此他的小说被文学圈内人士所熟知，并且越来越受到广大读者喜爱。

　　罗永春的小说有深厚的生活积淀，正如电视连续剧《乡村爱情故事》主题歌唱的那样："我的老家就是那个屯，我是这个屯里土牛土长的人，别看屯子不咋大，有山有水有树林……屯子里发生过许许多多的事，回想起那是特别的哏……"。罗永春曾经有过深刻的农村生活体验，以生活作为创作滋养，又把人生感受体悟当做创作的源泉，在深厚的生活积淀上进行耕耘，这样文学作品就接了地气，长了灵气，增了人气，因为生活对于作家来说如同源头之活水。故此朱熹诗云："问渠那得清如许，为有源头活水来。"纵观中国文学史，许多作家的创作都是从最熟悉的生活开始，都来自于社会底层，比如我们耳熟能详的老舍、赵树理。曹雪芹之所以能写出不朽巨著《红楼梦》，正是因为他经历了大家族由盛转衰的悲剧命运，感受了那段坎坎坷坷，风雨飘摇的生活，切身体会了那五味杂陈的人生。

罗永春的短篇小说创作，正是源于他农村生活的切身体会，《小儿小儿坐门墩》他这样描绘道：阿牛的野劲要属在河塘里了，那里就是阿牛快乐的天堂。阿牛就像一条鱼儿，一个猛子扎下去能钻出十几米远，在水上漂着，能把肚脐眼和小牛牛露在水面上，阿牛的水上水下功夫，让小伙伴都很服气。天热得像个蒸笼，一到星期天，孩子们匆匆忙忙地吃口饭，阿牛就和村子里的小伙伴们来到河塘洗澡。在小河塘里，阿牛一伸手就可以抓到小鱼小虾的。河塘四周是茂密的柳条通，里面有野兔和雉鸡，夏天还可以捡到野鸭蛋，河塘里，莲藕到了夏天，就满塘地开放，香气袭人。大热的天，孩子们大半天都泡到水里嬉戏。

突然，一个孩子被激流卷了进去，他随着水流向下游漂去，阿牛见状，一个猛子扎了过去。由于阿牛着急救人，他跳进去的地方正是棱角秧子聚堆的地方，阿牛一下子被菱角秧缠住了。岸上的孩子慌了起来，他们大声地喊叫，救命啊，快救命啊！岸上的孩子们看见阿牛和落水的孩子在水里扑腾的力气越来越小，眼瞅着他们就要没命了。正当这个节骨眼上，老歪放牛路过这里，听到喊叫声，他急忙下水，把两个孩子救了上来。那时老歪爹简直就是阿牛心中的英雄，老歪爹和课文里学到的小英雄雨来一样，让阿牛钦佩不已。

阿牛初中毕业就不想读书了，回到村子里同老歪爹一起下地干活。老歪爹说，要学会一门手艺，才能够养家糊口的，于是，爹不但耐心地教了阿牛地里的农家活计，还有传授了阿牛编筐窝篓的手艺。

阿牛最爱黄昏时光，因为太阳落下山去的时候，爹就会叼着旱烟袋坐在老榆树下，阿牛就会坐在爹的身旁听故事，爹常常哼着这样的歌谣：

小儿小儿坐门墩

筑巢的燕子满天飞

天上下雨地上流啊

爹娘走不动你搀着回……

　　罗永春正是从这种生活的真实中激活了创作灵感，捕捉到艺术灵性，抒发了自己的情怀。由生活真实到艺术真实，进而升华到理想真实。

　　罗永春的短篇小说有深邃的思想内涵。

　　深邃的思想内涵必须从丰厚的生活积淀里进行提炼。文学作品的主题思想好比作品的灵魂，清代戏曲理论家李渔主张"立主脑"。鲁迅也说："选材要严，开掘要深。"开掘得深，作家的思想境界一定要高，站得高才能看得远，高瞻远瞩，高屋建瓴。王安石诗云："不畏浮云遮望眼，只缘身在最高层。"一个杰出的作家总是站在时代思想的最前沿。现代作家往往把写小说与讲故事混为一谈，认为写小说就是讲故事。其实这种认识是很肤浅很片面的，只能说迎合了一部分读者的低级趣味。我一直主张写小说不只是讲故事，小说的内涵远远大于故事的内涵，小说远比故事丰满、丰富、复杂、深刻。故事的主要功能是娱乐，但小说作为文学，还要有思想、艺术性，《红楼梦》之所以比《金瓶梅》高明，原因正在这里。作家要学会思考、善于思考、习惯思考、热爱思考，达到"我思故我在"的境界。小说通过形象化语言来思考宇宙、人生、价值、生存、死亡、爱与恨、情与仇等人类永恒主题，得出普世价值观，来引领人们积极向上，这样才具有史诗般的气魄。

　　罗永春正是通过塑造大的历史背景下，一群边缘化小人物，他们身在社会最底层，用辛勤劳作填满了整个日子。譬如《小儿小儿坐门墩》里的老歪；《我家的东西不能动》里的短子、王寡妇；《谁说外边有人》里的水莲、胖头鱼；《借几个轻松的日子》里的豆花、赵老倔子；《出门打工》里的水旺、露珠、山猴、杏儿……他们都是土生土长屯子人、本色的农民，有的进城打工，又变成了非工非农的城市边缘人。然而，他们贫穷而不贫贱；卑微而不卑鄙；困难而不困惑；失望而不绝望；他们堂堂正正做人，辛辛苦苦工作，有尊严地活着；他们是广大农民的缩影，正直的化身，正能量集合。正如社会学家费孝通先生所言："我们说乡下人土气，虽则似乎带着几分藐视的意味，但这个'土'字却用得很好，'土'字的基本意义是指泥土，乡下人离不了泥土，因为在乡下住，种地是最普通的谋生办法，靠种地谋生的人才明白泥土的可贵。城里人可以用'土气'来藐视乡下人，但是乡下'土'是他们的命根，在数量上占着最高地位的神，无疑的是'土地'。'土地'，这位最近于人性的神，管着乡间一切的闲事。他们象征着可贵的泥土。"

　　作者在塑造众多正面人物形象的同时，还塑造了一群人渣，对他们进行了无情的鞭挞和批判。诸如：有钱就学坏，从本质上蜕变的李泥鳅、赵钱串子；嗜赌如命，因赌博而家破人亡的耍钱鬼李喜贵；东家串、西家走，见着漂亮女人就摸手，见利忘义、损害农民利益的劣质村干部扁头；以及不作为乡镇干部等等。通过不同的人物形象塑造，揭示了深刻思想，反映了宏大的主题——农业、农村、农民问题。费孝通先生早就在《乡土中国》提到：从基层上看去中国社会是乡土性的，我说中国社会的基层是乡土性的，那是因为我考虑到从这基层上曾长出一层和乡土基层不完全相同的社会，而且在近百年来更在东西方接触边缘上发生了一种很特殊的社会。这些社会的特性我们暂时不提，将来再说，我们不妨先集中注意那些被称为土头土脑的乡下人，他们才是中国社会的基层。

　　总而言之，累积生活，底层叙事；以小见大，找寻真理是罗永春短篇小说的妙之妙处。

　　唐飙　中国作家协会会员，中国作家协会全国代表大会第七、八、九届代表，国家一级作家。黑龙江省作家协会副主席，哈尔滨市文联副主席，哈尔滨市作家协会主席，大学客座教授。

　　著长篇小说《黑嫂》《谋杀1946》《桃花巷》等九部文学作品。改编电视连续剧《黑嫂》曾作为建国50周年献礼片在央视播出；《谋杀1946》改编成36集电视连续剧《黑土热血》作为建军90周年献礼片在央视热播，《桃花巷》改编成电影《松江往事》。

图书在版编目（CIP）数据

活法不一 / 罗永春著 . -- 哈尔滨：北方文艺出版
社，2022.1
　ISBN 978-7-5317-5322-3

　Ⅰ.①活… Ⅱ.①罗… Ⅲ.①短篇小说—小说集—中
国—当代 Ⅳ.① I247.7

中国版本图书馆 CIP 数据核字 (2021) 第 239558 号

活 法 不 一
HuoFaBuYi

作　者 / 罗永春
责任编辑 / 富翔强　　　　　　　　　封面设计 / 叶郝佳

出版发行 / 北方文艺出版社　　　　　邮　编 / 150008
发行电话 /（0451）86825533　　　　经　销 / 新华书店
地　址 / 哈尔滨市南岗区宣庆小区 1 号楼　网　址 / www.bfwy.com
印　刷 / 三河市嵩川印刷有限公司　　开　本 / 787mm×1092mm　1/16
字　数 / 223 千　　　　　　　　　　印　张 / 15.75
版　次 / 2022 年 1 月第 1 版　　　　印　次 / 2022 年 1 月第 1 次印刷

书　号 / ISBN 978-7-5317-5322-3　　定　价 / 68.00 元

HUOFABUYI

不浮躁，不赶时髦，不故作惊人之语，一切从生活中来。

他的作品接地气，根基深，
散发着生活的芬芳之气，有一股北国黑土地的泥土味……

HUOFABUYI